독학사

1단계 문학개론

도서인증	성함		
	아이디		
	연락처		

preface

독학사 문학개론은 전공과목을 공부하기에 앞서 통과해야 할 교양 과목으로 편성되어 있습니다. 본 교재를 완벽히 활용하기 위해서는 문학개론의 구성과 시험 출제 경향에 대한 파악이 우선되어야 합니다.

첫째, 문학개론에서 다루고 있는 영역은 총설, 시론, 소설론, 수필론, 희곡론, 비평론, 비교문학론 등으로 구성되어 있습니다. 문학 전반에 대한 총체적인 관점을 가지고 이해하기 쉽도록 체계적으로 정리하여 효율적인 학습을 돕습니다.

둘째, 문학개론은 1단계 교양 과목인 만큼 일정 점수만 득점하면 통과할 수 있는 난도로 시험이 출제되고 있습니다. 내용이 방대하지만 시험 자체는 무난히 통과할 수 있는 수준의 난도로 출제되기 때문에 본서와 함께 노력하신다면 충분히 합격하실 수 있습니다.

독학사 문학개론 시험 대비를 위해서는 우선 교재의 목차를 통해 전체적인 구성과 범위를 숙지하고 특정 영역에 편중됨 없이 정독하여 전반적인 체계를 이해해야 합니다. 기출유형 맛보기와 확인문제, 출제 예상문제를 통해 학습한 내용을 다시 한 번 숙지한다면 시험에 대한 충분한 준비가 될 것입니다.

신념을 가지고 도전하는 사람은 반드시 그 꿈을 이룰 수 있습니다. 독학사 시험을 통해 자신의 꿈에 한 발 더 다가가고자 하는 모든 수험생들에게 본서가 밑거름이 되어 보배가 될 수 있는 지식의 길잡이가 되기를 기원합니다.

Contents

PART 05 ▶ 수필론

PART 06 ▶ 희곡론

PART 07 ▶ 비교문학론

Structure

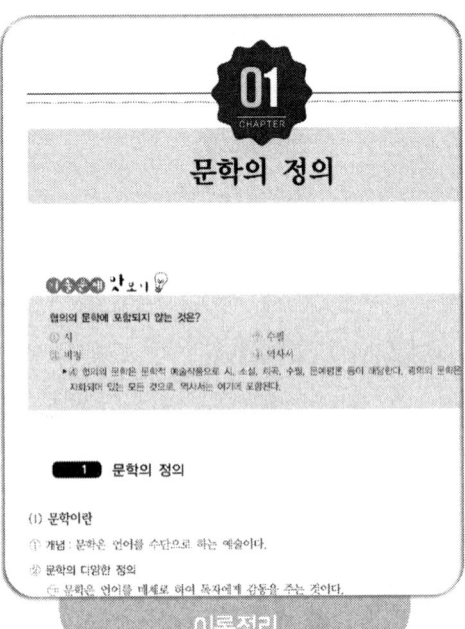

이론정리

방대한 양의 이론을 체계적이고 효율적으로 정리·수록하여 이해도를 높이고자 하였다.

확인문제

해당 chapter의 핵심 포인트를 정리하여 학습효율을 높였다.

출제예상문제

 객관식

1 문학의 기원에서 '자기과시설'과 연관이 깊은 것은?

① 인간은 유행에 민감하다.
② 인간은 고독한 존재여서 타인에게 관심을 받고 싶어 한다.
③ 종족 보존 이외에도 남은 힘이 여유 많다.
④ 노동을 할 때 자연스럽게 발생한다.

ADVICE ▶ ② 인간은 고독한 존재인데, 그로 인해 타인에게 관심을 받고 싶어 하며 자신이 갖고 있어 가치를 표현해 내는 것이 바로 문학이라는 것이다.

2 사회적 욕구에 의해 문학의 기원을 설명하는 것은?

① 모방충동설 ② 자기과시설
③ 발생론적 기원설 ④ 유희본능설

ADVICE ▶ ③ 발생론적 기원설은 노동을 할 때 자연스럽게 문학이 흘러나온다는 것으로 사회적 욕구에 기원을 두고 있다.

출제예상문제[객관식]

기출유형문제 분석을 통해 최근 출제경향을 반영한 문제들로 구성하였다.

📖 **주관식**

1 문학에 대해 정의하시오.

2 문학의 네 가지 특성에 대해 간략히 설명하시오.

3 문학의 두 가지 기원에 대해 간략히 설명하시오.

4 아리스토텔레스가 제시한 '카타르시스'란 무엇인지 설명하시오.

5 '아름다움은 크기와 질서에 있다.'라는 말에서 크기와 질서가 의미하는 바를 간략시오.

출제예상문제[주관식]

중요도를 반영한 주관식 문제를 수록하여 핵심내용 정리 및 실전대비를 꾀하였다.

소개 및 시험안내

1. 독학학위제

(1) 제도 개요

① **개념** : 「독학에 의한 학위취득에 관한 법률」에 의거하여 국가에서 실시하는 학위취득시험에 합격한 독학자에게 학사학위를 수여함으로써 평생교육의 이념을 구현하고 개인의 자아실현과 국가사회의 발전에 이바지하는 것을 목적으로 하는 제도이다.

② **장점**
  ㉠ 대학교를 다니지 않아도 스스로 공부하여 학위를 취득할 수 있다.
  ㉡ 일과 학습의 병행이 가능하여 시간과 비용을 최소화할 수 있다.
  ㉢ 언제나, 어디서나 학습이 가능한 평생학습시대의 자아실현을 위한 제도이다.

③ **응시자격** : 고등학교 졸업 이상의 학력을 가진 사람이면 누구나 시험에 응시할 수 있다.

④ **과정** : 학위취득시험은 4개의 과정(교양과정, 전공기초과정, 전공심화과정, 학위취득 종합시험)으로 이루어져 있으며 각 과정별 시험을 모두 거쳐 학위취득 종합시험에 합격하면 학사학위를 취득할 수 있다.

③ **사법시험 응시자격** : 2006년부터 사법시험법 제5조, 동법 시행령 제3조, 동법 시행규칙 제4조에 의거, 법학과목 35학점 이상을 이수한 자만이 사법시험에 응시할 수 있다. 법학학위과정 개설과목 여부, 학부·대학원과정 개설과목 여부, 전공 교양 과정 개설과목 여부를 불문하고, 그 내용이 법학과 관련이 있는 과목이면 법학과목으로 인정한다.

④ **대학원 입학자격** : 독학학위제 학위취득 종합시험에 합격한 사람은 「독학에 의한 학위취득에 관한 법률」에 의거하여 대학 졸업자와 같은 수준의 학력을 인정받으므로 대학원 입학이 가능하다. 다만, 특수·전문대학원 등은 선수과목 이수 등 최종학력 이외의 별도 자격을 요구할 수 있다.

2. 시험안내

(1) 전공분야/과목

① **전공분야** : 독학학위취득시험은 총 11개 전공이 개설되어 있다.

국어국문학	영어영문학	심리학	경영학	법학	행정학
유아교육학	가정학	컴퓨터과학	정보통신학	간호학	

  ㉠ **유아교육학 및 정보통신학 전공** : 전공심화과정 인정시험 및 학위취득 종합시험만 실시
  ㉡ **간호학 전공** : 학위취득 종합시험만 실시
  ㉢ **중어중문학, 수학, 농학 전공** : 폐지 전공으로 기존에 해당전공 학적보유자에 한하여 응시 가능

② 과정별 시험과목

㉠ 교양과정 인정시험 : 5과목 합격(필수 3과목, 선택 2과목)

교시	시간	시험과목명(과목코드)
1교시(필수)	09:00~10:40(100분)	국어, 국사
2교시(필수)	11:10~12:00(50분)	외국어(영어, 독일어, 프랑스어, 중국어, 일본어 중 택1과목)
(중식)	12:00~12:50(50분)	
3교시	13:10~14:50(100분)	국민윤리, 문학개론, 철학개론, 문화사, 한문, 법학개론, 경제학개론, 경영학개론, 사회학개론, 심리학개론, 교육학개론, 자연과학개론, 일반수학, 초급통계학, 전산개론 중 택2과목

㉡ 전공기초과정 인정시험 : 6과목 이상 합격

구분	시간					
	1교시	2교시		3교시	4교시
	09:00~10:40	11:10~12:50		14:00~15:40	16:10~17:50
국어 국문학	국어학개론 국어문법론	국문학개론 국어사	중식	고전소설론 한국현대시론	한국현대소설론 한국현대희곡론
영어 영문학	영어학개론 영국문학개관	중급영어 19세기영미소설		영미희곡 I 영어음성학	영문법 19세기영미시
심리학	상담심리학 산업및조직심리학	학교심리학 생물심리학		발달심리학 성격심리학	동기와정서 심리통계
경영학	회계원리 인적자원관리	마케팅원론 조직행동론		경영정보론 마케팅조사	생산운영관리 원가관리회계
법학	민법 I 헌법 I	형법 I 상법 I		법철학 행정법 I	형사소송법 국제법
행정학	인사행정론 행정조직론	지방행정론 정치학개론		기획론 비교행정론	헌법 재정학
가정학	인간발달 복식디자인	영양학 가정관리론		의복재료 주거학	가정학원론 식품및조리원리
컴퓨터 과학	논리회로설계 C프로그래밍	자료구조 객체지향프로그래밍		시스템프로그래밍 컴퓨터시스템구조	프로그래밍언어론 이산수학

ⓒ 전공심화과정 인정시험 : 6과목 이상 합격

구분	시간				
	1교시	2교시		3교시	4교시
	09:00~10:40	11:10~12:50		14:00~15:40	16:10~17:50
국어 국문학	국어음운론 한국문학사	문학비평론 국어정서법	중 식	구비문학론 국어의미론	한국한문학 고전시가론
영어 영문학	고급영문법 미국문학개관	영어발달사 고급영어		20세기영미소설 영어통사론	20세기영미시 영미희곡Ⅱ
심리학	이상심리학 심리검사	소비자및광고심리학 학습및기억심리학		인지지각심리학 사회심리학	건강심리학 심리학연구방법론
경영학	재무관리론 경영전략	투자론 경영과학		재무회계 경영분석	노사관계론 소비자행동론
법학	헌법Ⅱ 민법Ⅱ	형법Ⅱ 민사소송법		행정법Ⅱ 경제법	노동법 상법Ⅱ
행정학	재무행정론 정책학원론	조사방법론 행정법Ⅰ		지역사회개발론 행정계량분석	도시행정론 공기업론
유아 교육학	유아교육연구및평가 부모교육론	유아교육기관운영관 리 아동복지		유아언어교육 유아사회교육	유아수학.과학교육 놀이이론과실제
가정학	가족관계 가정자원관리	식생활과건강 의복구성		육아 복식문화	주거공간디자인 식품저장및가공
컴퓨터 과학	운영체제 인공지능	소프트웨어공학 컴퓨터네트워크		컴파일러 알고리즘	데이터베이스 컴퓨터그래픽스
정보 통신학	회로이론 데이터통신	정보통신이론 임베디드시스템		이동통신시스템 정보통신기기	정보보안 네트워크프로그래밍

ⓡ **학위취득 종합시험** : 6과목 합격(교양 2과목, 전공 4과목)

구분	시간				
	1교시	2교시		3교시	
	09:00~11:00	11:30~13:30		14:40~16:40	
국어 국문학	국어, 국사, 외국어 중 택2과목 (외국어를 선택할 경우 영어, 독일어, 프랑스어, 중국어, 일본어 중 택1과목)	국어학개론 국문학개론	중 식	한국문학사 문학비평론
영어 영문학		영미문학개관 영미소설		영어학개론 고급영어
심리학		임상및상담심리학 산업조직및소비자심리학		발달및사회심리학 인지신경과학
경영학		재무관리 마케팅관리		회계학 인사조직론
법학		민법 헌법		형법 상법
행정학		인사행정론 조직행태론		재무행정론 정책분석평가론
유아 교육학		유아교육론 유아발달		유아교육과정 유아교육교수법
가정학		패션과의생활 소비자론		식이요법 주거관리
컴퓨터 과학		컴퓨터시스템구조 컴퓨터네트워크		자료구조 운영체제
정보 통신학		전자회로 정보통신시스템		네트워크및보안 멀티미디어통신
간호학		간호연구방법론 간호과정론		간호지도자론 간호윤리와법

(2) 응시자격

① **시험 과정별 응시자격** :「독학에 의한 학위취득에 관한 법률」에 따라 2016년부터 고등학교 졸업 이상의 학력을 가진 사람이면 누구나 1~3과정(교양과정, 전공기초과정 및 전공심화과정) 시험에 자유롭게 응시가 가능하다. 단, 학사학위 취득을 위한 마지막 과정인 학위취득 종합시험에 응시하기 위해서는 1~3과정 시험에 모두 합격(면제)하거나, 학위취득 종합시험 응시 자격에 충족해야 한다.

② **교양과정 · 전공기초과정 및 전공심화과정 인정시험**(1~3과정) **응시자격**
　㉠ 고등학교 졸업자
　㉡ 「초 · 중등교육법 시행령」에 따라 상급학교의 입학에 있어 고등학교를 졸업한 사람과 같은 수준의 학력이 있다고 인정되는 사람
　㉢ 「평생교육법」에 따라 지정된 학력이 인정되는 학교형태의 평생교육시설에서 고등학교 교과과정에 상응하는 교육과정을 마친 사람
　㉣ 「보호소년 등의 처우에 관한 법률」에 따른 소년원학교에서 고등학교 교육과정을 마친 사람

③ **학위취득 종합시험**(4과정) **응시자격**(단, 응시하고자 하는 전공과 동일전공인정 학과에 한함)
　㉠ 교양과정 인정시험, 전공기초과정 인정시험 및 전공심화과정 인정시험에 합격(면제)한 사람
　㉡ 대학(「고등교육법」에 따른 학교와 다른 법령에 따라 설립된 대학을 포함한다) 및 이에 준하는 각종학교(학력인정학교로 지정된 학교만 해당한다)에서 3년 이상의 교육과정을 수료하였거나 105학점 이상을 취득한 사람
　㉢ 수업연한이 3년인 전문대학을 졸업한 사람 또는 이와 같은 수준의 자격이 있다고 인정되는 사람(전문대학 졸업예정자는 응시 불가)
　㉣ 「학점인정 등에 관한 법률」에 따라 105학점(전공 16학점 포함) 이상을 인정받은 사람
　㉤ 외국에서 15년 이상의 학교교육 과정을 수료한 사람

(3) 시험면제

① 국가기술자격 취득자

구분	면제 내용
과정 면제	자격 취득 분야와 같은 분야의 시험 응시자는 해당 과정 면제
과목 면제	자격 취득 분야와 다른 분야의 시험 응시자는 해당 과목 면제

② 교육부령으로 정하는 시험합격자 및 자격 · 면허 취득자

구분	면제 내용
과목 면제	국가(지방) 공무원 7급 이상의 공개경재채용시험 합격자는 해당 과정 면제
과목 면제	교육부령으로 정하는 자격면허 취득자는 해당 과정 면제

③ 교육부령으로 정하는 교육과정 수료자 또는 학점을 인정받은 자

구분	면제 내용
1과정 면제 (교양과정)	• 대학 및 이에 준하는 각종학교에서 1년 이상 교육과정을 수료하였거나 35학점 이상을 취득한 사람 • 학점은행제로 35학점 이상을 인정받은 사람 • 외국에서 13년 이상의 학교교육과정을 수료한 사람
1~2과정 면제 (교양 및 전공기초과정)	[면제받고자 하는 전공과 동일전공인정 학과에 한함] • 대학 및 이에 준하는 각종학교에서 2년 이상 교육과정을 수료하였거나 70학점 이상을 취득한 사람 • 학점은행제로 70학점 이상을 인정받은 사람 • 외국에서 14년 이상의 학교교육과정을 수료한 사람

④ 국가평생교육진흥원장이 지정하는 강좌 또는 과정 이수자

구분	면제 내용
과목 면제	지정 교육기관에서 강좌 또는 과정 이수자는 해당 과목 면제

(4) 합격결정

① 교양과정 인정시험, 전공기초과정 인정시험 및 전공심화과정 인정시험 : 매 과목 100점을 만점으로 하여 전(全) 과목 60점 이상을 득점하면 합격이다.

② 학위취득 종합시험 : 총점 합격제와 과목별 합격제를 병행하여 실시한다. 시험 응시원서 접수 시, 총점 합격제와 과목별 합격제 중 자유롭게 선택하여 시험에 응시할 수 있다. 단, 과목별합격제로 응시하였던 사람이 다시 총점 합격제로 응시 할 경우에는 이전에 기합격된 합격 과목은 모두 인정되지 아니한다.

구분	총점합격제	과목별합격제
합격기준	총점(600점)의 60퍼센트 이상 득점(360점)하면 합격하고, 과목낙제 없음	매 과목 100점을 만점으로 하여 전 과목(교양2, 전공4) 60점 이상 득점하면 합격
유의사항	6과목 모두 신규 응시해야 하며, 기존에 합격한 과목은 불인정	기존에 합격한 과목은 재응시 불가 1과목이라도 60점 미만 득점하면 불합격

독학사 1단계 문학개론 출제영역

대영역	중영역	소영역
1. 총설	가. 문학을 어떻게 볼 것인가	
	나. 문학의 속성, 그 언어 예술성	
	다. 문학을 보는 관점-모방의 이론	
	라. 문학의 기능-효용론	1. 문학의 교시적 기능 2. 문학의 쾌락적 기능
	마. 제작자의 문제와 의도	
	바. 구조의 이론	
	사. 문학의 장르	
	아. 스타일론	
2. 시론	가. 시와 언어	1. 시적 언어와 비시적 언어 2. 시어의 함축성 3. 시어의 애매성과 긴장언어
	나. 시와 운율	1. 외형률과 내재율 2. 반복과 병렬 3. 정형시, 자유시, 산문시
	다. 비유의 이해	1. 비유의 성립 요건 2. 비유의 유형 3. 휠라이트의 비유론 4. 막스 블랙의 비유론
	라. 시와 이미지	1. 이미지의 개념 2. 이미지의 유형
	마. 시와 상징	1. 상징의 뜻 2. 상징과 은유 3. 상징의 종류 4. 재문맥화와 장력상징
3. 소설론	가. 소설의 본질	1. 자의 2. 정의 3. 소설의 기원 4. 로망스와 소설
	나. 소설의 요소	1. 소설의 플롯 2. 소설의 인물 3. 소설의 주제
	다. 소설의 종류	1. 뮤어의 분류에 따른 종류 2. 프라이의 분류에 따른 종류 3. 루카치의 분류에 따른 종류 4. 단편소설과 장편소설

대영역	중영역	소영역
	가. 문학비평의 어원과 개념	
	나. 문학비평의 특성	
	다. 문학비평의 좌표와 평가기준	1. 문학비평의 좌표 2. 문학비평의 평가 기준
4. 비평론	라. 문학비평의 방법론	1. 역사 · 전기적 비평 2. 형식주의 비평 3. 구조주의 비평 4. 사회 · 문화적 비평 5. 심리주의 비평 6. 신화 · 원형 비평
	마. 현상학적 비평 · 수용미학 이론 및 기타의 비평방법론	
	가. 수필의 개념 및 장르의 설정	
	나. 수필의 어원	
	다. 수필의 특성	
5. 수필문학론	라. 수필의 종류	1. 이종설 2. 삼종설 3. 오종설 4. 팔종설 5. 십종설
	가. 희곡의 본질	1. 희곡의 정의 2. 문학으로서의 희곡 3. 희곡의 특질
	나. 희곡의 요소	1. 희곡의 플롯 2. 희곡의 언어 3. 희곡의 인물
6. 희곡론	다. 희곡의 종류	1. 비극 2. 희극 3. 희비극
	라. 희곡의 삼일치론	1. 행위의 일치 2. 시간의 일치 3. 장소의 일치
	가. 비교문학이란 어떤 것인가	
	나. 비교문학의 기원과 역사	1. 비교문학의 선사시대 2. 비교문학의 역사시대의 시작
7. 비교문학론	다. 비교문학의 이론적 정립	1. 발당스뻬르제의 방법 2. 방 띠겜의 이론 3. 까레와 귀야르의 원리
	라. 비교문학의 방법	1. 일반적 개관 2. 영향의 개념 3. 영향의 범주

독학사 1단계 문학개론 문제 예시

01 문학의 언어가 지닌 특성을 잘못 설명한 것은?

❶ 개념의 정확한 전달을 목적으로 한다.

② 방언의 효과를 살리는 것이 허용된다.

③ 내포적이고 함축적인 표현을 사용한다.

④ 비유, 생략, 상징의 용법이 자주 나타난다.

✔ 과학의 언어를 비롯한 일상의 언어가 전달적 기능에 치중한다면, 문학의 언어는 심미적 기능에 치중한다. 즉, 의사 소통만을 위한 효율적이며 실용적인 언어가 아니라, 다양한 장치를 통하여 심미적 언어 사용을 지향하는 언어인 것이다.
① 일상의 언어의 특성이다.

02 문학의 쾌락적 기능과 관계가 가장 먼 것은?

❶ 계몽 문학   ② 미적 체험

③ 카타르시스   ④ 질서 있는 경험

✔ 문학의 기능
㉠ 교시적 기능 : 독자에게 교훈을 주고 인생의 진실을 보여주어 삶의 의미를 깨닫게 하는 기능
㉡ 쾌락적 기능 : 독자에게 정신적 즐거움과 미적 쾌감을 주는 기능
㉢ 종합적 기능 : 독자에게 정신적 즐거움을 주는 동시에, 인생의 의미와 진실을 깨닫게 하는 기능

03 시인이나 작가의 자기표현을 중시한 예술 사조는?

① 고전주의   ② 모더니즘

❸ 낭만주의   ④ 리얼리즘

✔ 낭만주의는 프랑스혁명 이후 정신의 폐허 위에 자신의 심성(心性)에 맞는 문화를 이룩하려고 한 것으로 이로 인해 자아(自我)에 대한 확인과 그 표현이 중시되었다.

04 표현론의 관점에서 문학을 바라보는 입장과 관계가 없는 것은?

① 낭만적 주관의 표출   ② 제작자의 의도 중시

③ 장인(匠人)정신의 강조   ❹ 작품 자체의 구조 분석

✔ ④ 존재론(구조론)의 관점에서 문학을 바라보는 입장이다.

5 로망스 양식의 개념과 관계가 없는 것은?

① 영웅의 일대기 　　　　　　　❷ 리얼리즘 문학

③ 현실도피의 성격 　　　　　　　④ 영원불멸의 인간 정신

✔ 로망스란 일반적인 의미의 소설(사실주의에 가까운)과 구별되는 독립된 한 형식으로 '경험적 세계를 문제 삼는 소설의 대립적 개념' 등으로 정의할 수 있다.
　② 리얼리즘 문학은 로망스 양식과 거리가 멀다.

6 문학비평의 평가 기준이 아닌 것은?

① 독창성 　　　　　　　　　② 효용성

❸ 단순성 　　　　　　　　　④ 진실성

✔ M. H. 에이브럼스의 문학을 보는 관점에 따른 비형에 의하면 모방비평은 재현의 진실성을 기준으로 하며, 효용비평은 효용성을, 표현비평은 작가의 표현의 독창성 및 적절성을 기준으로 한다.
　③ 단순성은 문학비평의 평가 기준으로 보기 어렵다.

7 문학비평의 방법 중 내재적 비평에 해당하는 것은?

❶ 형식주의 비평 　　　　　　　② 역사 · 전기적 비평

③ 심리주의 비평 　　　　　　　④ 사회 · 문화적 비평

✔ 형식주의 비평은 문학 작품 자체만을 비평의 대상으로 보는 것으로, 외부적 요소에 의한 비평을 거부하고 오로지 작품 자체에만 몰두하는 내재적 비평과 그 맥락을 같이한다.

8 형식주의 비평의 언어관을 가장 잘 설명하고 있는 것은?

❶ 문학의 언어는 다양한 충동들의 조화 상태인 하나의 구조 속에 나타난다.

② 문학의 언어는 작가가 살고 있는 시대와 환경의 영향 관계를 통해 드러난다.

③ 문학의 언어는 작가의 심층적인 내면 심리의 무의식적인 표출로 제시된다.

④ 문학의 언어는 애초에 인류가 지닌 원형적 심상이 시공을 초월하여 구현된다.

✔ ② 역사 · 전기적 비평의 언어관이다.
　③ 심리주의 비평의 언어관이다.
　④ 신화원형 비평의 언어관이다.

09 비극의 특질이 아닌 것은?

① 비극의 동기는 주인공의 인간적 결함에서 비롯된다.
❷ 비극의 결말은 주동인물과 반동인물의 팽팽한 긴장으로 끝이 난다.
③ 주동인물이 운명이나 성격이나 상황 등에 부딪쳐서 투쟁하다가 좌절된다.
④ 주인공은 선을 대표하고 반동인물과의 갈등은 선악 간의 갈등으로 표출된다.

✔ ② 비극은 주인공의 파멸로 비참한 결말을 맞는다.

10 희곡에서 사용되는 언어 유형 중 무대의 배우가 상대역에게 들리지 않는 것으로 가정하고 관객이나 특정 배우에게만 이야기하는 방식은?

① 지문(地文)　　　　　　　　② 대화(對話)
❸ 방백(傍白)　　　　　　　　④ 독백(獨白)

✔ ① 무대의 상황을 설명하기 위한 것으로 대사를 제외한 모든 일에 대한 지시는 지문에 의해 이루어진다.
　② 둘 이상의 인물이 주고받는 극중의 모든 대사를 말한다. 하나의 인물이 혼자 말하는 것은 대화가 아니다.
　④ 무대 위에서 한 사람의 인물이 혼자 말하는 대사이다.

11 소설의 시점 중 화자의 위치를 자유롭게 이동시켜 총체적인 삶의 모습을 다각적으로 그리는 장편소설에 알맞은 것은?

① 작가 관찰자 시점　　　　　② 1인칭 주관적 시점
❸ 전지적 작가 시점　　　　　④ 1인칭 관찰자 시점

✔ 전지적 작가 시점은 인물의 내면세계와 외부세계 모두를 관정하며, 작중인물의 사상과 감정 속에 뛰어 들어가 스토리를 기술할 수 있어 총체적인 삶의 모습을 다각적으로 그리는 장편소설에 적합하다.

※ 시점의 유형

화자의 성격	사건의 내면적 분석	사건의 외적 관찰
등장인물로서의 화자	1인칭 주인공 시점	1인칭 관찰자 시점
등장인물이 아닌 화자	전지적 작가 시점	작가 관찰자 시점

12 다음 중 계몽적이고 교훈적인 작품이 아닌 것은?

① 이광수의 〈흙〉　　　　　　② 이광수의 〈무정〉
③ 심훈의 〈상록수〉　　　　　❹ 김동인의 〈광화사〉

✔ 김동인의 〈광화사〉는 1935년 ≪야담≫ 제1호에 발표된 김동인의 단편소설로, 추물로 태어난 어떤 화공이 미녀그림에 대한 광적인 집념으로 빚어진 비극을 다룬 작품이다.

13 다음 작품에서 두드러지게 발견할 수 있는 시적 수사법은?

> 내 마음은 호수요
> 그대 저어 오오
> 나는 그대의 흰 그림자를 안고
> 옥같이 그대의 뱃전에 부서지리다.
>
> — 김동명의 〈내 마음〉 —

① 상징　　　　　　　　　　❷ 비유
③ 역설　　　　　　　　　　④ 패러디

✔ 김동명의 〈내 마음〉은 은유가 잘 나타난 시 중 하나이다. 은유는 직유와 대조되는 개념으로 원관념과 보조관념의
　비슷한 속성을 활용하여 말하고자 하는 바를 묘사하는 표현법이다.

14 개인적 무의식에 대하여 집단무의식을 발견하고 그것의 내용을 원형(archetype)이라고 부른 심리주의
비평가는?

❶ 융　　　　　　　　　　② 아들러
③ 프로이드　　　　　　　　④ 노스럽 프라이

✔ 칼 융은 무의식을 개인의 무의식과 집단의 무의식으로 구분하고 집단의 무의식을 인류의 공통된 어떤 것, 상상을
　통한 원형을 보여주는 것으로 본능과 원형으로 드러난다고 하였다.

15 우리가 일상생활에서 널리 쓰고 있는 은유, 예컨대 안경다리, 세발자전거, 책상다리 등은 시적 은유로서
별로 효과가 없는데 이를 무슨 은유라고 하는가?

✔ 죽은 은유, 사은유(dead metaphor)

16 〈십자가〉라는 작품에서 예수의 대속(代贖)과 희생의 이미지로 불행한 시대를 사는 운명과 의지를 동시
에 나타낸 시인의 이름을 쓰시오.

✔ 윤동주

17 상징과 은유의 차이점을 쓰시오.

✔ 은유는 주지(원관념)와 매체(보조관념)가 드러나지만, 상징은 주지가 드러나지 않는다. 또한 은유는 주지와 매체가
　1:1 관계인 데 반해, 상징은 1：多인 경우가 많다.

18 수필의 종류에 관한 학설 중 2종설(二種說)에 대해 설명하시오.

✔ 중수필(혹은 포말 에세이)과 경수필(혹은 인포말 에세이)의 두 가지 유형으로 나누는 방법으로, 전자는 이성적이며
　논리적으로 사회적 문제에 대해 지적인 사색의 과정을 펼치는 수필이며, 후자는 생활에서 우러나온 가벼운 개인적
　감성을 통해 주관적이고 정서적인 표현을 드러내는 수필이다.

한 권으로 단박에 합격하기 **독학사**

PART

총설

문학의 정의

기출문제 맛보기 💡

협의의 문학에 포함되지 않는 것은?

① 시   ② 수필

③ 비평   ④ 역사서

▶④ 협의의 문학은 문학적 예술작품으로 시, 소설, 희곡, 수필, 문예평론 등이 해당한다. 광의의 문학은 문자화되어 있는 모든 것으로, 역사서는 여기에 포함된다.

1 문학의 정의

(1) 문학이란

① 개념 : 문학은 언어를 수단으로 하는 예술이다.

② 문학의 다양한 정의

    ㉠ 문학은 언어를 매체로 하여 독자에게 감동을 주는 것이다.

    ㉡ 문학은 인간의 사상과 감정을 언어로 형상화한 것이다.

    ㉢ 문학은 상상의 세계를 언어로 표현한 것이다.

    ㉣ 문학은 가치 있는 인간 체험의 기록이다.

(2) 문학의 범주

① 광의의 문학 : 가장 광의의 문학은 문자화되어 있는 모든 것을 의미한다. 과거에는 대체적으로 학문이라는 의미로 사용하는 경우가 많았다.

② 협의의 문학 : 학문의 발달과 함께 점차 의미가 한정되어 자연과학이나 사회과학 등을 배제한 순수문학·철학·언어학 등을 총칭하는 언어가 되었다. 현재는 순수문학만을 가리키는 용어로 사용되며 시·소설·희곡·평론·수필 등을 포함한다.

2 문학의 특징

(1) 경험성

① 문학은 일상적 삶에서 얻는 경험을 이야기 하는 예술이다. 즉, 우리의 삶의 경험이 문학의 대상이 된다고 할 수 있다.

② 가치성 : 문학의 대상이 될 수 있는 경험이란 우리가 겪는 모든 경험이 아닌 특별한 가치가 있는 경험을 의미한다.

(2) 언어

① 문학은 그 소통 매체가 언어이다.

② 언어는 문학을 음악과 미술, 무용 등 다른 예술과 구별 짓는 중요한 요소라고 할 수 있다.

(3) 상상력

① 문학은 상상력을 통해 구체화 된다.

② 작가는 상상력을 통해 인물, 배경, 사건 등을 창조하면서 우리 삶의 모습을 문학 작품으로 재구성한다.

(4) 가치관

① 문학은 우리의 경험을 바탕으로 상상력을 가미해서 언어로 표현해 내는 과정에서 가치관과 정서를 담아낸다.

② 독자는 문학 작품을 접하면서 인물이 느끼는 감정의 상태, 정서를 느끼게 될 것이며 그것을 통해 작가의 세계관, 사상을 엿볼 수 있다.

확인문제

1 문학은 (   )을/를 수단으로 하는 예술이다.

　　▶ 언어

2 문학은 인간의 모든 체험의 기록이다. (○, ×)

　　▶ × 문학은 가치 있는 인간 체험의 기록이다. 모든 체험의 기록이 문학이 되는 것은 아니다.

문학의 기원

문학의 기원으로 그 성격이 다른 하나는?

① 모방충돌설 　　　　　　　② 유희충동설

③ 자기과시설 　　　　　　　④ 발생학적 기원설

▶④ 발생학적 기원설은 사회학적 기원설에 기초한 것이고, 나머지는 심리학적 기원설에 해당한다.

1　심리학적 기원

누구에게나 표현의 욕구가 있어 문학을 만들게 되었다는 것으로 문학의 기원을 '심리'에 두고 있는 설이다. 문학이 순수한 미적 충동으로부터 나오게 된 것이라고 본다.

(1) 모방충동설

① **개념** : 사람은 본능적으로 미를 추구하고 싶은 욕구를 가지고 있는데, 미를 추구하는 방법이 바로 모방에 있다고 보는 것이 바로 모방충돌설이다. 모방에 의해 문학 활동을 하고자 하는 욕구를 느끼게 되는 것이 모방충돌설의 핵심이다.

② **체계화** : 모방충돌설은 플라톤과 아리스토텔레스에 의해서 체계화 되었다.

　⊙ 플라톤

　　• 플라톤은 우리가 보는 세계는 진실한 세계가 아니며 허상에 불과한 세계이므로 허상 세계를 모방하는 것은 의미가 없다고 보았다.

　　• 플라톤은 그의 저서 「국가」에서 '시인추방론'을 주장했는데, 이것과 같은 연장선상에서 이해할 수 있다. 시인이 모방하는 세계는 진리나 정의와는 무관한 세계이며 눈에 보이는 사물을 대상으로 모방하는 행위에 지나지 않은 것이므로 정당화 될 수 없다는 것이다.

- 플라톤이 추구하는 진리란 우리 눈에 보이는 것이 아니라 사물 속에 내재하는 순수한, 본질적인 것이며, 이를 '이데아'라고 하였다.

ⓛ 아리스토텔레스
- 아리스토텔레스는 모방은 인간의 지극히 본능적인 행위이며 사람들은 모방을 통해 스스로 기쁨을 느끼고 만족함을 얻는다고 보았다.
- 아리스토텔레스는 모방을 문학의 원동력이라고 보았다. 즉, 모방을 통해 인간은 우리의 세계를 잘 보여줄 뿐만 아니라 우리가 추구하는 세계의 모습도 그려내고 있다는 점에서 그 자체로 의의가 있으며, 문학을 지속시켜 나가고자 하는 동기가 된다는 것이다.

ⓒ 모방충돌설은 후에 칸트의 유희충돌설이 나오기 전까지 인정받게 된다.

(2) 유희충동설

① 개념 : 문학이란 유희에서 비롯되는 것으로, 인간이 노래하고 이야기하고 춤을 추고자 하는 욕구가 있는 것과 마찬가지로 문학을 하고자 하는 것도 유희충동에서 나오게 되었다는 학설이다.

② 대표학자 : 스펜서, 칸트, 실러

③ 스펜서는 인간과 동물들의 차이점을 예로 들면서 유희충동설을 제시하였는데, 동물들이 생존을 위해 종족의 번식에 모든 힘을 쓰는 반면 인간은 동물과는 달리 종족 번식을 위해 필요한 힘을 쓰고도 힘이 많이 남기 때문에 다른 곳으로 눈을 돌리게 되고 그것이 바로 '유희'라는 것이다.

(3) 자기과시설

① 허드슨이 주장한 학설로, 문학을 하는 이유를 자기과시욕에서 찾는 학설이다.

② 인간의 본성 중에는 타인에게 과심의 관심을 받고 싶은 욕구와 자신을 표현하려는 욕구가 있는데, 자신이 잘하거나 좋아하는 것을 언어로 표현하고자 하는 욕구가 문학의 기원이 되었다는 관점이다.

2 사회학적 기원

(1) 개념

문학을 사회와 연결시켜 그 기원을 밝혀낸 것으로, 문학이 인간의 요구에 의해 필요에 따라 발생하게 되었다고 보는 견해라고 할 수 있다.

(2) 발생학적 기원설

① 헌과 그로세가 주장한 것으로 문학이 사회적 필요, 즉 실용성으로부터 출발하였다는 견해이다.

② 나일강 뱃사공의 노동요나 오스트레일리아의 토인들이 노동을 할 때 협동을 하기 위한 실제적 필요성에 의해서 예술이 싹트게 되었다고 본다.

③ 우리나라의 민요 역시 노동요의 일종으로 노동의 힘듦을 덜기 위해 자연스럽게 발생한 것이며, 이와 같은 맥락에서 사회학적 기원설을 설명할 수 있다.

▶ **문학의 기원**

① 심리학적 기원 : 모방충돌설, 유희충동설, 자기과시설(자기표현본능설)
② 사회학적 기원 : 발생학적 기원설

확인문제

1 문학의 기원 두 가지 설은?

　▶ 심리학적 기원설과 사회학적 기원설

2 시인추방설을 제시한 학자는?

　① 아리스토텔레스　　② 플라톤　　③ 칸트　　④ 데카르트

　▶ ③ 시인추방설을 제시한 학자는 모방을 부정적으로 본 플라톤이다. 플라톤은 우리가 보는 허상을 모방하는 행위를 싫어하였으며 모방하는 주체인 시인을 추방해야 할 대상으로까지 보았다.

3 플라톤은 우리가 보는 세계가 실재가 아닌 허상에 불과한 세계라고 하였다. (○, ×)

　▶ ○ 플라톤은 우리가 보는 세계가 실재가 아닌 허상이라고 주장하였으며 진실은 우리 눈에 보이는 것이 아니라 사물 속에 내재하는 본질적인 것이며, 이를 '이데아'라고 하였다.

4 아무런 보상을 바라지 않고 즐기려는 목적에서 문학이 기원한다고 보는 입장은?

　① 모방충동설　　② 유희충동설　　③ 자기과시설　　④ 발생학적 기원설

　▶ ② 인간의 유희본능을 충족시키기 위해서 노래와 이야기를 즐긴 것이 기원이 되었다고 보는 견해이다.

5 사회학적 접근에 의해서 실제적 필요성 때문에 문학이 발생했다고 보는 견해는?

　① 모방충동설　　② 유희충동설　　③ 자기과시설　　④ 발생학적 기원설

　▶ ④ 사회학적 기원설은 원시인들이 삶을 영위하는데 실제적으로 필요로 했던 실용적 목적에서 그 기원이 시작되었다고 보는 견해이다.

03 CHAPTER

문학의 관점

1 고대 철학의 미관

문학은 아름다움과 통해 있다. 그러면 도대체 아름다움이란 것은 무엇일까? 고대 철학에서 아름다움에 대해 영향력을 미치고 있는 두 학자는 바로 플라톤과 아리스토텔레스이다.

(1) 플라톤

① 플라톤은 자연이나 인간 육체의 아름다움과 같은 아름다움은 그 질이 낮다고 보았다. 진정한 아름다움은 '이데아'에 있다고 보고, 이데아의 아름다움이야 말로 진정한 아름다움이라고 하였다.

② 플라톤은 감각적이고 현상적인 세계에 있는 것은 그 자체로 아름다울 수 없다고 하였다. 즉 우리 눈에 보이고 우리 생활 주변에 있는 것 그 자체는 결코 '미'가 될 수 없으며, 이러한 것이 아름다울 수 있는 것은 이런 감각적이고 현상적인 것에 미의 이데아가 반영될 때라고 하였다.

③ 플라톤은 '예술은 일종의 기술이다.'라고 하였다.

    ㉠ 획득되는 기술 : 실천적인 기술로 사냥을 할 때 사용하는 기술인 수렵술, 물건을 사고 팔 때 사용할 수 있는 기술인 상업술, 전쟁 중에 활용할 수 있는 기술인 전술 등이 해당한다.

    ㉡ 제작되는 기술 : 만들어내는 기술로, 그 주체를 예술가로 보았다. 예술가에 의해서 만들어지는 기술이므로 모방술과 예술을 제작되는 기술이라고 하였다.

(2) 아리스토텔레스

① '아름다움은 크기와 질서에 있다. 보다 큰 예술이 보다 아름다운 것이다.'

② 숭고미와 비장미 : 아리스토텔레스는 여러 아름다움 중에서도 엄숙하고 숭고한 것, 비장한 것을 보다 큰 예술이라고 하였다. 상위의 예술, 즉 우리가 추구하는 보다 본질적인 예술이라고 하여 숭고미와 비장미를 최우선의 가치에 두었다.

③ 크기와 질서 : '아름다움은 크기와 질서에 있다.'에서 '크기'란 예술이 지니는 속성과 본질, 본성을 의미하며, '질서'는 예술의 형태적인 것, 외적인 것을 뜻한다. 따라서 결국 이 말은 여러 아름다움 중에서 가장 예술적인 본질, 그 본질을 가장 잘 드러내는 형태적인 것이 바로 엄숙하고 숭고하고 비장한 것이라고 볼 수 있다.

④ 아리스토텔레스는 인간이 엄숙하고 슬픈 것을 보았을 때 끓어오르는 감정이 있게 되고 그것이 밖으로 표출되면서 감정이 빠져나갔을 때 '쾌감'을 느끼게 된다고 하였다. 이것이 바로 '카타르시스 이론'이다.

⑤ 카타르시스 : 아리스토텔레스는 「시학」에서 이 카타르시스 이론을 제시했는데 카타르시스란 비극이나 어떤 종류의 음악 등과 같은 예술에 항상 수반되는 미적 효과라고 할 수 있다.

(3) 아름다움에 대한 다양한 관점

① 아름다움이란 현상에서의 자유이다.

② 아름다움이란 직관의 합목적성이다.

확인문제

1 플라톤은 예술가의 의해 창조되는 예술의 경지를 높게 평가하였다. (O, ×)

▸× 플라톤은 예술을 예술가에 의해 제작되는 기술로 보았다.

2 '획득되는 기술'로 보기 어려운 것은?

① 수렵술　　② 상업술　　③ 전술　　④ 모방술

▸④ 획득되는 기술은 실천적인 기술로 수렵술, 상업술, 전술 등이 해당한다. 모방술은 제작되는 기술이다.

3 아름다움은 (　　)와/과 (　　)에 있다. 큰 예술이 보다 아름다운 것이다. – 아리스토텔레스

▸크기, 질서

2 문학의 네 가지 관점

문학을 바라보는 네 가지 관점은 M. H. 에이브럼스에 의해 제기되었다. 문학을 둘러싼 요소들을 정리해 보면, 작가, 시대, 작품(텍스트), 독자 등으로 정리해 볼 수 있다. 이 중 무엇에 초점을 맞추는지에 따라 여러 가지 관점이 나오게 되는데 이것이 바로 표현론, 반영론, 존재론, 효용론이다. 이를 표로 정리하면 다음과 같다.

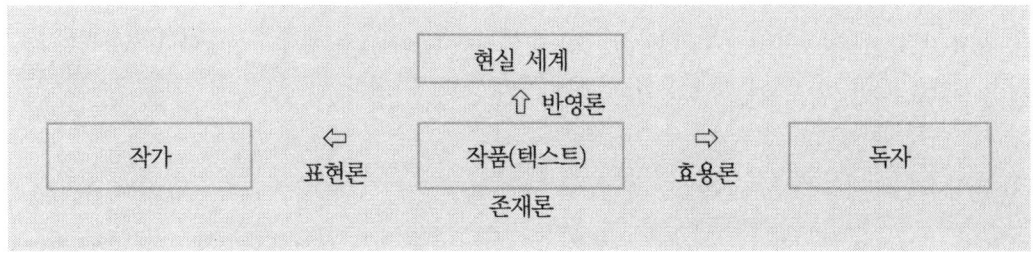

(1) 표현론

① 문학 활동이 작가의 체험이나 사상, 감정 등과 연관되어 있다고 보는 관점으로 표현론에 따르면 문학 작품은 작가의 자기표현 욕구에 의해 산출된 결과물이라고 볼 수 있다.

② 표현론적 관점은 영감설, 장인설과 관련되어 있다.
  ㉠ **영감설** : 천재적 발상, 작가의 개성 중시 → 영감에 의해 문학 작품이 표출(낭만주의와 연관)
  ㉡ **장인설** : 영감이나 개성보다는 끊임없이 갈고 닦는 장인정신의 중요성을 강조(신고전주의와 연관)

③ 표현론에 따르면 작품을 올바로 이해하기 위해서는 작가의 의도를 파악해야 하며, 작가가 의식적으로 전달하고자 한 내용 외에도 무의식적 측면이 작용했을 가능성도 고려해야 한다. → 작가의 창작 의도와 작가의 가족 관계, 성장 배경, 사상, 종교 등에 대한 이해 필요

④ 작품을 작품 외적인 요인과 연결시킨다는 점에서 외재적 방법을 사용하고 있으며, 역사주의 비평이나 심리주의 비평과 관련 있다.

⑤ 이광수의 「무정」을 작가 자신의 전기적 사실이 반영된 작품으로 보는 관점이나 한용운의 시를 승려라는 시인의 지위와 관련해 이해하는 것은 모두 표현론에 따라 문학을 보는 예이다.

(2) 반영론

① 문학 작품은 현실 세계를 반영한다고 보는 관점으로, 작품을 제대로 이해하기 위해서는 그 작품에 반영된 실제 현실과 작중 현실의 비교를 통해 사회적 요인이 작품의 형성에 영향을 미친 내용을 파악해야 한다는 주장이다.

② 반영론적 관점은 플라톤의 '이데아론', '시인추방론', 아리스토텔레스의 '개연성'과 관련하여 생각해 볼 수 있다.

　　㉠ 플라톤 : 예술은 이데아의 모방일 뿐이며, 감성에 치우친 예술 활동은 이상국 건설을 방해 → 시인 추방 주장

　　㉡ 아리스토텔레스 : 예술 활동에 의해 만들어진 허구는 현실에 바탕을 둔 의미 있는 허구 → 개연성을 띤 허구

③ 일제 강점기에 활동한 윤동주, 이육사, 한용운 등의 시를 시대적 배경과 연결하여 저항문학으로 이해하는 것이 반영론에 따라 문학을 보는 예라고 할 수 있다.

(3) 존재론

① 작품의 구조를 중시한다는 점에서 구조론이라고도 하며, 주로 형식의 탐구에 치중하기 때문에 형식주의로 불리기도 한다.

② 다른 관점들이 외재적 요인을 중시하는 것에 비해 작품 내부 요인을 중시한다는 점에서 내재적 관점이라고 할 수 있다.

③ 주로 작품의 언어, 구조, 부분과 전체의 유기적 관계 등을 통해 문학 작품을 이해하려고 한다.

④ 시를 분석함에 있어 운율, 비유, 상징, 구조, 주제 등을 밝히는 것이 존재론에 따라 문학을 보는 예이다.

(4) 효용론

① 문학 작품이 이를 읽는 독자로 하여금 어떠한 효용을 미치는가를 중시하는 관점이다. 독자로 하여금 감동을 불러일으키는 작품의 성질은 무엇이며 그것이 작품의 어떤 요인에서 유발되었는가를 통해 작품을 이해하고 설명한다.

② 문학의 사회적 기능을 설명할 수 있는 관점으로, 문학의 이데올로기성에 대한 논의도 효용성과 연결된다.

③ 효용론은 쾌락설, 공리설과 관련지어 설명할 수 있다.

　　㉠ 쾌락설 : 독자는 문학 작품을 접함으로써 쾌락을 느낀다는 관점이다.

　　㉡ 공리설 : 독자는 문학 작품을 통해 교훈이나 감동, 깨달음 등을 얻게 된다는 관점으로 계몽주의와 맞닿아 있다.

④ 아리스토텔레스가 한 "비극은 연민과 공포를 통해 감정의 카타르시스를 행한다."라는 말은 문학의 효용론적 관점을 잘 보여주는 대표적인 예라고 할 수 있다.

① 표현론 : 작가의 창조력을 중시하는 입장
② 반영론 : 삶의 현실과 연관시켜 보는 입장
③ 존재론 : 문학 작품 자체를 중시하는 입장
④ 효용론 : 독자와 관계를 중시하는 입장

확인문제

1 문학 작품을 보는 네 가지 관점 중에서 접근 방법이 다른 하나는?

① 표현론 　　② 반영론 　　③ 존재론 　　④ 효용론

▶ ③ 존재론은 내재적 관점에 의한 것이고, 나머지는 외재적 관점에 의한 것입니다.

2 시인추방론과 개연성의 법칙과 연관되는 입장은?

① 표현론 　　② 반영론 　　③ 존재론 　　④ 효용론

▶ ② 반영론은 작품과 현실을 연관시켜 보는 입장으로 플라톤의 이데아론, 시인추방론, 아리스토텔레스의
　 개연성의 법칙과 연결해 해석할 수 있다.

3 공리설과 쾌락설을 활용하여 설명할 수 있는 문학의 관점은?

① 표현론 　　② 반영론 　　③ 존재론 　　④ 효용론

▶ ④ 효용론은 독자에게 쓸모가 있어야 한다는 견해로, 공리설과 쾌락설로 나눌 수 있다.

4 김소월의 시에 흐르는 '한의 정서'를 시인 자신의 불행했던 삶과 연결하여 해석하는 관점은?

▶ 표현론적 관점

5 문학을 보는 네 가지 관점으로 표현론, 반영론, 존재론, 효용론을 제기한 사람은?

▶ M. H. 에이브럼스

6 비극은 연민과 공포를 통해 감정의 (　　　　)을/를 행한다. - 아리스토텔레스

▶ 카타르시스

출제예상문제

 객관식

1 문학의 기원에서 '자기과시설'과 연관이 깊은 것은?

① 인간은 유행에 민감하다.
② 인간은 고독한 존재여서 타인에게 관심을 받고 싶어 한다.
③ 종족 보존 이외에도 남은 잉여 힘이 많다.
④ 노동을 할 때 자연스럽게 발생한다.

ADVICE > ② 인간은 고독한 존재인데, 그로 인해 타인에게 관심을 받고 싶어 하며 자신이 잘하는 것을 언어로 표현해 내는 것이 바로 문학이라는 것이다.

2 사회적 욕구에 의해 문학의 기원을 설명하는 것은?

① 모방충동설 ② 자기과시설
③ 발생론적 기원설 ④ 유희본능설

ADVICE > ③ 발생론적 기원설은 노동을 할 때 자연스럽게 문학이 흘러나온다는 것으로 사회적 욕구, 필요성에 기원을 두고 있다.

3 종족보존 이외에 정력의 과잉으로 인하여 문학이 탄생하게 되었다고 보는 입장은?

① 모방충동설 ② 자기과시설
③ 발생론적 기원설 ④ 유희본능설

ADVICE > ④ 유희본능설이 잉여 정력으로 인한 내용이다.

A_{NSWER} 1.② 2.③ 3.④

4 헌과 그로세가 주장한 것으로 노동의 실천과 문학의 기원을 연결 짓고 있는 것은?

① 모방충동설   ② 자기과시설

③ 발생론적 기원설   ④ 유희본능설

ADVICE 〉 ③ 노동의 실천은 곧 사회학적 기원설로 여기에는 발생론적 기원설이 해당한다.

5 '무목적의 목적'을 제시하면서 예술의 무상성을 주장한 학자는?

① 허드슨   ② 에이브럼즈

③ 칸트   ④ 플라톤

ADVICE 〉 ③ 칸트는 무목적의 목적을 내세웠다.

6 "예술은 현실의 세계 및 공상의 세계에 대한 흥미에서 창조된다."와 관련 깊은 입장은?

① 모방충동설   ② 자기과시설

③ 발생론적 기원설   ④ 유희본능설

ADVICE 〉 ② 자기과시설은 자신이 호기심이 있고, 관심이 있는 것, 잘 하는 것을 문학으로 표현하고자 하는 욕구를 지닌다는 것이다.

7 플라톤의 모방론에 대한 설명으로 적절한 것은?

① 개연성의 법칙을 내세웠다.

② 독자에게 미칠 '효용'을 중시하였다.

③ 예술은 이성이 아닌 감성을 키울 뿐이라고 하였다.

④ 모방을 긍정적인 관점에서 바라보았다.

ADVICE 〉 ③ 플라톤은 예술은 진리가 아니라 현상의 세계를 모방하고 이성이 아니라 감성을 키운다고 하였다.
         ① 아리스토텔레스의 입장이다.
         ② 효용론적 관점이다.
         ④ 플라톤은 이데아를 모방하는 것을 부정적으로 보았다.

Aɴsᴡᴇʀ   4.③   5.③   6.②   7.③

8 아리스토텔레스에 대한 설명으로 보기 어려운 것은?

① 예술의 본질이 모방에서 나온다고 하였다.
② 비극은 정서의 카타르시스를 동반한다고 하였다.
③ 비극은 연민과 공포의 정서와 함께 온다고 하였다.
④ 이데아론을 제시하였다.

ADVICE ›› ④ 이데아론은 플라톤이 제시하였다.

9 계율과 조화 자체를 표현하는 창작적인 예술로서 포이에시스(poiesis)라 불리는 것은?

① 음악과 시   ② 조각
③ 연주   ④ 회화

ADVICE ›› ① 플라톤에 따르면 회화는 거짓된 것, 외관을 표현하는 것으로 모든 예술 중에서 가장 부정적으로 평가되며, 연극·조각·건축 등은 대상을 전형으로 파악하고 조화와 균제에 보다 부합하는 것이므로 회화보다 높이 평가된다. 음악과 시는 계율과 조화 자체를 표현한 것으로 가장 창작적인 예술로 보아 특별히 포이에시스라고 부른다.

10 (   ) 안에 들어갈 알맞은 말은?

> 아리스토텔레스는 「시학」에서 "미는 크기와 (   )에 있다."라고 말한 바 있다. (   )는 객관적, 형식적 측면을 대표하는데 음악과 시에서의 리듬, 하모니, 선율, 운율 등이 바로 여기에 속한다.

① 무게   ② 성질
③ 규율   ④ 질서

ADVICE ›› 아리스토텔레스가 한 "아름다움은 크기와 질서에 있다."라는 말에서 '크기'란 예술이 지니는 속성과 본질, 본성을 의미하며, '질서'는 예술의 형태적인 것, 외적인 것을 뜻한다. 따라서 결국 이 말은 여러 아름다움 중에서 가장 예술적인 본질, 그 본질을 가장 잘 드러내는 형태적인 것이 바로 엄숙하고 숭고하고 비장한 것이라고 볼 수 있다.

Answer   8. ④   9. ①   10. ④

11 예술적 언어로 적절한 것은?

① 지시적 의미 　　　　　　　　② 사전적 의미

③ 표현 　　　　　　　　　　　　④ 진술

ADVICE 〉③ 예술적 언어는 문학 작품 등에 쓰이는 언어로 과학적 언어와 구별된다.

12 과학적 언어와 가장 관련 깊은 것은?

① 의사진술 　　　　　　　　　②함축

③ 언어의 다의성 　　　　　　　④ 언어의 지시적 사용

ADVICE 〉④ 과학적 언어는 문학의 언어와는 달리 명백히 진위가 결정되는, 지시적 의미로 사용되는 언어이다.

13 문학의 네 가지 관점을 제시한 사람은?

① 엘리어트 　　　　　　　　　② 리처즈

③ 웰렉 　　　　　　　　　　　④ 에이브럼스

ADVICE 〉④ 에이브럼즈가 문학의 네 가지 관점을 표현론, 반영론, 존재론, 효용론으로 제시하였다.

14 표현론에 대한 설명으로 보기 어려운 것은?

① 작가의 창조력을 강조하였다. 　　② 외재적 관점이라 할 수 있다.

③ 영감설과 장인설이 있다. 　　　　④ 반영론과 같은 개념이다.

ADVICE 〉④ 표현론은 작가에 초점을 둔 것이고, 반영론은 세계에 초점을 둔 것이다.

15 반영론 중에서 개연성의 법칙을 제시한 학자는?

① 플라톤 　　　　　　　　　　② 아리스토텔레스

③ 야콥슨 　　　　　　　　　　④ 헤겔

ADVICE 〉② 아리스토텔레스가 개연성의 법칙을 제시하였다.

ANSWER　11.③　12.④　13.④　14.④　15.②

📖 주관식

1 문학에 대해 정의하시오.

2 문학의 네 가지 특성에 대해 간략히 설명하시오.

3 문학의 두 가지 기원에 대해 간략히 설명하시오.

4 아리스토텔레스가 제시한 '카타르시스'란 무엇인지 설명하시오.

5 '아름다움은 크기와 질서에 있다.'라는 말에서 크기와 질서가 의미하는 바를 간략히 설명하시오.

Answer

1. 문학이란 언어를 수단으로 하는 예술이다.
2. ① 경험성 : 문학은 가치 있는 경험을 그 대상으로 한다.
   ② 언어 : 문학은 언어를 수단으로 한다.
   ③ 상상력 : 문학은 작가의 상상력을 통해 재구성된다.
   ④ 가치관 : 작가는 문학 작품을 표현하는 과정에서 자신의 가치과과 정서를 담아낸다.
3. ① 심리학적 기원설 : 문학이 심리학적 요인에서 발생했다고 보는 견해로, 모방충동설, 유희충동설, 자기과시설이 있다.
   ② 사회학적 기원설 : 문학이 사회적 필요, 즉 실용성에서 발생했다고 보는 견해이다.
4. 아리스토텔레스가 「시학」에서 제시한 것으로, 비극이나 어떤 종류의 음악 등과 같은 예술에 항상 수반되는 미적 효과라고 할 수 있다.
5. 크기란 예술이 지니는 속성과 본질, 본성을 의미하며 질서는 예술의 형태적인 것, 외적인 것을 뜻한다.

6   M. H. 에이브럼스가 제시한 문학을 보는 네 가지 관점에 대해 간략히 설명하시오.

7   다음 표를 보고 ㉠~㉢에 알맞은 말을 채우시오.

한 권으로 단박에 합격하기 **독학사**

시론

시의 언어

1 의사진술과 시적허용

시에 쓰이는 언어는 우리가 흔히 일상생활에서 사용하는 언어와 다른 특징이 있다. 또한 소설이나 희곡과 같은 산문 문학과도 다른 특징을 보인다.

(1) 의사진술

① **개념** : 의사진술이란 실증적 차원의 일상적 진술을 넘어서는 시적 진술을 말한다.

② **일상적 진술의 특징**

　㉠ **명확성** : 원활한 의사소통을 위해 의미가 명확해야 한다.

　㉡ **가치판단** : 참과 거짓을 가려낼 수 있는 표현으로 진위가 확실해야 한다.

③ 노천명의 시 「사슴」에서 '모가지가 길어서 슬픈 짐승이여'라는 시구는 의사소통의 명확성이나 가치판단을 위해 적절한 진술이 아니지만, 이는 시적 진술로서 의미를 가진다.

(2) 시적허용

① 개념 : 시에서만 특별히 인정하는 문법적인 허용을 말한다.

② 맞춤법이나 띄어쓰기에 어긋나는 표현을 통해 운율적 효과 및 강조 등 새로운 의미를 부가하는 것이라고 볼 수 있다.

③ 정현종의 시 「모든 순간이 꽃봉오리인 것을」에서 '모든 순간이 다아/꽃봉오리인 것을'의 시구의 '다아'는 '다'의 시적 허용으로 볼 수 있다.

2 함축성

(1) 지시적 의미

① 개념 : 어떤 낱말이 지니고 있는 가장 기본적이고 객관적인 의미로, 사전적 의미 또는 외연적 의미라고도 한다.

② 어느 개인에 의해 의미가 도출된 것이 아니라 일반 사람들이면 누구나 떠올릴 수 있을 법한 의미 관계가 성립해야 하며, 표현과 의미 사이에 1 : 1의 관계가 성립해야 한다.

③ '어머니'라는 단어를 '자기를 낳아 준 여성'이라는 의미로 해석하는 것이 사전적 의미에 따른 해석이라고 할 수 있다.

④ 지시적 의미는 일상적인 진술에서 주로 사용된다.

(2) 함축적 의미

① 개념 : 낱말이 지니고 있는 사전적 의미가 아닌, 그에 따라 연상되거나 관습 등에 의해 형성된 의미를 말한다. 연상적 의미, 또는 내포적 의미라고도 한다.

② 시 속의 문맥과 상황에 따라서 도출되는 의미로 표현과 의미 사이에 1 : 多의 관계가 성립한다.

③ '어머니'라는 낱말에서 '포근함', '희생', '헌신', '고향' 등을 연상하는 것이 바로 '어머니'가 함축하고 있는 함축적 의미라고 할 수 있다.

④ 윤동주의 시 「서시」에서 시어 '별'의 함축적 의미는 '순수함', '깨끗함', '지켜야 할 목표', '이상' 등이라고 할 수 있다.

> **지시적 의미와 함축적 의미**
> ① 지시적 의미 : 사전에 실려 있는 의미, 표현과 의미 사이에 1 : 1 관계가 형성 작가의 창조력을 중시하는 입장
> ② 함축적 의미 : 시의 문맥에 따라 새롭게 생성되는 의미

3 애매성

애매성이란 의미가 하나로 고정되지 않고 한 낱말이나 문장이 두 가지 이상의 뜻을 동시에 지니는 것이다. 함축적 의미와 유사하나 다소 차이가 있으며, 애매성은 난해성으로 이어질 가능성이 있다.

(1) R. 울만의 애매성

① 음성적 애매성 : 동음이의어에 의한 애매성

② 문법적 애매성 : 언어 형태상 한 단어에 여러 가지 의미가 있을 때 나타나는 애매성

③ 어휘적 애매성 : 다의어 또는 동음이의어에 의한 애매성

(2) S. W. 엠프슨의 애매성의 7가지 유형

① 한 낱말 또는 문장이 동시에 여러 방향으로 영향을 미치는 경우

② 한 낱말이 갖는 둘 이상의 의미가 저자가 의도한 단일한 뜻을 형성하는 데 동시에 이바지한 경우

③ 한 낱말로 두 가지의 다른 뜻이 표현되는 경우

④ 서로 다른 의미들이 합쳐져서 저자의 의도를 나타내는 경우

⑤ 하나의 단어가 비유와 결합하면서 의미가 하나로 결정되지 않는 경우

⑥ 표현이 진술이 모순이 있어 독자가 스스로 해석을 내려야 하는 경우

⑦ 하나의 진술이 근본적으로 모순되어서 저자의 정신에 원천적 분열이 있음을 나타내는 경우

(3) 애매성의 실례

① 김수영의 시 「눈」에서 '눈'은 하늘에서 내리는 雪과 신체의 目의 의미를 함께 지니고 있다고 볼 수 있다. '눈'을 雪으로 해석할 경우 이 시어에 담긴 의미에는 '순수', '고요', '평화' 등으로 볼 수 있으며, 目으로 해석할 경우 '분별력', '판단력' 정도의 의미로 이해할 수 있다.

② 김소월의 시 「산유화」에서 '저만치 혼자서 피어 있네'라는 시구의 '저만치'와 '혼자서'는 각각 다음과 같은 여러 가지 의미로 동시에 해석할 수 있어 애매성을 띤다.

　㉠ 저만치
　　• 꽃들끼리 저만치 거리를 두고 피어 있다 → 꽃과 꽃 사이의 거리감
　　• 화자와 저만치 거리를 두고 피어 있다 → 꽃과 화자 사이의 실제적 또는 심리적 거리감

- 저만한 정도로 피어 있다 → 꽃이 피어 있는 정도
ⓛ 혼자서
- 홀로 외롭게
- 아무 도움 없이 혼자 힘으로
- 저절로, 자연적으로

▷ **애매성**

애매성이랑 한 낱말이나 문장이 두 가지 이상의 의미를 동시에 지니는 것을 말한다.

---

4 사물성

(1) 시어의 사물성

사물성이란 구체적이거나 개별적인 존재처럼 특성을 가진다는 의미로, 시어(詩語)의 사물성(事物性)이란, 시에서 쓰이는 언어가 사물적인 즉, 구체적이거나 개별적인 존재로서의 특성을 지닌다는 것이다.

(2) 무의미시

① 시를 구성하는 언어와 그 언어가 만들어내는 이미지는 존재하는 데 그 언어와 이미지가 갖는 의미가 드러나지 않는 시를 말한다.

② 시어들이 일상적인 전달기능에서 벗어나 자체가 스스로 사물로서 존재한다.

③ 김춘수가 제시한 개념으로 무의미시는 이미지를 보여주는 것에 중점을 두는 것이 사실이지만, 이는 이미지는 아무런 의미가 없다는 것이 아니라 시를 읽는 독자들 스스로 그 의미를 생각하고 느껴볼 수 있는 폭을 넓힌 것이라고도 볼 수 있다.

▷ **무의미시**

시를 이루는 언어와 이미지만 있을 뿐 의미가 존재하지 않는 시 → 시 언어의 사물성과 관련됨

확인문제

1 시 언어의 특징으로 보기 어려운 것은?

① 의사진술성   ② 지시성   ③ 함축성   ④ 사물성

▸② 시 언어의 특징으로 의사진술성, 함축성, 애매성, 사물성이 있다. 지시성은 언어의 사전적 의미로 시 언어의 특징으로 볼 수 없다.

2 의사진술성에 대해 설명하시오.

▸의사진술성이란 시 언어의 한 특징으로 진술의 형태를 지니지만 과학적인 진술처럼 진위여부를 가릴 수 없는 진술을 말한다.

3 시 언어의 특징 네 가지를 밝히고, 이 중 두 가지를 선택하여 간략히 설명하시오.

▸시 언어의 특징으로는 의사진술성, 함축성, 애매성, 사물성이 있다. 함축성은 사전적 의미와는 달리 여러 의미가 내포되어 있는 것을 뜻하며, 사물성이란 시어들이 일상적인 전달기능에서 벗어나 그 자체가 사물이 되어 존재하는 것을 의미한다.

4 '무의미시'에 나타난 시어의 특징과 관계 깊은 것은?

① 의사진술성   ② 지시성   ③ 함축성   ④ 사물성

▸④ 무의미시는 '시에서 언어만 있을 뿐 의미는 존재하지 않는 시'이다. 시어가 곧 사물로서만 시 안에서 존재한다는 의미이다.

5 시어의 함축적 의미는 대상과 의미 사이의 관계가 1:1의 관계를 지닌다. (○, ×)

▸× 플라톤은 예술을 예술가에 의해 제작되는 기술로 보았다.

02 CHAPTER

서정시의 본질

기출문제 맛보기 💡

다음과 같은 시의 종류로 알맞은 것은?

> 내 마음은 湖水요. / 그대 노 저어 오오.
> 나는 그대의 흰 그림자를 안고 玉같이 / 그대의 뱃전에 부서지리다.
>
> 내 마음은 燭불이요. / 그대 저 문을 닫아 주오.
> 나는 그대의 비단 옷자락에 떨며, 고요히 / 최후의 한 방울도 남김없이 타오리다.

① 정형시　　　　　　　　　② 서정시
③ 산문시　　　　　　　　　④ 서사시

▶② 제시된 시는 김동명의 「내 마음은」으로, 1938년 발행된 시집 「파초」에 실려 있다. 서정시란 3대 시의 부문(서사시 · 서정시 · 극시) 중 하나로 화자의 정서를 주관적으로 읊은 시이다.

1 서정시의 의미

서정시란 3대 시의 부문(서사시 · 서정시 · 극시) 중 하나로, 일반적으로 시라고 할 때 사람들이 머릿속에 떠올리는 이미지, 그것이 바로 서정시이다.

(1) 서정의 개념

① 서정은 곧 '정서'를 의미하며 쉽게 말하면 화자가 느끼는 '감정'이라고 할 수 있다.

② 화자가 세상이 아름답다고 얘기하는 것, 지금 자신이 기쁘다고 말하는 것, 누군가와 이별하여 마음이 아프다고 고백하는 것 등 자신의 정서를 주관적으로 노래한다.

③ 따라서 서정시는 '감정을 노래한 시'라고 할 수 있다.

(2) 고백성과 순간성

① **고백성** : 서정시는 화자가 자신의 슬픔, 기쁨 등을 고백하는 형식으로 이루어지는 경우가 많다. 때문에 서정시를 두고 고백적이라고 한다.

② **순간성** : 시는 소설과 달리 이야기, 줄거리가 없기 때문에 순간적이라고 한다.

> **서정시**
>
> ① 서정적 자아에 의한 일인칭 자기 고백체
> ② 주관을 표출하는 문학 양식
> ③ 순간의 형식
> 즉, 서정시란 순간의 주관적 감정을 자기 고백체로 기술해 놓은 시라고 할 수 있다.

---

2 서정적 자아

(1) 서정적 자아

① 시에서 이야기하는 사람으로, 시인이 자신의 생각이나 느낌을 효과적으로 전달하기 위해 내세운 가공의 인물이라고 할 수 있다.

② 시인과는 구별되는 개념으로 '시인＝서정적 자아'라고는 볼 수 없다.

③ 시적 자아 또는 시적 화자라고도 한다.

(2) 시의 동일성

① 일반적으로 사람들은 자신의 감정에 따라 세상을 본다. 자신이 슬플 경우 세상을 어둡게 보며 자신이 기쁠 때는 세상을 아름답게 본다는 것이다.

② **세계의 자아화** : 세상을 자신이 느끼는 감정처럼 보게 되는 것을 세계를 자아화한다고 말한다.

③ **시의 동일성** : 세계를 자아화할 경우, 세상은 자신과 점차 가까워져 하나가 되는 경지에 이른다. 이를 시의 동일성이라고 한다.

> **서정시의 속성**
>
> 서정시의 속성은 자아와 세계가 동일화 되는 체험의 순간을 자기 고백체로 기록하는 것이라고 할 수 있다.

확인문제

1 서정시의 본질이 아닌 것은?

① 자기 고백적   ② 주관의 표출   ③ 순간의 형식   ④ 서사적

▸④ 서사란 사실을 있는 그대로 적는다는 의미로, 서사시는 일반적으로 심각한 주제를 장중한 문체로 다룬다. 신화, 전설, 역사적 사건 등을 시간의 순서에 따라 시의 형식으로 서술한다. 서정시는 시적 화자 개인의 감정을 노래하는 것으로 서사와는 무관하다.

2 서정시에 대한 설명으로 적절한 것은?

① 형식이 정해져 있다.
② 이야기가 들어가 있다.
③ 세계를 자아화하여 표현한다.
④ 인물의 갈등을 중심으로 한다.

▸③ 서정시의 속성은 자아와 세계가 동일화 되는 체험의 순간을 자기 고백체로 기록하는 것이라고 할 수 있다.

3 자아와 세상과의 거리가 없어지는 순간을 지칭하는 용어는?

① 애매성   ② 동일성   ③ 함축성   ④ 다의성

▸② 세계의 자아화를 통해 자아와 세계의 거리가 없어질 때 이를 '시의 동일성'이라고 한다.

4 (   )란 시에서 이야기하는 사람으로, 시인이 자신의 생각이나 느낌을 효과적으로 전달하기 위해 내세운 (   ) 인물이라고 할 수 있다.

▸서정적 자아, 가공의(허구적)

5 '시인=서정적 자아'라고 할 수 있다. (○, ×)

▸× 서정적 자아란 시인과는 구별되는 개념으로 시인이 자신의 생각이나 느낌을 효과적으로 전달하기 위해 내세운 가공의 인물이다. 따라서 '시인=서정적 자아'라고는 볼 수 없다.

시의 운율

핵심문제 맛보기 💡

다음 시에서 나타나는 운율로 가장 적절한 것은?

> 물구슬의 봄 새벽 아득한 길 / 하늘이며 들 사이에 넓은 숲
> 젖은 향기 붉긋한 잎 위의 길 / 실그물의 바람 비쳐 젖은 숲
> 나는 걸어가노라 이러한 길 / 밤저녁의 그늘진 그대의 꿈
> 흔들리는 다리 위 무지개 길 / 바람조차 가을 봄 걷히는 꿈

① 강약률   ② 고저율
③ 음위율   ④ 장단율

▶ ③ 제시된 시는 김소월의 「꿈길」로, 각 행의 동일한 위치에 비슷한 음가를 가진 단어를 반복적으로 배치하여 만들어내는 외형상의 운율인 음위율이 나타나는 것을 볼 수 있다.

1   시의 운율

시의 운율은 이미지와 함께 시의 2대 요소라고 불린다. 이미지가 현대에 와서 강조되는 경향이 있다면, 운율은 고대에 더욱 강조되었다. 이러한 특성은 고대시를 '고전시가'라고 부르는 것에서도 알 수 있다.

(1) 운율의 개념

① 운율 : 시의 음성적 형식으로 음의 강약, 장단, 고저 또는 동음이나 유음의 반복으로 발생한다. '가락', '리듬'으로 바꾸어 쓸 수 있다.

② 반복 : 운율의 중요한 요소로는 반복을 들 수 있다. 시에서는 다양한 반복기법을 통해 운율을 만들어 낸다.

③ 정지용의 시 「향수」는 반복을 통한 운율이 잘 드러난 시로, 음악적 리듬의 확보, 같은 표현 반복, 비슷한 표현의 변주 등으로 시적 운율을 드러낸다.

(2) '운'과 '율'

시에서 말하는 운율은 운(韻, rhyme)과 율(律, meter)의 개념을 지닌 복합어이다.

① 운 : 동일한 소리가 일정한 위치에서 반복되는 것으로 규칙성과 관련 있다.

② 율 : 소리의 양이 반복되는 것으로 음의 강약, 장단, 고저의 규칙적인 반복을 포괄한다.

2 음위율

'운'을 통해 나타날 수 있는 운율의 대표적인 예로는 음위율이 있다.

(1) 음위율의 개념

① 음위율이란 각 행의 일정한 위치에 비슷한 소리가 나는 음을 반복해서 배치할 때 생기는 외형상의 운율을 뜻한다.

② 음의 위치에 의해 운율이 생기기 때문에 이를 '음위율'이라고 한다.

(2) 압운(押韻)

① 압운은 시의 행 처음과 끝, 행간, 휴지(休止) 등에 비슷한 음 혹은 같은 음을 반복해서 운율을 만드는 방법이다.

② 압운의 종류로 두운(頭韻), 각운(脚韻), 요운(腰韻)이 있다. 보통 압운이라고 할 때에는 각운만을 지칭하기도 한다.

 ㉠ 두운 : 행의 앞부분에 특정 소리가 반복하는 것

 ㉡ 각운 : 행의 마지막 부분에서 특정 소리가 반복되는 것

 ㉢ 요운 : 행의 중간 부분에서 특정 소리가 반복되는 것

③ 다음은 효종의 「청석령 지나거다」이다. 이 작품에서는 '지나거다', '차도찰사', '그려다'에서 공통으로 사용한 'ㅏ'의 반복으로 요운을, 그리고 각 장의 끝부분에 제시된 '어드메오', '무삼일고', '보낼고'에서 사용한 'ㅗ'의 반복으로 각운을 형성하고 있다.

> 청석령 지나거**다** 초하구 어드메**오**
> 호풍은 차도찰**사** 궂은비는 무삼일**고**
> 뉘라서 내 행색 그려**다** 님 계신 데 보낼**고**

(1) 음수율

① 음수율이란 시에서 음절의 수를 일정하게 하여 발생시키는 운율이다.

② 3 · 4조 또는 4 · 4조 : 우리나라 고전시가에서 나타나는 대표적인 음수율이다. 세 글자와 네 글자 또는 네 글자와 네 글자로 음절의 수를 일정하게 배열한다.

③ 다음은 남구만의 「동창이 밝았느냐」이다. 이 작품은 3 · 4조 또는 4 · 4조를 통해 운율을 형성하고 있다.

> 동창이/ 밝았느냐/ 노고지리/ 우지진다
> 소치는/ 아이는/ 상기 아니/ 일었느냐
> 재너머/ 사래 긴 밭을/ 언제 갈려/ 하느니

(2) 음보율

① 음보율은 운율 중 '율'과 관계되는 것으로 소리의 양이 반복되는 것을 의미한다.

② 시에 있어서 운율을 이루는 기본 단위로, 대체로 휴지(休止)의 주기라고 할 수 있는 3음절이나 4음절이 한 음보를 이룬다.

② 하나의 강음절(强音節)을 중심으로 그것에 어울리는 약음절(弱音節)이 한 음보를 이루는 영시와 달리 우리나라의 시의 경우 악센트의 개념이 없어 휴지의 주기를 통해 운율을 형성한다.

③ 다음은 원천석의 「눈 맞아 휘어진 대를」과 남구만의 「동창이 밝았느냐」이다. 이 작품들은 우리나라 시조의 대표적 운율인 4음보를 잘 보여준다.

> 눈 마져/ 휘여진 대를/ 뉘라셔/ 굽다턴고
> 구블/ 절(節)이면/ 눈 속에/ 프를소냐
> 아마도/ 세한고절(歲寒孤節)은/ 너뿐인가/ 하노라
>
> 동창이/ 밝았느냐/ 노고지리/ 우지진다
> 소치는/ 아이는/ 상기 아니/ 일었느냐
> 재 너머/ 사래 긴 밭을/ 언제 갈려/ 하느니

④ 다음은 작자미상의 고려가요 「가시리」이다. 이 작품은 고려가요의 대표적인 운율인 3음보를 잘 보여준다. 더불어 3 · 3 · 2조의 음수율을 보인다고 할 수 있다.

> 가시리/ 가시리/잇고
> 버리고/ 가시리/잇고
>
> 날러는/ 엇디 살라/ 하고
> 버리고/ 가시리/잇고
>
> 잡사와/ 두어리/마는
> 선하면/ 아니/ 올셰라
>
> 셜온 님/ 보내옵/노니
> 가시는 듯/ 도셔/오쇼셔

⑤ 다음은 김소월의 시 「먼 후일」이다. 이 작품은 3음보를 확인할 수 있다.

> 먼 훗날/ 당신이/ 찾으시면
> 그 때에/ 내 말이/ 잊었노라.
>
> 당신이/ 속으로/ 나무리면
> 무척/ 그리다가/ 잊었노라.
>
> 그래도/ 당신이/ 나무리면
> 믿기지/ 않아서/ 잊었노라.
>
> 오늘도/ 어제도/ 아니 잊고/
> 먼 훗날/ 그 때에/ 잊었노라.

4 그 밖의 운율

운율은 단순율격과 복합율격으로 나뉘는데, 음수율과 음보율이 단순율격이라면 고저율·장단율·강약률은 복합율격에 해당한다.

(1) 단순율격과 복합율격

① **단순율격** : 음절수나 음보수라는 하나의 자질에 의해 율격이 결정

② **복합율격** : 음절이나 음보 외에 고저, 장단, 강약 등 잉여적 자질이 율격을 결정

(2) 고저율 · 장단율 · 강약률

① **고저율** : 소리의 높고 낮음이 규칙적으로 반복되면서 이루는 운율로 한시(漢詩)에서 찾아볼 수 있다.

② **장단율** : 길고 짧은 소리가 반복되면서 나타나는 율격으로 주로 고대 희랍어나 로마어로 된 작품에서 볼 수 있다.

③ **강약률** : 악센트 있는 강음과 악센트 없는 약음이 반복되면서 나타나는 율격으로 주로 영시에서 살펴볼 수 있다.

확인문제

1 운율과 관계 깊은 것은?

① 반복 기법
② 비유적 표현
③ 시의 형식적 특성
④ 서정적 자아의 정서

▶ ① 반복은 운율을 만들어내는 유용한 장치가 된다.

2 운율에 대한 설명으로 적절하지 않은 것은?

① 운과 율로 나뉜다.
② 음위율과 음보율은 운율을 나타내는 용어이다.
③ 시조는 귀족적인 노래로 음보율이 두드러지게 나타난다.
④ 고려가요는 서민적인 노래로 주로 4음보의 율격을 지닌다.

▶ ④ 고려가요가 서민적인 노래인 것은 맞는 표현이나, 4음보가 아니라 주로 3음보의 율격을 지닌다.

3 시조에 대한 설명으로 적절한 것은?

① 서민적이며, 4음보의 노래이다.
② 귀족적이며, 3음보의 노래이다.
③ 서민적이며, 3음보의 노래이다.
④ 귀족적이며, 4음보의 노래이다.

▶ ④ 시조는 귀족적 성격을 띠며 주로 4음보로 되어 있다. ③은 고려가요에 대한 설명이다.

시의 이미지

 맛보기 💡

1　이미지(image)의 개념

이미지는 현대 시의 가장 중요한 요소라 해도 과언이 아닐 정도로 시에서 매우 중요한 역할을
한다.

(1) C. D. 루이스의 이미지

① C. D. 루이스는 이미지를 '독자의 상상력에 호소하는 방법으로 시인의 상상력에 따라 그려진 언
어의 그림'이라고 했다.

② 이는 이미지가 재생된 감각적 경험에 의해서 표현된 것으로, 시인이 직접적으로 독자에게 전해주
는 것이 아니라 언어로 그린 그림을 통해 간접적인 방식으로 전달해 주는 방식임을 의미한다.

(2) 이미지의 기능

C. D. 루이스는 이미지의 기능을 신선감, 강렬성, 환기력의 세 가지로 제시했다.

① **신선감** : 새로움에 대한 창조를 통하여 사물에 대한 인식을 새롭게 할 수 있다.

② **강렬성** : 이미지는 설명하는 것보다 더 강렬한 느낌을 준다.

③ **환기력** : 독자로 하여금 이미지를 통해 정서적인인 반응을 일으킬 수 있다.

> **C. D. 루이스의 이미지**
>
> ① 개념 : 독자의 상상력에 호소하는 방법으로 시인의 상상력에 따라 그려진 언어의 그림
> ② 기능 : 신선감, 강렬성, 환기력

---

2 이미지의 종류

(1) 지각 이미지

① **심상** : 심상은 '心(마음)'에 '象(모양)'으로 마음의 모양이라는 의미이다. 즉, 심상이란 마음속에 떠오르는 감각적인 인상이라고 할 수 있다.

② 감각적인 인상은 사람의 오감과 매우 밀접한 연관이 있다. 지각 이미지를 감각적 이미지라고 하는 이유도 여기에 있다.

③ 감각적 이미지의 종류

　㉠ **시각적 이미지** : 눈으로 느낄 수 있는 감각인 모양, 색깔, 상태, 움직임 등을 나타내는 시각적인 시어 및 시구를 통해 그려지는 모습이나 느낌을 말한다.

　㉡ **청각적 이미지** : 귀를 통해 느낄 수 있는 감각인 소리의 종류 및 크기 등을 나타내는 청각적인 시어 및 시구를 통해 그려지는 모습이나 느낌을 말한다.

　㉢ **후각적 이미지** : 코를 통해 느낄 수 있는 감각인 냄새를 묘사하는 시어 및 시구를 통해 그려지는 이미지를 말한다.

　㉣ **미각적 이미지** : 혀를 통해 느낄 수 있는 감각인 맛을 나타내는 시어나 시구를 통해 전해지는 이미지를 말한다.

　㉤ **촉각적 이미지** : 만짐에 의한 것으로 차가움과 뜨거움, 피부결 등과 연관되어 있다. 촉각적 이미지는 피부의 감각뿐만 아니라 춥고 더움과 같은 전체적인 감각까지도 포함한다.

　㉥ **기관 이미지** : 기관 이미지는 심장의 고동, 맥박, 호흡, 소화 등의 감각을 제시한 것이고, 근육 감각 이미지는 근육의 긴장과 움직임을 제시한 것이다.

　㉦ **공감각적 이미지** : 둘 이상의 감각 이미지가 함께 나타날 때, 감각의 전이 현상을 말한다.

(2) 비유적 이미지

① 시의 이미지는 감각성과 구체성을 표현하기 위해 비유적 언어에 의존한다. 이렇게 비유적 언어 표현에 의해 구현되는 구체적 이미지를 비유적 이미지라고 한다.

② 비유적 이미지는 언어를 통해 감각적 체험을 재현하거나 이미지를 조성하는 것에 목적이 있다.

③ 은유, 의인, 환유, 제유 등의 여러 가지 수사적 방법에 의해서 비유적 이미지가 형상화 된다.

(3) 상징적 이미지

① 상징적 표현을 통해 구체화되는 이미지를 상징적 이미지라고 한다. 상징적 이미지는 한 작품 속에서 반복적으로 사용되거나 한 작가의 여러 작품에서 자주 사용되는 이미지 중 추상적인 이미지를 함축하게 된 이미지를 말한다.

② 상징은 시인의 상상력과 예술적인 의도에 의해 결정되기도 하며, 오랜 시간 동안 한 사물의 의미를 특정 방향으로 고정시켜 사용하여 무의식적으로 그 뜻이 굳어진 경우도 있다.

③ 표현에 있어서 상징은 은유와 유사하지만, 은유는 두 가지의 사물 사이에 내재하는 유사성에 근거하지만 상징은 그렇지 않다는 점에서 차이가 있다.

3 시의 이미지의 실례

(1) 정지용 「유리창 1」

유리(琉璃)에 차고 슬픈 것이 어른거린다.
열없이 붙어 서서 입김을 흐리우니
길들은 양 언 날개를 파다거린다.

지우고 보고 지우고 보아도
새까만 밤이 밀려나가고 밀려와 부딪치고,
물 먹은 별이, 반짝, 보석(寶石)처럼 백힌다.

밤에 홀로 유리를 닦는 것은
외로운 황홀한 심사이어니,
고운 폐혈관(肺血管)이 찢어진 채로
아아, 너는 산(山)ㅅ 새처럼 날아갔구나!

정지용의 시 「유리창 1」에서는 다양한 감각적 이미지가 구현되고 있다. '입김', '새까만', '어른거린다', '파다거린다', '찢어진', '날아갔구나' 등의 시어는 색깔, 상태, 움직임과 관련된 표현으로 시각적 이미지를 구현한다. 또한 '차고', '언', '물 먹은' 등의 시어는 촉각적 이미지를 구현한다.

(2) 김광균 「뎃상」

1
향료를 뿌린 듯 곱단한 노을 위에
전신주 하나하나 기울어가고

먼―고가선(高架線) 위에 밤이 켜진다.

2
구름은
보라빛 색지(色紙) 위에
마구 칠한 한 다발 장미

목장의 깃발도, 능금나무도
부을면 꺼질 듯이 외로운 들길

김광균의 시 「뎃상」은 주로 시각적 이미지가 지배적으로 사용되었다. '노을', '전신주', '기울어 가고', '고가선', '밤', '구름', '보랏빛 색지', '장미' 등의 시어는 읽는 이로 하여금 해질녘의 쓸쓸한 풍경을 연상하게 한다. 김광균의 작품은 이미지즘을 잘 구현하고 있는 것이 특징적이다.

(3) 김구용 「소리」

참다운 소리를 찾아 / 귀를 기울이면
들리지 않는 것이 보인다.

하늘이 보이는 유리창에 / 그가 떠오른다.
그는 어지러러 속삭이는 / 그름이었다.

밤을 기다려 / 등불 밑에서 글을 쓰며
未熟한 생각은 渴症에 / 못 견디어 하품을 씹는다.

비가 온다. / 나의 방을 들여다보면서
아무것도 보이지 않는 / 유리창 너머로
열매들이 익는 / 노래가 들린다.

김구용의 시 「소리」는 청각적 속성을 지닌 '소리'라는 소재를 시각적 이미지를 사용해 표현하고 있다. '비가 온다. / 나의 방을 들여다보면서'라는 시구는 비가 창을 두드리는 표현이 잘 묘사되어 있다.

(4) 김동환의 「북청물장수」

김동환의 시 「북청물장수」에는 시원한 물소리를 표현하는 시어로 청각적 이미지를 잘 보여준다.

새벽마다 고요히 꿈길을 밟고 와서
머리맡에 찬물을 쏴 퍼붓고는
그만 가슴을 디디면서 멀리 사라지는
북청 물장수

물에 젖은 꿈이
북청 물장수를 부르면
그는 삐걱삐걱 소리를 치며
온 자취도 없이 다시 사라져 버린다.

날마다 아침마다 기다려지는
북청 물장수

(5) 백석 「여우난곬족」

명절날 나는 엄매 아배 따라 우리집 개는 나를 따라 진할머니 진할아버지 있는 큰집으로 가면 얼굴에 별자국이 솜솜 난 말수와 같이 눈도 껌벅거리는 하로에 베 한 필을 짠다는 벌 하나 건너 집엔 복숭아나무가 많은 신리(新里) 고무, 고무의 딸 이녀(李女), 작은 이녀(李女) 열여섯에 사십(四十)이 넘은 홀아비의 후처(後妻)가 된, 포족족하니 성이 잘 나는, 살빛이 매감탕 같은 입술과 젖꼭지는 더 까만, 예수쟁이 마을 가까이 사는 토산(土山) 고무, 고무의 딸 승녀(承女), 아들 승(承)동이 육십리(六十里)라고 해서 파랗게 뵈이는 산을 넘어 있다는 해변에서 과부가 된 코끝이 빨간 언제나 흰 옷이 정하든, 말 끝에 설게 눈물을 짤 때가 많은 큰골 고무, 고무의 딸 홍녀(洪女), 아들 홍(洪)동이, 작은 홍(洪)동이 배나무접을 잘하는 주정을 하면 토방돌을 뽑는, 오리치를 잘 놓는, 먼 섬에 반디젓 담그러 가기를 좋아하는 삼춘, 삼춘 엄매, 사춘 누이, 사춘 동생들이 그득히들 할머니 할아버지가 안간에들 모여서 방안에서는 새 옷의 내음새가 나고 또 인절미, 송구떡, 콩가루차떡의 내음새도 나고, 끼때의 두부와 콩나물과 뽁운 잔디와 고사리와 도야지비계는 모두 선득선득하니 찬 것들이다.
저녁술을 놓은 아이들은 오양간섶 밭마당에 달린 배나무 동산에서 쥐잡이를 하고, 숨굴막질을 하고, 꼬리잡이를 하고, 가마타고 시집가는 놀음, 말타고 장가가는 놀음을 하고, 이렇게 밤이 어둡도록 북적하니 논다.
밤이 깊어 가는 집안엔 엄매는 엄매들끼리 아르간에서들 웃고 이야기하고, 아이들은 아이들끼리 웃간 한 방을 잡고 조아질하고 쌈방이 굴리고 바리 깨돌림하고 호박떼기하고 제비손이 구손이하고, 이렇게 화디의 사기방 등에 심지를 몇 번이나 돋우고 홍게닭이 몇 번이나 울어서 졸음이 오면 아릇목싸움 자리싸움을 하며 히드득거리다 잠이 든다. 그래서는 문창에 텅납새의 그림자가 치는 아츰 시누이 동세들이 육적하니 흥성거리는 부엌으론 샛문틈으로 장지문틈으로 무이징게 국을 끓이는 맛있는 내음새가 올라오도록 잔다.

백석의 「여우난곬족」에서 가장 두드러지는 이미지는 후각적 이미지라고 할 수 있다. 우리 민족의 얼이 살아 있다는 것을 유년시절의 냄새와 결합하여 제시하고 있는데 '새 옷의 내음새', '인절미, 송구떡, 콩가루차떡의 내음새', '무이징게 국을 끓이는 맛있는 내음새' 등 후각적 표현을 통해 효과적인 주제 구현을 실현하고 있다.

(6) 김광균 「외인촌」

하이얀 모색(募色) 속에 피어 있는
산협촌(山峽村)의 고독한 그림 속으로
파—란 역등(驛燈)을 달은 마차(馬車)가 한 대 잠기어 가고,
바다를 향한 산마루길에
우두커니 서 있는 전신주(電信柱) 위엔
지나가던 구름이 하나 새빨간 노을에 젖어 있었다.

바람에 불리우는 작은 집들이 창을 내리고,
갈대밭에 묻히인 돌다리 아래선
작은 시내가 물방울을 굴리고

안개 자욱—한 화원지(花園地)의 벤치 위엔
한낮에 소녀(少女)들이 남기고 간
가벼운 웃음과 시들은 꽃다발이 흩어져 있었다.

외인묘지(外人墓地)의 어두운 수풀 뒤엔
밤새도록 가느다란 별빛이 내리고,

공백(空白)한 하늘에 걸려 있는 촌락(村落)의 시계(時計)가
여윈 손길을 저어 열 시를 가리키면
날카로운 고탑(古塔)같이 언덕 위에 솟아 있는
퇴색한 성교당(聖敎堂)의 지붕 위에선

분수처럼 흩어지는 푸른 종소리

김광균의 시 「외인촌」에서 '분수처럼 흩어지는 푸른 종소리'라는 표현은 '종소리'라는 청각적 이미지를 '푸른'이라는 시각적 이미지와 함께 제시하였다. 즉, 청각을 시각화 하여 감각의 전이를 일으킨 것이다. 이렇게 두 가지의 감각이 함께 표현되면서 감각의 전이를 일으켜 하나의 표현을 구현하고 있는 것을 공감각적 이미지라고 한다.

(7) 정지용 「향수」

넓은 벌 동쪽 끝으로 옛이야기 지줄 대는
실개천이 휘돌아 나가고 얼룩백이 황소가
해설피 금빛 게으른 울음을 우는 곳
그곳이 차마 꿈엔들 잊힐리야

질화로에 재가 식어지면, 비인 밭에 밤바람 소리
말을 달리고 엷은 졸음에 겨운 늙으신 아버지가
짚 벼개를 돋아 고이시는 곳
그곳이 차마 꿈엔들 잊힐리야

흙에서 자란 내 마음, 파란 하늘빛이 그리워
함부로 쏜 화살을 찾으러 풀 섶 이슬에
함초롬 휘적시던 곳
그곳이 차마 꿈엔들 잊힐리야

전설바다에 춤추는 밤 물결 같은 검은 귀밑머리 날리는
어린 누이와, 아무렇지도 않고 예쁠 것도 없는 사철 발 벗은
아내가 따가운 햇살을 등에 지고 이삭 줍던 곳
그곳이 차마 꿈엔들 잊힐리야

하늘에는 성근 별, 알 수도 없는 모래성으로 발을 옮기고,
서리 까마귀 우지짖고 지나가는 초라한 지붕
흐릿한 불빛에 돌아앉아 도란도란 거리는 곳
그곳이 차마 꿈엔들 잊힐리야

공감각적 이미지는 정지용의 「향수」에서도 찾아볼 수 있다. '해설피 금빛 게으른 울음을 우는 곳'이라는 표현은 청각적 이미지인 '울음'을 시각적 이미지인 '금빛'으로 표현하고 있다. 이 역시 청각의 시각화로 공감각적 심상에 해당한다.

확인문제

1 이미지의 종류로 보기 어려운 것은?

① 지각 이미지

② 비유적 이미지

③ 상징적 이미지

④ 반어적 이미지

▶④ 이미지의 종류에는 지각 이미지, 비유적 이미지, 상징적 이미지가 있다.

2 공감각적 이미지가 사용된 것은?

① 돌담에 속삭이는 햇발같이

② 분수처럼 흩어지는 푸른 종소리

③ 엄마야, 누나야 강변 살자 / 뜰에는 반짝이는 금 모래빛

④ 처마 끝에 호롱불 여위어 가며 / 서글픈 옛 자취인 양 흰 눈이 내려

▶② 푸른 종소리에는 청각과 시각이 함께 어울려 사용되었다.

3 공감각적 이미지가 무엇인지 서술하시오.

▶둘 이상의 감각이 결합되어 나타나는 이미지로, '○○의 ○○화'처럼 감각의 전이가 나타나야 한다.

4 다음 중 비유적 이미지에 대한 설명으로 적절하지 않은 것은?

① 비유적 언어 표현에 의해 구현되는 구체적 이미지이다.

② 감각을 통해 그 의미를 직설적으로 전달하는 데 목적이 있다.

③ 여러 요소를 다양하게 통합하는 포괄적 성격이 강하다.

④ 은유, 의인, 환유, 제유 등의 여러 가지 수사적 방법에 의해 형상화 된다.

▶② 비유적 이미지는 언어를 통해 감각적 체험을 재현하거나 이미지를 조성하는 것에 목적이 있다. 감각 기관과 1차적으로 대응하여 직설적으로 의미를 전달하는 것은 비유적 이미지와 거리가 멀다.

05 CHAPTER

시의 수사학

맛보기

다음 (   ) 안에 들어갈 말로 적절한 것은?

> (   )란 표현하고자 하는 대상을 다른 대상에 비겨서 표현하는 방법으로 직유·은유·의인(擬人)·의성(擬聲)·의태(擬態)·풍유(諷喩)·제유(製油)·환유(換喩)·중의(重意) 등의 여러 방법이 있다. 이때 주지와 매체는 유사성에 기반하며 서로 1:1 대응 관계를 이룬다.

① 역설   ② 반복
③ 비유   ④ 상징

▶③ 비유는 전달하고자 하는 바를 효과적으로 구현하기 위해 주지와 유사성을 가지는 매체를 끌어다가 쓰는 수사적 방법이다.

1 비유

(1) 비유의 개념

① 비유란 수사 중 하나로 표현하고자 하는 대상을 다른 대상에 비겨서 표현하는 방법이다. 성격에 따라 직유·은유·의인·의성·의태·풍유·제유·환유·중의 등의 여러 방법이 있다.

② 원관념과 보조관념

   ㉠ **원관념** : 비유를 통해 표현하고자 하는 주체

   ㉡ **보조관념** : 원관념을 표현하기 위해 비유되는 것

   ㉢ **유사성** : 비유하는 데 있어서는 언제나 표현 대상인 원관념과 대상에 비겨 보는 대상인 보조관념 사이의 유사성이 필요하다.

   ㉣ **긴장** : 테이트는 '보조관념과 원관념 사이의 거리가 멀면 멀수록 서로 잡아당기는 힘이 팽팽하게 고조되어 긴장의 강도가 커지고, 그것이 시를 더욱 시적인 것으로 만든다.'라고 하였다.

(2) 비유의 종류

① 직유

㉠ 개념 : 비슷한 성질이나 모양을 가진 두 사물을 직접적으로 비유하는 수사법이다.

㉡ '-같이', '-양', '-듯이', '-처럼' 등의 어휘를 통해 표현한다.

㉢ 신석정의 시 「바다에게 주는 시」에서 '해안선의 바위는 베토벤처럼 귀가 먹었다'라는 표현은 '-처럼'을 사용하여 원관념과 보조관념을 직접 빗대어 표현하고 있다.

㉣ 김영랑의 시 「돌담에 속삭이는 햇발같이」는 직유를 잘 보여주는 적절한 예라고 할 수 있다. '햇발같이', '샘물같이', '부끄럼같이', '물결같이'에서 보듯 8행의 시 절반 이상을 직유로 채우고 있는데, 직유는 수사법의 가장 기본적인 단계로 직유만으로 시를 효과적으로 표현하기 힘듦에도 불구하고 이 시는 직유를 통해 효과적인 의미전달뿐만 아니라 운율을 생성하는 등 다양하게 활용하고 있다.

> 돌담에 속삭이는 햇발같이
> 풀 아래 웃음 짓는 샘물같이
> 내 마음 고요히 고운 봄 길 위에
> 오늘 하루 하늘을 우러르고 싶다.
>
> 새악시 볼에 떠오는 부끄럼같이
> 시의 가슴에 살포시 젖는 물결같이
> 보드레한 에메랄드 얇게 흐르는
> 실비단 하늘을 바라보고 싶다.

② 은유

㉠ 개념 : 직유법과 대조되는 개념으로, 원관념과 보조관념의 비슷한 속성을 활용하여 말하고자 하는 바를 묘사하는 표현법이다.

㉡ 원관념과 보조관념을 동일한 것으로 보므로 'A(원관념)는 B(보조관념)다.'의 형태로 나타난다.

㉢ 치환은유와 병치은유 : P. 휠라이트는 은유를 두 가지로 나누어 제시하였다.

- 치환은유 : 전통적인 방법의 은유로 보조관념이 원관념을 치환하는 것, 즉 대체한다는 의미를 지니고 있다.

- 병치은유 : A와 B를 대체하는 것이 아니라 병렬과 종합을 통해 새로운 의미를 도출해 내는 것이다. 유사성 보다는 상호 독립성을 중시한다.

㉣ 김동명의 시 「내 마음은」은 '내 마음은 호수요.', '내 마음은 촛불이요.' 등의 어구에서 은유를 찾아볼 수 있다. '내 마음은 호수요.'라는 은유적 표현을 통해 내 마음이 호수의 속성인 '잔잔하다', '맑다', '고요하다' 등의 상태임을 전하고자 하는 것이다.

㉤ 김광균의 시 「설야」에서는 원관념인 눈을 표현하기 위해 다양한 은유를 사용하였다. '어느 먼 곳의 그리운 소식', '추억의 조각', '소식', '옷 벗는 소리', '차단한 의상' 등은 모두 눈을 표현

하기 위한 보조관념으로 사용된 것이다. 이 외에 '옛 자취인양'에서는 직유적 표현도 쓰였다. 이처럼 한 편의 시에는 다양한 수사법이 쓰일 수 있다.

> 어느 먼 곳의 그리운 소식이기에
> 이 한밤 소리 없이 흩날리느뇨,
>
> 처마 끝에 호롱불 여위어가며
> 서글픈 옛 자취인 양 흰눈이 내려
>
> 하이얀 입김 절로 가슴에 메어
> 마음 허공에 등불을 켜고
> 내 홀로 밤 깊어 뜰에 내리면
>
> 먼 곳에 여인의 옷 벗는 소리.
>
> 희미한 눈발
> 이는 어느 잃어진 추억의 조각이기에
> 싸늘한 추회(追悔) 이리 가쁘게 설레이느뇨.
>
> 한줄기 빛도 향기도 없이
> 호올로 차단한 의상을 하고
> 흰눈은 내려 내려서 쌓여
> 내 슬픔 그 위에 고이 서리다.

▶ 직유와 은유

① 직유 : 표현하고자 하는 대상을 직접 다른 사물에 빗대어 표현
② 은유 : 'A=B'의 구조로 표현되며, 원관념과 보조관념의 유사 속성과 결합

▶ P. 휠라이트의 은유

① 치환은유 : 전통적, 유사성 중시
② 병치은유 : 상호독립성 중시

----

③ 대유

   ㉠ 개념 : 대유란 사물의 직접적인 명칭을 쓰지 않고, 사물의 일부나 특징을 들어서 전체를 나타내는 비유법이다. 대유에는 환유와 제유가 있다.

   • 환유 : 나타내고자 하는 관념이나 사물의 특징으로 전체를 나타내는 표현으로, '요람에서 무덤까지'라는 표현에서 '요람=탄생', '무덤=죽음'으로 생각해 볼 수 있는 것이 환유이다.

   • 제유 : 부분으로 전체를 나타내는 표현법으로, '빵이 아니면 죽음을 달라'라는 표현에서 빵은 식량의 일부로 그 전체를 의미한다.

ⓒ 비유와 은유가 원관념과 보조관념 사이의 유사 속성이 중요한 요소였다면 환유와 제유는 원관념과 보조관념 사이의 유사성이 없다는 것이 특징이다.

ⓒ 인접성 : 대유에서 중시되는 것으로 원관념을 표현하기 위해서 주변에 있는 대유물로 대신 표현하는데 이때에는 둘 사이의 인접성이 필요하다. 예를 들어 '인간은 빵만으로는 살 수 없다.'라는 말에서 빵은 음식의 의미를 담고 있다.

> **유사성과 인접성**

① 유사성 : 직유나 은유에서 중시되는 것으로 원관념과 보조관념 사이의 유사성이 필요
② 인접성 : 대유에서 중시되는 것으로 유사성 없이 인접성으로만 표현 가능

---

④ 그 밖의 비유

ⓐ 의인 : 사물이나 추상개념을 사람인 것처럼 표현하는 방법이다.

ⓑ 의성 · 의태 : 의성은 인간이나 사물의 소리를 그대로 묘사하여 표현하는 비유법이며, 의태법은 인간이나 사물의 모양이나 행동 등의 양태를 묘사하여 표현하는 비유법이다.

ⓒ 풍유 : 원관념을 뒤에 숨기고 보조관념만으로 숨겨진 본래의 의미를 암시하는 방법으로 우화법이라고도 하며, 속담이나 격언 등에 의해 구현된다.

2 상징

(1) 상징의 의미

① 상징의 개념 : 어떤 사물의 의미를 직접적으로 드러내지 않고 다른 사물로 표현하려는 수법으로 비유와 달리 원관념 없이 보조관념만으로 말하고자 하는 바를 표현하려고 한다.

② 상징은 직접적, 단선적으로 의미를 드러내지 않고 간접적, 복선적으로 의미를 암시한다. 이러한 특징으로 인해 독자는 하나의 상징을 통해 여러 가지 의미를 유추해 볼 수 있다.

③ 상징의 효과 : 상징은 독자로 하여금 다양한 의미를 유추하도록 하여 시의 내용을 풍성하게 만든다. 이를 통해 시는 독자에게 보다 큰 영향력을 미치게 되며, 생명력 또한 길어진다.

④ 한용운의 시 「님의 침묵」에서 제시된 '님'은 여러 가지 상징적인 의미로 해석된다. 1차적으로는 화자가 사랑하는 세속적 사랑의 대상으로 존재하는 님일 수도 있고, 조국일수도 있으며 부처로 읽히기도 한다. 이처럼 여러 독자들에게 다양한 영향력을 미칠 수 있기 때문에 상징적 의미를 지닌 시는 그 생명력 또한 길게 유지될 수 있는 것이다.

(2) 상징의 구분

① 원형적 상징

  ㉠ 대부분의 나라의 문학 작품 속에서 되풀이 되어 나타나는 상징으로 보편적 상징이라고도 한다.

  ㉡ '물'에 대해 '탄생', '정화', '생명' 등의 의미를 부여하는 것은 원형적 상징의 예라고 할 수 있다.

② 자연적 상징

  ㉠ 일상적인 생활 속에서 무의식적으로 자연스럽게 형성된 상징을 의미한다.

  ㉡ '하늘'에 대해 '신성함'의 의미를, '태양'에 대해 '광명', '희망'의 의미를 부여하는 것은 자연적 상징의 예라고 할 수 있다.

③ 제도적 상징

  ㉠ 어떤 제도적 집단의 구성원 모두에게 의미를 갖는 상징을 말한다.

  ㉡ 태극기가 대한민국을 대표한다거나 십자가가 종교 구성원들에게 절대적인 의미를 가지게 되는 것처럼 국기, 특정 집단을 나타내는 부호나 기호 등이 제도적 상징의 예라고 할 수 있다.

④ 알레고리컬 상징(관습적 상징)

  ㉠ 한 사회에서 오랫동안 같은 의미로 상징되어 더 이상 새로운 의미를 생산하지 못하고, 의미가 고정된 경우를 말한다.

  ㉡ '비둘기=평화', '백합=순결' 등이 알레고리컬 상징에 해당하는 예라고 할 수 있다.

⑤ 개인적 상징

  ㉠ 개인이 독창적으로 만들어내 지금까지 의도하지 않았던 추상적 의미를 부여하는 것을 말한다.

  ㉡ 예를 들어 윤동주의 시 「십자가」에서 '십자가'에 대해 기독교적 의미로 해석할 때에는 제도적 상징으로 볼 수 있고, 윤동주가 느끼는 삶의 고난과 무게를 의미한다고 해석할 때에는 창조적 상징으로 볼 수 있다.

> 상징

① 간접적 · 복선적으로 의미를 암시
② 관습적−원형적 상징, 자연적 상징, 제도적 상징, 알레고리컬 상징

확인문제

1 은유의 속성을 잘 나타낸 것은?

① 유사성   ② 암시성

③ 인접성   ④ 함축성

▶① 은유는 원관념과 보조관념 사이의 유사 속성이 매우 중요한 요소다.

2 인접성이 중요한 요소가 되는 것은?

① 직유   ② 은유

③ 대유   ④ 상징

▶③ 대유에는 인접성이 중요한 요소로 작용하며, 이에는 제유와 환유가 있다.

3 대유가 쓰인 표현을 고르면?

① 앵두같은 입술

② 사람은 빵만으로는 살 수 없다.

③ 내 마음은 호수요, 그대 노 저어 오오.

④ 아아, 님은 갔습니다. 사랑하는 나의 님은 갔습니다.

▶② 빵은 음식 전체를 의미한다. 이는 제유로 제유는 환유와 함께 대유에 속한다.

4 다음 시에 쓰인 수사법은?

> 내용 없는 아름다움처럼
> 가난한 아희에게 온 / 서양 나라에서 온 / 아름다운 크리스마스 카드처럼
> 어린 羊들의 등성이에 반짝이는 / 진눈깨비처럼

① 직유법   ② 은유법

③ 의인법   ④ 풍유법

▶ 김종삼의 시 「북치는 소년」으로, '~처럼'을 사용하여 직유법을 구사하고 있다.

5 태극기가 대한민국을 대표한다거나 십자가가 종교 구성원들에게 절대적인 의미를 가지게 되는 것처럼 국기, 특정 집단을 나타내는 부호나 기호 등은 ( ) 상징의 예라고 할 수 있다.

▶ 제도적

출제예상문제

객관식

1 운율에 대한 설명으로 적절하지 않은 것은?

① 운율은 시에서 중요한 요소로 자리매김한다.
② 반복을 통해 운율을 형성할 수 있다.
③ 운율은 의도적 배치에 의해 형성될 수 있다.
④ 우리 시에서는 율에 해당하는 가락을 찾아보기 어렵다.

ADVICE >> ④ 율에 해당하는 것으로는 음보율을 들 수 있으며, 시조의 경우 4음보의 대표적인 율격이라 할 수 있다.

2 은유에 대한 설명으로 보기 어려운 것은?

① '가＝나'의 형태로 제시할 수 있다.
② 원관념과 보조관념의 관계가 직접적으로 드러나 있다.
③ 암시적인 유추관계에 의해 의미를 짐작할 수 있다.
④ 아리스토텔레스는 '명명의 전이양식'이라고도 하였다.

ADVICE >> ② 원관념과 보조관념의 관계가 직접 드러난 것은 은유가 아니라 직유이다.

3 시의 속성 중에서 '긴장'을 중요한 요소로 제시한 사람은?

① 테이트   ② 파운드
③ 엠프슨   ④ 휠라이트

ADVICE >> ① 테이트는 보조관념과 원관념 사이의 거리가 멀면 멀수록 잡아당기는 힘이 팽팽하게 고조되어 긴장감의 강도가 커진다고 하였으며 또한 이를 중시하였다.

A_{NSWER} 1.④ 2.② 3.①

4 다음 시조에 나타난 운율의 요소로 보기 어려운 것은?

> 청석령 지나거다 초하구 어드메오
> 호풍은 차도찰사 궂은비는 무삼일고
> 뉘라서 내 행색 그려다 님 계신 데 보낼고

① 'ㄴ'의 반복   ② 'ㅏ'의 반복
③ 음위율의 반복   ④ 3음보의 반복

ADVICE 〉 ④ 효종의 시조 「청석령 지나거다」로 4음보로 되어 있다.
① '어드메오', '무삼일고', '보낼고'의 끝에서 'ㄴ'가 반복되며 이는 각운이다.
② '지나거다', '차도찰사', '그려다'의 끝에서 'ㅏ'가 반복되어 요운을 형성한다.
③ 음위율의 반복은 각운과 요운의 반복으로 볼 수 있다.

5 4음보의 특징으로 보기 어려운 것은?

① 사대부들의 문학에 주로 나타난다.   ② 시조에서 주로 찾아볼 수 있다.
③ 서민적인 가락이다.   ④ 귀족적이다.

ADVICE 〉 ③ 4음보는 시조에서 주로 찾아볼 수 있으며, 귀족적이다.

6 산문시의 구성단위로 적절한 것은?

① 연   ② 행
③ 어절   ④ 단락

ADVICE 〉 ④ 산문시는 줄글로 이루어져 있으므로 단락이 그 구성단위가 된다.

7 3음보에 대한 설명으로 적절한 것은?

① 주로 사대부 문학에서 주로 나타난다.
② 서민계층의 세계관과 감정을 표현하는 데 주로 나타난다.
③ 고려속요와 시조에서 두루 나타나는 율격이다.
④ 중국의 영향으로 형성되어 전통적인 미의식의 표현에는 적합하지 않다.

ADVICE 〉 ② 3음보는 주로 전통적인 미의식 혹은 서민계층의 세계관과 감정의 표현을 나타내는 데 사용
되었다.

ANSWER   4.④   5.③   6.④   7.②

8 ( ) 안에 들어갈 말로 적절한 것은?

> ( )(이)란, 신체의 지각작용에 의하여 제작되어지는 감각의 마음 속 재생을 의미한다.

① 이미지 ② 상징
③ 비유 ④ 운율

ADVICE ▷ ① 이미지는 심상으로 마음속에 떠오르는 감각적 인상을 의미한다.

9 「북청물장수」에서 두드러지게 나타나는 이미지는?

① 공감각적 이미지 ② 시각적 이미지
③ 청각적 이미지 ④ 후각적 이미지

ADVICE ▷ ③ 「북청물장수」에서는 청각적 이미지를 활용하여 물소리를 실감나게 묘사하고 있다.

10 후각적 이미지와 미각적 이미지를 잘 사용하여 공동체적 이미지를 추구하는 데 기여한 작가로 '여우난곬족'을 쓴 사람은?

① 백석 ② 김소월
③ 한용운 ④ 김기림

ADVICE ▷ ① '여우난곬족'의 작가는 백석이다.

11 ( ) 안에 들어갈 말로 적절한 것은?

> ( )는 한 작품 속에서 반복적으로 사용되거나 한 작가에 의해 여러 작품에서 자주 사용되는 이미지 중에서 추상적인 의미를 함축하게 된 이미지를 말한다.

① 상징적 이미지 ② 비유적 이미지
③ 지각 이미지 ④ 관습적 이미지

ADVICE ▷ ① 상징적 이미지는 반복적이고 유추적인 이미지로 제시된다는 특징이 있다.

ANSWER 8.① 9.③ 10.① 11.①

12 '언어로 짜인 그림'이라는 말을 통하여 이미지를 표현한 사람은?

① 루이스   ② 리처드
③ 테이트   ④ 엠프슨

ADVICE › ① 루이스는 이미지를 '독자의 상상력에 호소하는 방법으로 시인의 상상력에 따라 그려진 언어의 그림'이라고 정의했다.

13 루이스가 말한 이미지의 기능에 속하지 않는 것은?

① 신선감   ② 강렬성
③ 환기력   ④ 집중력

ADVICE › ④ 루이스는 이미지의 기능을 신선감, 강렬성, 환기력의 세 가지로 설명하였다.

14 '백의민족'에서 '백의'가 우리 민족을 지칭한다고 할 때 사용된 비유로 적절한 것은?

① 은유   ② 직유
③ 상징   ④ 환유

ADVICE › ④ 우리 민족이 흰 옷을 자주 입는다는 인접성으로 인해 둘을 연결 짓고 있으므로 이는 환유로 볼 수 있다.

15 다음 시에서 '동아 밧줄'이 죽음을 지칭하기 위해 사용되었다고 할 때, 작가가 의도한 표현방법은?

> 뭐락카노, 저 편 강기슭에서
> 니 뭐락카노, 바람에 불려서
> 이승 아니믄 저승으로 떠나는 뱃머리에서
> 나의 목소리도 바람에 날려서
> 뭐락카노 뭐락카노
> 썩어서 동아 밧줄은 삭아 내리는데

① 은유   ② 직유
③ 환유   ④ 역설

ADVICE › ③ 박목월의 시 「이별가」 중의 일부로 '동아 밧줄'을 통해 죽음을 암시했는데, 이 둘 사이에는 인접성은 있으므로 환유라 할 수 있다.

ANSWER 12. ① 13. ④ 14. ④ 15. ③

16 은유를 치환은유와 병치은유로 나누어 설명한 사람은?

① 휠라이트
② 루이스
③ 테이트
④ 아리스토텔레스

ADVICE » ① 휠라이트는 은유를 치환은유와 병치은유로 나누어 설명하였다.

17 상징 중에서 지나친 사용으로 더 이상의 새로운 의미를 생산할 수 없는 경우를 지칭하는 말은?

① 자연적 상징
② 제도적 상징
③ 알레고리컬 상징
④ 창조적 상징

ADVICE » ③ 상징 중에서도 너무 자주 사용하여 더 이상 새로운 의미를 지니지 못하는 경우가 있는데, 이 경우를 알레고리컬 상징이라고 한다.

18 윤동주의 시 「십자가」에서 일제 강점기 하에서 윤동주 개인이 느끼는 고난의 삶의 의미로 십자가를 사용했다면 이는 어떤 상징인가?

① 자연적 상징
② 제도적 상징
③ 알레고리컬 상징
④ 창조적 상징

ADVICE » ④ 윤동주 개인이 느끼는 감정을 나타낼 때는 창조적 상징으로 볼 수 있다. 윤동주의 시 「십자가」에서 십자가는 기독교적인 의미의 십자가로도 해석 될 수 있다. 즉, 십자가는 창조적 상징과 제도적 상징 두 가지 상징적 의미를 지닌 시어라고 할 수 있다.

19 다음 중 이미지의 성격이 가장 다른 하나는?

① 분수처럼 흩어지는 푸른 종소리
② 돌담에 속삭이는 햇발같이
③ 구름은 보랏빛 색지위에 마구 칠한 한 다발 장미
④ 먼 곳에 여인의 옷 벗는 소리

ADVICE » ① '분수처럼 흩어지는 푸른 종소리'는 청각의 시각화로 공감각적 이미지가 사용된 표현이다. ②③④ 감각의 전이 없이 하나의 감각만을 보여주고 있다.

ANSWER   16. ① 17. ③ 18. ④ 19. ①

20 '운(韻)'의 개념과 거리가 먼 것은?

① 음보   ② 각운

③ 음위율   ④ 반복되는 위치

ADVICE › ① 음보는 '율(律)'의 개념과 관련이 있다.

21 다음에서 시의 언어의 특징이 아닌 것은?

① 의사진술   ② 함축성

③ 애매성   ④ 과학성

ADVICE › ④ 시는 함축적 의미를 지니므로 여러 의미를 동시에 지닐 수 있는데, '과학성'이라는 것은 명료하고 분명한 것이므로 여러 의미를 내포하는 것과는 반대적인 개념이라 할 수 있다.

22 다음 중 지각 이미지에 속하지 않는 것은?

① 상징적 이미지   ② 시각적 이미지

③ 청각적 이미지   ④ 촉각적 이미지

ADVICE › ① 지각 이미지는 신체의 감각기관으로 느끼는 감각적 이미지로, 상징은 지각 이미지에 해당하지 않는다.

23 다음 시에서 '국화꽃'이 상징하는 것은?

> 한 송이의 국화꽃을 피우기 위해 / 봄부터 소쩍새는 / 그렇게 울었나 보다.
> 한 송이의 국화꽃을 피우기 위해 / 천둥은 먹구름 속에서 또 그렇게 울었나 보다.
> 그립고 아쉬움에 가슴 조이던 / 머언 젊음의 뒤안길에서
> 인제는 돌아와 거울 앞에 선 / 내 누님같이 생긴 꽃이여

① 사랑   ② 성공

③ 이별   ④ 성숙

ADVICE › ④ 서정주의 시 「국화 옆에서」의 일부로, 이 시에서 '국화꽃'은 시련을 이겨내고 얻은 성숙된 아름다움을 상징하는 시어로 사용되었다.

Aₙₛwₑᵣ   20. ①   21. ④   22. ①   23. ④

📖 **주관식**

1 운율의 개념에 관하여 서술하시오.

2 시어의 의사진술성에 대해서 논하시오.

3 감각적 이미지의 종류를 나열하고 그 중 세 가지에 대해 간략히 설명하시오.

4 상징의 종류를 나열하고 그에 대한 예를 한 가지 이상 제시하시오.

Answer

1. 운율은 시의 중요한 요소로 리듬, 또는 가락이라고 할 수 있다. 운율은 '운'과 '율'로 나눌 수 있으며, '운'의 대표적인 예로는 음위율이 있고, '율'의 대표적인 예로는 음보율이 있다.

2. 의사진술이란 진술의 형태를 가지지만 과학적인 혹은 객관적인 진위와는 상관이 없는 진술을 의미한다.

3. 감각적 이미지란 지각 이미지로 시각적 이미지, 청각적 이미지, 후각적 이미지, 미각적 이미지, 촉각적 이미지, 공감각적 이미지 등이 있다.
   ① 시각적 이미지 : 눈으로 느낄 수 있는 감각인 모양, 색깔, 상태, 움직임 등을 나타내는 시각적인 시어 및 시구를 통해 그려지는 모습이나 느낌
   ② 청각적 이미지 : 귀를 통해 느낄 수 있는 감각인 소리의 종류 및 크기 등을 나타내는 청각적인 시어 및 시구를 통해 그려지는 모습이나 느낌
   ③ 후각적 이미지 : 코를 통해 느낄 수 있는 감각인 냄새를 묘사하는 시어 및 시구를 통해 그려지는 이미지

4. ① 원형적 상징 : '물'에 대해 '탄생', '정화', '생명' 등의 의미를 부여하는 것
   ② 자연적 상징 : '태양'에 대해 '광명', '희망'의 의미를 부여하는 것
   ③ 제도적 상징 : 태극기가 대한민국을 대표하는 의미를 지니는 것
   ④ 알레고리컬 상징 : '비둘기=평화', '백합=순결' 등
   ⑤ 개인적 상징 : 윤동주의 시 「십자가」에서 '십자가'를 삶의 고난과 무게로 해석하는 것

한 권으로 단박에 합격하기 **독학사**

소설론

소설의 정의

CHAPTER 01

맛보기

소설에서 말하는 리얼리티(reality)에 내포된 의미가 아닌 것은?

① 현실 속 사실 자체　　　　　② 허구 속의 진실성

③ 개연성　　　　　　　　　④ 필연성

▶① 소설에서 말하는 리얼리티(reality)는 현실에서의 사실 자체를 의미하는 것은 아니다. 소설, 즉 허구 속에서의 진실성을 의미하며, 사건의 필연성과 개연성을 의미한다.

1　소설의 개념

(1) 동양의 개념

① 소설(小說) : '小說'을 글자 그대로 해석하자면 '작은 이야기를 풀어쓴 글'이라고 할 수 있다.

② 학문을 익히고, 경전 류의 글을 읽던 사람들에게 소설은 깊이가 얕아 보일 수밖에 없었으며 이것이 명칭에 반영된 것이라고 할 수 있다.

　㉠ 「장자」 : 「장자」의 외물편에서는 '소설은 상대방의 환심을 사기 위해 꾸며낸 재담'이라고 정의하고 있다.

　㉡ 「신론」 : 환담은 「신론」에서 '소설가들은 자질구레한 짧은 말들을 모아서 가까운 곳에서 비유적인 표현을 취해 짧은 글을 만들었다.'고 하였다.

　㉢ 「한서문예지」 : 「한서문예지」에서는 '소설가란 대개 패관(민간에 나도는 풍설과 소문을 수집하던 일을 맡은 말단 관원)에서 나왔다. 거리나 골목에 떠도는 이야기를 길에서 듣고 길에서 이야기하는 대로 지어낸 것이다.'라고 하였다.

③ 일본에서는 '物語'라는 말로 쓰이다가 근대 이후에 이르러 소설이라는 말이 쓰이기 시작했다.

④ 우리나라에서는 고려중기 이규보가 지은 시화집인 「백운소설」에서 처음으로 소설이라는 용어가 쓰였는데, 이 역시 '작은 이야기', '잡다한 이야기'라는 뜻으로 오늘날의 소설과는 다른 의미임을 알 수 있다.

> **동양의 소설**

소설(小說) : 작은 이야기를 풀어 쓴 글→소설의 가치가 낮게 평가되었다.

----

(2) 서양의 개념

① 소설(novel) : 중편 이상의 길이를 가진 이야기, 또는 '로망(roman)'에 비해 새로운 이야기라는 의미이다.

② 로망은 주로 기사들의 이야기, 전쟁, 영웅적 이야기에 대한 내용을 다루고 있는데, 소설은 이런 로망에 비해 새로운 이야기를 하고 있다는 의미이다.

③ 소설에 대한 다양한 정의

    ㉠ S. 존슨 : 소설은 연애를 우습고 재미있게 쓴 이야기이다.

    ㉡ E. M. 포스터 : 소설은 적당한 길이의 산문으로 된 가공적인 이야기이다.

    • 산문 : 운문과 대응되는 개념으로 소설을 통해 운문 중심의 문학에서 산문 중심의 문학으로 옮겨가게 되었다.

    • 가공적인 이야기 : 소설 속 이야기가 현실에서 실제로 존재하는 이야기를 대상으로 한 것이 아니라 작가가 만들어낸 허구적 이야기라는 의미이다.

    ㉢ C. 해밀턴 : 소설은 증류된 인생이다.

    • 소설은 일상의 모든 경험을 대상으로 하는 것이 아니다.

    • 증류 : 소설은 우리의 삶 중에서 의미 있고, 가치 있는 경험만을 모아서 이야기로 만들어낸다.

    ㉣ W. H. 허드슨 : 소설은 인생의 해석이다.

    • 사람에 따라 같을 일을 겪고도 서로 다르게 판단하고, 그로 인해 한 사건에 대한 평가가 달라지기도 한다.

    • 똑같은 생활의 내용을 가지고도 작가의 세계관, 인생관, 가치관, 세상을 바라보는 안목에 따라서 그 결과물인 소설의 내용이 달라진다.

④ 종합해 볼 때 소설은 허구적인 이야기와 서술적인 산문으로 인생을 표현하는 문학의 한 장르라고 볼 수 있다.

2 소설의 특징

(1) 허구성

① **가공된 이야기** : E. M. 포스터는 소설을 가공된 이야기라고 하였는데 이는 소설이 작가에 의해서 창조되고 가공된 이야기의 기록이라는 의미이다.

② **개연성** : 소설을 읽으면서 독자가 감동을 받고 자신의 이야기 같다고 느끼게 되는 것은 바로 이 소설이 내 주변에서 흔히 일어날 수 있는 일이라는 생각 때문이다. 개연성이란 절대적이진 않지만 아마 그러할 것이라고 예상되는 것을 말한다.

③ **보편성** : 소설은 누구나 공감할 만하고 이해할 만한 이야기를 해야 한다. 이러한 보편성이 전제되어야만 무리 없이 독자의 공감을 얻게 된다.

④ 소설의 허구성은 독자에게 보다 효과적으로 이야기를 전달하기 위해 개연성과 보편성을 갖추고 있는 문학적 기술이라고 할 수 있다.

(2) 산문성

① 소설은 시와는 다르게 줄글로 이야기를 서술해 나간다.

② **몰턴의 문학형태도**

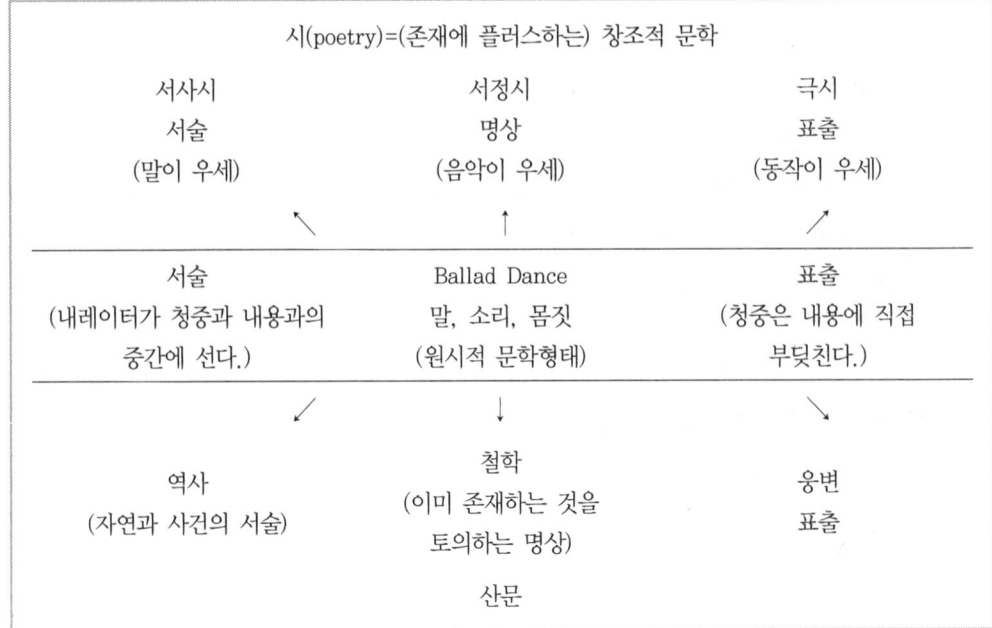

③ 희곡이 무대 위에서 관객들에게 직접적으로 '표출'하는 방식을 사용한다면, 소설은 화자(서술자)를 통해 사건을 보여주는 서술의 방법을 사용한다고 할 수 있다.

(3) 서사성

① 소설은 줄거리를 가진 이야기로 시간의 흐름에 따라 진행된다.

② 인물, 사건, 배경 등 일정한 흐름에 따라 이야기를 전개한다.

(4) 모방성 · 진실성

① 소설은 허구이기는 하지만 현실을 모방하고 있으며, 삶의 진실을 추구한다.

② 리얼리티(reality) : '사실성', '현실감'으로 번역되며 소설은 리얼리티를 통해 현실을 모방하고 진실한 인생을 표현하고자 한다.

▶ 서양의 소설

① 소설(novel) : 중편 이상의 길이를 가진 이야기, 로망에 비해 새로운 이야기
② 소설의 다양한 정의
　　㉠ 소설은 연애를 우습고 재미있게 쓴 이야기이다.(S. 존슨)
　　㉡ 소설은 적당한 길이의 산문으로 된 가공적인 이야기이다.(E. M. 포스터)
　　㉢ 소설은 증류된 인생이다.(C. 해밀턴)
　　㉣ 소설은 인생의 해석이다.(W. H. 허드슨)
→소설은 허구적인 이야기와 서술적인 산문으로 인생을 표현하는 창작문화의 한 장르이다.
③ 몰턴의 문학 형태도 : 희곡-표출, 소설-서술

확인문제

1 우리나라에서 '소설'이라는 용어가 처음 쓰인 것은?

　▶「백운소설」

2 roman과 비교했을 때 novel이 가지는 가장 큰 특징은?

　① 현실 도피적 성격
　② 영원불멸의 영웅정신
　③ 감상적이고 환상적인 이야기
　④ 리얼리즘적 개연성

　▶④ 로망은 주로 기사들의 이야기, 전쟁, 영웅적 이야기에 대한 내용을 다루고 있는 반면 소설은 현실에서 일어날 수 있는 이야기를 다룬다.

3 다음 중 소설의 특징이 아닌 것은?

① 허구성   ② 산문성

③ 진실성   ④ 현실 창조성

▶④ 소설은 허구이기는 하지만 현실을 모방을 통한 리얼리티를 추구한다.

4 개연성과 바꾸어 써도 무방한 말은?

① 사실성   ② 정확성

③ 특수성   ④ 보편성

▶④ 개연성 있는 이야기란 '일어날 법한 이야기', '다른 사람의 공감을 얻을 수 있는 이야기'라고 할 수 있다. 즉, 누가 들어도 이해하고 넘어갈 수 있다는 것으로 보편성과 연관되는 개념이다.

5 허구적인 이야기에 대한 설명으로 적절하지 않은 것은?

① 리얼리티를 추구한다.

② 공상과학적인 이야기이다.

③ 거짓이나 일어날 법한 이야기이다.

④ 현실에서 존재하는 이야기가 아니다.

▶② 허구적인 이야기는 '개연성'과 그 의미가 맞닿아 있다. 이는 거짓으로 꾸며진 글이지만 실제로 존재할 것 같은 이야기라는 의미를 지닌다.

6 소설의 정의로 보기 어려운 것은?

① 소설은 인생의 해석이다.

② 소설은 인생의 동반자이다.

③ 소설은 연애를 우습고 재미있게 쓴 이야기이다.

④ 소설은 적당한 길이의 산문으로 된 가공적인 이야기이다.

▶①은 W. H. Hudson, ③은 S. Johnson, ④는 E. M. Foster가 내린 소설의 정의이다.

7 '화자를 통해 독자에게 이야기의 의미를 전달'하고자 하는 소설의 특징과 관련 있는 것은?

① 소설은 허구적인 이야기이다.

② 소설은 서술적인 산문으로 이루어졌다.

③ 소설은 인생을 표현하는 창작문학이다.

④ 소설은 현재형으로 된 문학이다.

▶② 소설은 서술의 방식을 가지고 화자를 통해 독자에게 이야기의 의미를 전달한다. 이는 '서술적인 산문'의 특징이다.

8 리얼리티와 거리가 먼 것은?

① 필연성   ② 삶의 진실성

③ 개연성   ④ 역사적 사실

▶④ 소설은 허구적인 이야기지만 있을 법한 이야기를 다루어 그 안에는 진실성을 담는다. 이는 소설이 리얼리티를 추구하고 있기 때문으로, 역사적 사실은 실제 있었던 이야기로 소설이 아니다.

9 희곡과 소설의 차이를 제시하고자 할 때, 사용할 수 있는 단어로 묶인 것은?

희곡은 (　　　)의 방식을 취하지만, 소설은 (　　　)의 방식을 취한다.

① 표출, 서술   ② 서술, 표출

③ 서사, 명상   ④ 명상, 서사

▶① 희곡은 배우들이 직접 무대에서 보여주기 때문에 '표출'과 연결된다. 반면, 소설은 화자(서술자)에 의해서 사건이 전달되기 때문에 '서술'과 연결된다.

CHAPTER 02
소설의 기원

맛보기

소설의 기원과 관련된 견해가 아닌 것은?

① 극시로 보는 견해   ② 로망으로 보는 견해

③ 서사시로 보는 견해   ④ 근대소설로 보는 견해

▶ ① 소설의 기원을 찾는 견해에는 고대 서사시로 보는 견해, 로망으로 보는 견해, 근대소설로 보는 견해 등 세 가지이다.

1 소설의 기원

(1) 고대의 서사시로 보는 견해

① G. 루카치, W. H. 허드슨 등이 제시한 개념이다.

② '말로써 사건을 전달하는 이야기와 서술을 소설의 중요한 요소로 보아 고대 서사시와 소설을 유사하다고 본 것이다.

(2) 로망으로 보는 견해

① 로망어(roman語) : 로망어는 라틴어가 분화하여 이루어진 언어로 라틴어가 당시 승려나 귀족 계급이 사용하던 언어였던 것에 비해 로망어는 일반인들이 사용하던 말이었다.

② 로망이 일반인들이 자신들의 언어를 가지고, 등장인물을 만들고, 배경 속에서 겪는 일들에 대해 이야기 하고 있다는 점에서 오늘날 소설의 기원을 여기에서 찾을 수 있다는 견해이다.

③ 전기소설(傳奇小說) : 로망에는 영웅 또는 기사들이 등장하는 등 로망만의 특징이 있다. 인물설정에서 파생되는 비현실적인 내용들로 인해 한쪽에서는 로망을 일종의 전기소설이라고도 한다.

(3) 근대소설로 보는 견해

① 소설을 근대의 산물로 보는 관점이다.

② 사회적, 역사적 측면 : 소설은 사회적인 변화를 바탕으로 등장

③ 문학양식의 변천사적인 측면 : 로망 양식에 대한 거부에서 소설이 탄생

    ㉠ 로망 : 영웅과 기사 이야기→특별한 이야기, 비현실적인 요소

    ㉡ 근대소설

      • 비현실적인 요소 제거

      • 등장인물 : 기사나 영웅이 아닌 주변 인물로의 변화

      • 로망에 대한 거부는 곧 연애, 전쟁을 다룬 이야기에 대한 거부라고 볼 수 있다.

    ㉢ S. 리처드슨의 「파멜라」 : 가정부를 등장시킨 서간체 소설로 최초의 근대소설로 꼽히는 작품이다.

> **소설의 기원**
>
> ① 고대의 서사시로 보는 견해
> ② 로망으로 보는 견해 : 로망어로 이루어진 영웅담, 연애담 등
> ③ 근대소설로 보는 견해 : 일반인들의 등장→최초의 근대소설 S. 리처드슨의 「파멜라」

---

2 소설의 발달과정

(1) 이야기의 발달과정

| 신화 | ⇨ | 서사시 | ⇨ | 서양 : 로망
동양 : 고전소설 | ⇨ | 근대소설 |

① 인물의 신분

    ㉠ 신화-신, 서사시-영웅, 로망-기사와 귀족, 고전소설-양반계층, 근대소설-평범한 인물, 갑남을녀의 인물이 등장한다.

    ㉡ 등장인물의 힘의 논리 : 신화에서 근대소설로 올수록 등장하는 인물의 힘의 크기가 작아지고 있다.

발달과정	서사시		로망		근대소설
등장인물	영웅	>	기사와 귀족	>	평범한 인물
힘의 크기	크다	←		→	작다

② 인물의 수와 소재의 다양성

　　㉠ 신에서 평범한 사람으로 인물의 신분이 변화하면서 인물의 수는 양적으로 증가한다.

힘의 크기	신	>	영웅	>	기사, 귀족, 양반계층	>	평범한 인물
인물의 수	신	<	영웅	<	기사, 귀족, 양반계층	<	평범한 인물

　　㉡ 인물의 수는 소재의 다양성과 연결된다. 등장인물이 신에서 평범한 인물로 변할수록 다양한 인물을 대상으로 이야기를 만들 수 있으며 이는 그만큼 소재가 다양해질 수 있음을 의미한다.

③ 근대소설로 오면서 이야기 문학이 다루는 소재의 범위가 확대되며, 신화로 갈수록 등장인물의 신분은 상승한다. 등장인물의 신분과 소재의 폭의 관계를 나타내면 다음과 같다.

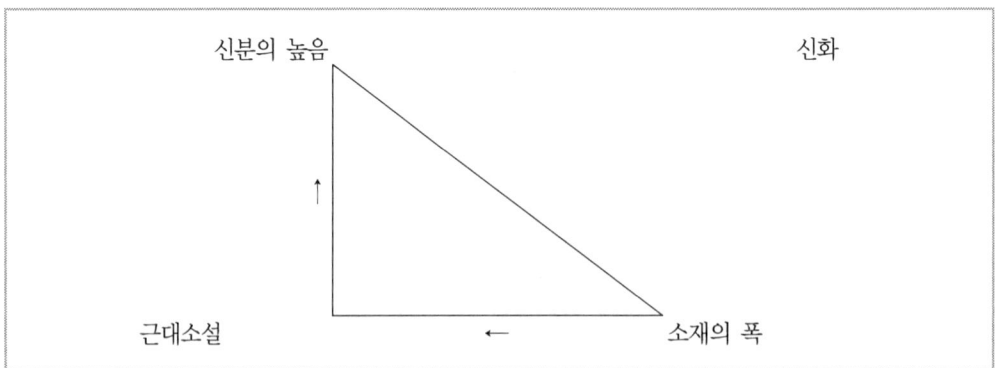

> **근대소설의 특징**

서사시나 로망보다 평범하고 다양한 사람들의 이야기를 담아 소재의 폭을 넓히고 있다.

----

(2) 로망과 소설의 관계

① M. Z. 슈로더 : M. Z. 슈로더는 「소설 장르론」에서 소설이 로망과 철학적 이야기 사이에 놓이는 양식이라고 하면서 로망을 인플레이션 양식, 소설을 디플레이션 양식이라고 구분하였다.

　　㉠ 로망 – 인플레이션 양식

　　• 확산, 증가, 부풀림 등과 관련 있다.

　　• 등장하는 인물은 능력이 뛰어나고 미모가 빼어난 인물로 영웅적인 인물, 절세가인 등이 해당한다.

　　• 로망에 대한 평가

　　－로망은 우리 현실과 동떨어져 있는 이야기이다.

　　－로망은 진공관 속 이야기이다.

　　－로망에 등장하는 인물들은 보통의 사람들이 겪는 고통을 겪지 않는다.

- 로망은 부풀려진 인간의 삶, 현실에 기초하지 않는 삶의 모습 속에서 이야기가 진행되고 있으므로 이 안에서 역사의식을 찾아보기 어렵다.
ⓛ 소설−디플레이션 양식
- 감소, 축소, 절제 등과 관련 있다.
- 소설에서는 리얼리즘의 측면에서 절제와 압축을 통하여 인물들의 이야기를 만들어 나간다는 의미이다.

▷ **로망과 소설**

① **로망−인플레이션 양식** : 일상의 삶보다 과장되고 부풀린 삶을 표현, 영웅호걸, 절세가인 등
② **소설−디플레이션 양식** : 일상적 삶과 절제의 논리를 줄거리로 삼음
→ 그러나 로망과 소설 간에는 차이만 있는 것은 아니다. 로망과 소설 모두 구체적인 삶의 문제와 인간의 여러 정황을 다루고 있다는 점에서 공통점을 찾아볼 수 있다. 다만 소설은 삶을 감상적·환상적으로 보지 않고 냉정한 현실을 있는 그대로 본다는 점에서 철학과 맥락을 함께 한다.

② **E. 아우어바흐**
ⓐ E. 아우어바흐는 '일상적인 삶에 대한 모방성의 유무로 로망과 소설의 차이를 설명할 수 있다.'고 하였다.
ⓑ **모방성** : 실제의 우리 삶을 모방하는 것이 소설이고, 그렇지 않은 것은 로망이다. 즉, 일상적인 삶에 기초하는가의 여부에 따라 소설과 로망을 구분하는 것이다.
ⓒ **역사의식** : 삶에 기초를 두지 않는 로망은 역사의식이 결여되어 있다고 볼 수 있다.

▷ **E. 아우어바흐**

① **로망** : 실제의 삶에 기초하지 않음 → 모방성 없음 → 역사의식 없음
② **소설** : 실제 삶에 기초함 → 모방성 있음 → 역사의식 있음

③ **볼턴** : 볼턴은 로망은 우리의 실제 삶에 대한 이야기가 아니라 과장되고 부풀려진 삶의 이야기로 '진공관 속 인물들의 이야기'라고 정의하였다.

▷ **로망과 소설과의 관계**

① **M. Z. 슈로더** : 로망−인플레이션 양식, 소설−디플레이션 양식
② **E. 아우어바흐** : 실제 삶에 대한 모방성의 유무로 소설과 로밍을 구분
③ **볼턴** : 로망은 '진공관 속 인물들의 이야기'

확인문제

1 최초의 근대소설로 가정부를 등장시킨 서간체 소설은?

① 제인에어   ② 오만과 편견

③ 파멜라   ④ 데미안

▶ ③ S. 리처드슨의 「파멜라」가 최초의 근대소설이라고 할 수 있다.

2 로망에 대한 설명으로 적절한 것은?

① 라틴어로 되어 있다.

② 평범한 인물들의 이야기이다.

③ 전쟁에 관한 무용담이 많다.

④ 종교적인 내용을 전파하고 있다.

▶ ③ 로망은 로망어로 되어 있으며, 기사·영웅과 같은 특별한 인물이 등장하여 연애·전쟁에 대한 이야기를 한다.

3 '전기소설(傳奇小說)'과 관련된 소설의 기원은?

① 고대의 서사시로 보는 견해

② 로망으로 보는 견해

③ 사회적인 변화에서 소설의 출발을 보는 견해

④ 문학양식의 발달사 측면에서 소설의 출발을 보는 견해

▶ ② 로망은 공상적인 이야기가 많아서 전기소설로 보기도 한다.

4 '小說'의 자의(字意)에 대한 설명으로 적절한 것은?

① 소설은 경전 류보다 더 가치가 있는 글이다.

② 소설은 과거에 유행하던 이야기를 재생산해 내는 것이다.

③ 소설은 왕들의 이야기로만 되어 있다.

④ 소설은 풀어 헤쳐 드러낸 작은 이야기라는 뜻이다.

▶ ④ 소설은 풀어 헤쳐 드러낸 작은 이야기로, 동양에서 소설은 경전 류에 비해서 가치 없는 이야기로 여겼다.

5 로망은 진공관 속 이야기에 지나지 않는다고 주장한 학자는?

① M. Z. 슈로더   ② E. 아우어바흐

③ 볼턴   ④ E. M. 포스터

▶ ③ 볼턴은 로망은 '진공관 속의 사람들의 이야기'이며, 현실 세계와 동떨어져 있다고 하였다.

6 로망과 소설의 관계에서 소설에 대한 설명이 아닌 것은?

① 절세가인이 등장한다.

② 역사의식이 들어 있다.

③ 평범한 인물들의 이야기이다.

④ 우리 삶의 이야기에 그 기초를 두고 있다.

▶① 영웅호걸, 절세가인이 등장하는 이야기는 '로망'이다.

7 로망과 소설을 '인플레이션 – 디플레이션'의 관계로 제시한 사람은?

① M. Z. 슈로더　　　　　② E. 아우어바흐

③ 볼턴　　　　　　　　　④ E. M. 포스터

▶① M. Z. 슈로더는 로망을 '인플레이션 양식'이라고 하였으며 소설을 '디플레이션 양식'이라고 하였다.

8 소설과 철학의 공통점으로 알맞은 것은?

① 삶에 대해 비관적 자세를 취한다.

② 삶을 냉정하고 현실 그대로 보려고 한다.

③ 세상의 아름다운 모습을 보기 위해 긍정적 관점을 고수한다.

④ 인간의 감수성을 중시하여 감정에 호소하는 것을 즐긴다.

▶② 소설과 철학의 공통점은 삶을 감상적·환상적으로 보지 않고 냉정하고 있는 그대로로 바라본다는 점이다.

9 E. 아우어바흐의 입장과 관계 깊은 것은?

① 인플레이션 양식과 디플레이션 양식

② 진공관 속 이야기

③ 모방정신

④ 체념

▶③ E. 아우어바흐는 모방정신과 역사의식을 중심으로 로망과 소설을 비교하였다.

03
CHAPTER

소설의 중요 요소

1초수레 맛보기

소설의 플롯에 대한 설명으로 옳지 않은 것은?

① 인간관계에 바탕을 둔 사건의 서술　② '그리고'의 반응을 이끌어내는 것

③ 미학적으로 얼개를 짜는 것　　　　④ 낯설게 하기

▶② '그리고'의 반응을 이끌어내는 것은 스토리의 특징이다. 플롯은 '왜'의 반응을 이끌어내는 것이다.

1 플롯(plot)

(1) 플롯의 개념

① 플롯은 작가가 독자에게 전달하고자 하는 것, 즉 주제를 보다 효과적으로 전달하기 위한 방법이다.

　㉠ 주제를 구현하기 위해서 논리적이고 지적인 영역을 활발히 작용시키는 것

　㉡ 작가의 주제 의식을 드러내기 위해서 예술적 · 미학적으로 얼개를 짜는 것

② 인과관계 : E. M. 포스터가 플롯에 있어 주목한 개념으로, 인과관계란 어떤 일이 갑자기 우연적으로 일어난 것이 아니라 그런 일이 발생할 수밖에 없도록 필연성을 부여하기 위한 장치이다.

③ 플롯과 스토리 : 플롯과 유사한 개념으로 플롯이 인과관계에 중심을 두고 사건을 기술한다면, 스토리는 시간적 순서대로 사건을 기술한다. 예를 들어 '왕이 죽고 왕비가 죽었다.'는 스토리에 해당하고, '왕이 죽자 왕비가 죽었다.'는 플롯에 해당한다.

　㉠ 그리고(and) : 스토리는 시간적 순서대로 사건을 기술하므로 뒤에 이어질 내용인 '그리고'에 대한 반응이 나온다.

　㉡ 왜(why) : 플롯은 인과관계를 중심으로 사건을 기술하므로 사건이 일어난 원인과 결과, 즉 '왜'에 대한 반응이 일어난다.

① **플롯** : 인과관계에 중심을 둔 사건의 기술
② **스토리** : 시간적 순서대로 배열된 사건의 기술

---

④ 탄탄한 플롯으로 소설에 논리성을 부여하면 현실감 있는 리얼리티가 살아나게 된다.

⑤ **낯설게 하기** : 형식주의자 V. B. 슈클로프스키가 제시한 용어로 슈클로프스키는 낯설게 하기를 통해 플롯이 더욱 정교해질 수 있다고 하였다.

    ㉠ **문학적 언어** : 작가의 의도에 의해서 조직되고, 폭력이 가해져서 새롭고 낯선 규범이 만들어진 언어형식→규범화된 일상 언어의 일탈

    ㉡ **비문학적 언어** : 규범화되고 정형화된 언어형식

(2) 플롯의 유형

① **단일한 플롯**

    ㉠ 분량이 짧은 단편소설에 적합한 플롯이다.

    ㉡ 단순하고 단일한 사건 진행, 시간적 순서에 의한 순행적 진행이 특징이다.

    ㉢ 통일되고 압축된 긴장감을 준다.

② **복잡한 플롯**

    ㉠ 장편소설에 주로 쓰이지만, 단편소설에서도 가끔 사용된다.

    ㉡ 둘 이상의 플롯을 함께 진행시키거나, 사건의 진행이 시간 순서에 의해 이루어지지 않고 역행적으로 진행되는 경우가 많다.

    ㉢ 주된 사건과 부수적인 사건이 교차되거나 동시에 진행되는 것이 특징이며, 복잡하기 때문에 통일성 있게 집약되어야 한다.

③ **피카레스크(picaresque) 플롯**

    ㉠ 사건이 연속해서 전개 되는 플롯이다.

    ㉡ 인과관계에 의해 사건이 진행되기보다는 산만하게 사건이 진행되는 경우가 많다.

    ㉢ 원래는 로망에 대립되는 개념의 소설을 피카레스크(스페인어로 '악당'을 뜻하는 단어인 '피카로(picaro)'에서 유래) 소설이라고 하는데, 주인공이 기사가 아닌 악한 이고 로맨틱한 모험보다는 현실적인 소극(笑劇)을 다루며, 결국에는 뉘우치고 결혼하면서 결말을 맺는 내용으로, 여기에서 피카레스크 플롯이 유래되었다.

④ **그 밖의 플롯의 유형**

    ㉠ **P. 굿맨의 구분** : 진지한(serious) 플롯, 희극적(comic) 플롯, 소설적(novelistic) 플롯

    ㉡ **N. 프리드만** : 운명의 플롯, 인물의 플롯, 사상의 플롯

(3) 플롯의 진행

① 평면적 진행

  ㉠ 과거−현재−미래의 자연적인 순서에 의해 진행시키는 방법이다.

  ㉡ 시간 순서대로 진행시키는 것으로 소설이 세련되지 못했었던 시대에 주로 사용되었다.

  ㉢ 서양의 로망이나 동양의 고대소설에서 많이 쓰였다.

② 입체적 진행

  ㉠ 평면적 진행이 시간 순서에 의한 진행이었다면 입체적 진행은 사건을 자연적인 순서에 의하지 않고, 임의의 순서에 의해 전개시키는 방법을 말한다.

  ㉡ 시간이 과거, 현재, 미래가 뒤섞여 있는 경우로 근대소설 이후 현대소설에서 많이 쓰이고 있다.

③ 평행적 진행

  ㉠ 두 가지 이상의 사건을 동시에 전개시키는 방법이다.

  ㉡ 서로 장소가 다른 곳에서 일어나는 사건을 동시에 진행시키는 유형 등으로 영화의 이중노출 기법에서 영향을 받은 것으로 볼 수 있다.

2 시점

(1) 시점과 화자

① 시점(視點) : '보는 관점'이라는 의미로 작가가 어떤 위치에서 소설을 쓰는지와 관계있다.

② 화자(話者) : 소설은 독자에게 어떤 이야기를 말하는 것으로 말하는 사람 즉, 화자가 어떤 위치에 있느냐에 따라 그 이야기의 정도가 달라진다. 하나의 사건을 두고도 이야기를 전하는 화자의 위치가 어디냐에 따라 전혀 다르게 들리기도 한다.

(2) 시점의 유형

P. 러벅은 화자의 성격, 사건의 내면적 분석, 사건의 외적 관찰 등을 기준으로 시점을 네 가지 유형으로 분류했다. 이야기의 등장인물로서의 화자, 즉 작품 속에 '나'의 등장 유무에 따라 1인칭 시점과 3인칭 시점으로 나누며, 1인칭은 다시 ① 1인칭 주인공 시점과 ② 1인칭 관찰자 시점으로 나뉘고, 3인칭은 다시 ③ 전지적 시점과 ④ 제한적 시점(작가 관찰자 시점)으로 나뉜다

화자의 성격	사건의 내면적 분석	사건의 외적 관찰
등장인물로서의 화자	① 주인공이 그 자신을 이야기함	② 부주인공이 주인공의 이야기를 함
등장인물이 아닌 화자	③ 분석적이고 전지적인 작가가 사상과 감정 속에 들어가야 함	④ 작가가 외부관찰자로서 이야기를 함

① 1인칭 주인공 시점

   ㉠ '1인칭 화자=주인공'으로 작품에 등장하는 '나'가 주인공이 되어 자신의 이야기를 하는 것이다.

   ㉡ 자신의 이야기를 하기 때문에 독자에게 신뢰감을 줄 수 있으며 인물의 심리 묘사와 내면세계를 그리는 데 효과적이다.

   ㉢ 주로 서간체 소설이나 수기체의 소설이 1인칭 주인공 시점에 속한다.

② 1인칭 관찰자 시점

   ㉠ '1인칭 화자=관찰자'로 작품에 등장하는 '나'는 주인공이 아닌 옆에서 관찰하는 역할을 한다.

   ㉡ '나'의 입장이 어디까지나 관찰자이기 때문에 객관적이게 되며, 화자는 일종의 해설가로서 작품을 설명해 나가는 역할에 그친다.

   ㉢ 이 시점 역시 1인칭이기 때문에 독자에게 신뢰감을 줄 수 있다.

③ 작가 관찰자 시점

   ㉠ '작가=관찰자'로 작가가 사건의 바깥에서 보이는 것만을 관찰하기 때문에 객관적인 입장에서 작품의 외적 사실만이 묘사된다.

   ㉡ 근대 리얼리즘 소설에서 많이 사용되며 인생의 어느 한 단편을 예리하게 제시하는 데 적합하므로 단편소설에 주로 사용된다.

   ㉢ 인물의 행동 묘사와 대화가 주를 이루며, 이러한 특징 때문에 이 시점을 '극적 시점'이라고도 한다.

   ㉣ 작가의 위치가 관찰자의 위치에 머물러 있기 때문에 등장인물의 사상, 감정, 심리상태 등에 대한 묘사는 이루어지기 어렵다.

④ 전지적 작가 시점

   ㉠ '작가=전지적'으로 모든 것을 다 알고 있는 신과 같은 입장에 서 있다.

   ㉡ 인물의 내면세계와 외부세계 모두를 다 관장하며, 작중인물의 사상과 감정 속에 뛰어 들어가 스토리를 기술할 수 있다.

3 인물

(1) 인물의 성격

① 인물은 작가가 자신이 만든 이야기를 구체적으로 이끌고 나갈 존재로, 인물에서 가장 중요한 것은 성격이라고 할 수 있다.

② 프로타고니스트(protagonist): 작가 자신이 긍정하거나 그 긍정의 감정을 독자에게 전달하려는 인물→사건을 주도하는 인물

③ 안타고니스트(antagonist): 작가나 독자가 부정하거나 부정해야 할 인물→부수적인 인물

(2) 인물의 유형

① 평면적 인물

  ㉠ 작품의 처음부터 끝까지 성격의 변화가 없는 정적인 인물을 말한다.

  ㉡ 고전소설에 등장하는 인물들 대부분이 평면적인 인물에 해당한다.

  ㉢ 예를 들어 「흥부전」에 흥부나 「심청전」의 심청이는 작품의 처음에서부터 결말까지 일관되게 선한 성격을 유지하는 평면적 인물의 대표라고 할 수 있다.

② 입체적 인물

  ㉠ 평면적 인물과는 반대되는 개념으로 입체적 인물은 환경과 사건의 진전에 따라서 성격이 변화하고 발전하는 인물이다.

  ㉡ 작품이 진행되면서 환경에 따라 지니고 있던 가치관이나 성격이 변화하는 것으로, 독자의 예측과 상상을 초월하여 인물의 다양한 면을 보여준다.

  ㉢ 대표적인 인물로 김동인의 소설 「감자」에 나오는 복녀를 예로 들 수 있다.

③ 전형적 인물

  ㉠ 전형적 인물은 한 사회나 집단, 계층의 공통된 성격적 기질을 대표하는 성격의 인물을 의미한다.

  ㉡ 미리 규정된 범주의 속성들을 가지고 있는 인물로서 누구나 보편적으로 떠올릴 수 있는 인물상이다.

④ 개성적 인물

  ㉠ 작가의 독특한 개성이 발휘된 창조적 인물이다.

  ㉡ 사회의 집단적 성격과 대립하는 예외적 기질을 갖춘 경우가 많다.

① 프로타고니스트↔안타고니스트
② 평면적 인물↔입체적 인물
③ 전형적 인물↔개성적 인물

(3) 인물 제시 방법

① 직접 제시 : 인물의 성격이나 심리 상태 등에 대해 '착하다', '고약하다', '우울하다' 등의 표현으로 직접적으로 알려주는 방법이다.

② 간접 제시

　　㉠ 인물의 행동이나 대사를 통해 그 인물의 성격과 심리 상태 등을 유추할 수 있도록 간접적으로 보여주는 방법이다.

　　㉡ 예를 들어 '성질이 고약하다'는 것을 알려주기 위해서 별 이유 없이 타인을 괴롭히는 행동을 하는 장면을 보여주는 것이다.

　　㉢ 간접 제시 방법은 인물의 말과 행동을 통해서 독자가 그 인물의 성격을 짐작하게 하는 방법이다.

직접 제시(말하기)	간접 제시(보여주기)
• 서술자가 직접 인물의 성격, 특성, 심리 상태 등을 말해 주는 방식	• 인물의 행동, 표정, 대화를 통해 독자가 짐작하게 하는 방식
• 독자의 상상력이 제한	• 독자의 상상력이 자극
• 해설적, 분석적, 설명적	• 극적, 묘사적

4 주제

같은 소재라고 하더라도 작가에 의해서 작품으로 표현된 결과물인 소설은 서로 다르다. 그것은 이야기 속에 작가의 사상이 녹아들기 때문인데 그 사상이 바로 주제라고 할 수 있다.

(1) 주제의 개념

① 정의 : 작가가 소재에 대해 느낀 인생의 의미를 구체화한 것으로 작가가 나타내고자 하는 중심사상

② 주제와 제재

　　㉠ 주제 : 작가가 말하고자 하는 메시지(목적). 제재의 독특한 속성을 일반화, 추상화한 결과 얻어진 것

　　㉡ 제재 : 주제를 말하기 위해 동원되는 재료(수단). 특수한 상황이나 경우를 의미

③ **문제의식** : 어떤 상황을 보고 그 상황에 대한 해석을 통해 의미를 도출하고 주제를 가진 하나의 작품으로 탄생시키는 과정에서 동원하는 작가 자신만의 안목이라고 할 수 있다.

④ 웨인 C. 부스는 「소설의 수사학」에서 문제의식을 가능하게 하는 작가들의 관심구조를 세 가지로 나누어 설명한다.

  ㉠ **지적 혹은 의식론적 관심** : 인간은 어떻게 살아가야 하는가, 인간은 무엇인가, 삶은 무엇인가 등에 대해 고민이다.

  ㉡ **미적 혹은 질적 관심** : 문학에 대한 보편적인 요소에 관심을 갖는 것으로 문장에 대한 세심한 주의, 상징, 위트, 아이러니 등에 대한 관심이다.

  ㉢ **실제적 관심** : 작중 인물의 행복과 불행에 대한 관심으로 인물에 대한 다양한 감정들 ─ 감탄, 혐오, 부정, 긍정, 비판, 연민 등 ─ 에 대한 관심이다.

> **소설의 주제**

① **주제** : 작가가 말하고자 하는 메시지(목적), 제재의 독특한 속성을 일반화, 추상화한 결과 얻어진 것
② **제재** : 주제를 말하기 위해 동원되는 재료(수단), 특수한 상황이나 경우를 의미
③ 웨인 C. 부스의 문제의식을 가능하게 하는 작가들의 관심구조
  ㉠ 지적 혹은 인식론적 관심
  ㉡ 미적 혹은 질적 관심
  ㉢ 실제적 관심

(2) 주제와 갈등구조

① **소설과 갈등** : 소설은 한 단어로 표현할 수 있다면 그것은 '갈등'이라고 할 수 있다. 소설은 갈등이 생성되고, 심화·고조되면서 해결에 이르는 과정이다.

② **갈등과 주제** : 갈등이 해소되는 과정 속에서 작가는 자신의 사상, 즉 주제를 표현하게 된다. 따라서 갈등과 주제는 밀접한 관련이 있다.

③ 근대소설에 나타난 갈등 유형

  ㉠ 인간적인 것과 비인간적인 것의 대립

  ㉡ 낡은 것과 새 것의 마찰

  ㉢ 있는 자와 없는 자의 대립

  ㉣ 도시적인 것과 비도시적인 것의 대립

  ㉤ 전통적, 토속적인 것과 외래적인 것의 충돌 현상

  ㉥ 개성적인 삶과 상식적인 삶의 괴리감

  ㉦ 한 개인이 인간적인 조건(죽음 등)의 대립구조와 대결하는 모습

확인문제

1 플롯에 대해서 '낯설게 하기'의 개념을 도입하여 설명한 사람은?

① 토도르프   ② 포스터

③ 가드너   ④ 슈클로프스키

▶④ 슈클로프스키는 러시아의 형식주의자로, 플롯에 있어 낯설게 하기를 중시하였다.

2 제시된 예문의 시점을 알맞게 제시한 것은?

> 앤더슨은 무엇인가 해결책을 찾으려고 하면서 위아래를 오르내렸다. 마침내 그는 어깨가 축 늘어져서 "좋다. 프레드, 이것 좀 고정시켜 다오."라고 말했다. 프레드는 대답도 않고 책장만 넘기고 있었다. 밖에서 바람이 집 쪽으로 세차게 불어오는 소리가 났다.

① 1인칭 주인공 시점   ② 1인칭 관찰자 시점

③ 3인칭 작가 관찰자 시점   ④ 3인칭 전지적 작가 시점

▶④ 작품에 등장하는 '나'가 없으며 '무엇인가 해결책을 찾으려고' 등의 심리를 묘사하는 표현을 통해 이 작품이 전지적 시점이라는 것을 알 수 있다.

3 플롯에 대한 설명 중 적절하지 않은 것은?

① 소설의 짜임새로 예술적 효과를 위한 장치이다.

② 인과관계와는 관련이 없다.

③ 포스터는 플롯을 사건을 논리적이고 지적으로 전개해 나가는 힘이라고 하였다.

④ '왜'에 초점을 맞추어 사건을 서술해 나가는 것이다.

▶② 플롯은 인관관계에 의한 사건의 전개와 배열을 의미합니다.

4 제시문이 설명하고 있는 것은?

> 원래는 영웅이나 기사들이 등장하는 전통적인 로망에 대립되는 개념의 소설에서 비롯되었다. 로망과 다르게 주인공이 기사가 아니라 악한이고, 로맨틱한 모험을 다룬 것이 아니라 현실적인 소극을 이야기하며, 결말에는 악한이 뉘우치고 결혼으로 끝나는 소설에서 주로 사용하는 전개 방식이다.

① 복잡한 플롯   ② 피카레스크 플롯

③ 단일한 플롯   ④ 소설적 플롯

▶② 피카레스크 플롯은 사건이 연속해서 전개되는 플롯으로 원래는 로망에 대립되는 개념의 소설이다.

5 다음 내용이 지칭하는 문학 용어는?

> • 작가가 어떤 위치에서 소설을 서술해 나가느냐 하는 문제와 연관된다.
> • 러벅에 의해 네 종류로 나눌 수 있다.
> • 크게 1인칭 소설과 3인칭 소설로 나눌 수 있다.

① 플롯   ② 인물
③ 시점   ④ 주제

▶ ③ 소설에서의 시점은 작가가 어떠한 위치에 서서 소설을 쓰느냐 하는 문제와 관계가 있다.

6 사회의 어떤 계층이나 집단의 공통된 성격적 기질을 대표하는 성격의 인물은?

① 전형적 인물   ② 평면적 인물
③ 입체적 인물   ④ 개성적 인물

▶ ① 전형적 인물이란 사회의 어떤 계층이나 집단의 공통된 성격적 기질을 대표하는 성격의 인물을 의미한다.

7 인물에 대한 설명으로 보기 어려운 것은?

① 평면적 인물은 인물의 성격이 좀처럼 변하지 않는다.
② 전형적 인물은 계층이나 시대를 대표하는 인물군이다.
③ 소설의 인물은 전형성과 개성을 동시에 지닐 수 있어야 한다.
④ 현대소설로 올수록 인물의 유형이 더 축소되었다.

▶ ④ 현대소설이 다양화, 복잡화됨에 따라 인물들도 더 다양화 되었다.

8 서로 다른 장소에서 일어나는 사건을 동시에 진행시키는 플롯은?

① 평면적 진행   ② 입체적 진행
③ 평행적 진행   ④ 단면적 진행

▶ ③ 평행적 진행은 두 가지 이상의 사건을 동시에 전개시키는 방법을 의미한다.

소설의 종류

기출문제 맛보기 💡

G. 루카치의 분류에 따른 소설의 종류 중 '추상적 이상주의 소설'에 해당하는 작품은?

① 「오블로모프」　　　　　　　　　② 「돈키호테」
③ 「빌헬름 마이스터」　　　　　　　④ 「싯다르타」

▶ ② 추상적 이상주의 소설은 복잡한 현실 세계와 연결된 주인공의 행동양식이 아주 좁은 의식, 즉 맹목적 신앙에 가까운 의식에 지배를 되고 있는 형태를 취한다.
　　① 심리소설, ③④ 교양소설

1　E. 뮤어의 분류에 따른 소설의 종류

E. 뮤어는 「소설의 구조」에서 소설의 종류를 행동소설, 성격소설, 극적소설, 연대기소설, 시대소설의 다섯 가지로 구분하였다. 그 중 본질적인 유형으로 생각하는 것은 성격소설, 극적소설, 연대기소설의 셋으로, 이 세 유형은 행동소설이나 시대소설에 비해 우리 삶의 실체를 파헤치는 데 비교적 적합하다고 하였다.

(1) 행동소설(novels of action)

① 서양의 로망이나 동양의 고대소설처럼 스토리가 중심이 된 소설을 행동소설이라고 한다.

② 시간 순서에 따라 이야기가 진행되므로 '다음에는 무슨 일이 일어날까?'하는 독자의 호기심과 기대감을 유발한다.

③ 박력 있는 사건을 통하여 독자로 하여금 즐거움을 느낄 수 있게 한다.

④ 인간의 비현실적인 욕망을 대리만족시켜주는 환상적인 이야기로 리얼리즘과는 거리가 멀다.

⑤ 「보물섬」, 「아이반호」, 「톰 소여의 모험」 등의 작품 행동소설에 해당하며, 오늘날의 모험소설, 범죄소설, 탐정소설 등이 이 범주에 해당한다고 볼 수 있다.

(2) 성격소설(novels of character)

① 성격소설은 등장인물의 성격을 공간적으로 탐구하는 소설이다.

② 공간적 사회나 평면적인 사회를 배경으로 하여 당시의 풍습과 주인공의 성격, 생활의 양상 등을 보여주는 소설이다.

③ 행동소설에서 사건이 커다란 의미를 지니는 것과 달리, 성격소설에서는 등장인물에 대해 더 큰 의미를 부여한다. 즉, 행동소설의 경우 플롯을 중심으로 그에 필요한 인물이 창조되지만, 성격소설의 경우 인물을 분명히 하기 위해서 그에 맞는 플롯을 구상한다.

④ W. M. 새커리의 「허영의 시장」의 시장은 성격 소설의 좋은 예로, 「보물섬」의 경우 인물은 평범하나 그 플롯이 특수하고, 「허영의 시장」은 인물은 특수하나 상황은 일상적이다.

(3) 극적소설(dramatic novel)

① 극적소설은 등장인물이 사건을 일으키고 그 사건이 다시 인물에 영향을 미쳐 인물을 변화시키는 유형의 소설로, 행동의 강렬성과 극적인 개성을 그린다.

② 인물과 사건 사이에서 긴장 관계를 보여주는 것으로, 행동소설과 성격소설이 종합된 형태라고 볼 수 있다.

③ 시간적 측면에서 플롯의 집중적인 전개를 중시하는 반면, 공간에 대한 의식은 희박하다.

③ H. 멜빌의 「백경」, E. 브론테의 「폭풍의 언덕」 등이 여기에 속한다.

(4) 연대기소설(chronical novel)

① 연대기소설은 시간과 공간을 총체적으로 그리는 소설로, '총체소설'이라고도 한다.

② 거대한 사회를 배경으로 한 개인의 삶의 과정을 그리기 때문에 성격소설과 극적소설의 이중적 효과를 거둘 수 있다.

③ 시간과 공간 양면에 걸친 포괄적인 전개는 연대기소설이 보편성을 획득할 수 있게 하는 특징이 된다.

④ 극적소설의 플롯이 긴밀한 논리로 전개된다면, 연대기소설의 플롯은 몇 개의 삽화로 엮어지는 외적 진행으로 전개된다.

⑤ D. H. 로렌스의 「아들과 연인」, J. 조이스의 「젊은 예술가의 초상」, V. 울프의 「야곱의 방」 등이 연대기소설에 속한다고 볼 수 있다.

(5) 시대소설(period novel)

① 시대소설은 한 시대의 풍습과 특별한 환경 등을 그린 소설을 말한다.

② 모든 시대에 공통되는 삶과 인간의 참 모습이 아닌, 어느 한 시대의 풍습과 사회상을 대변하거나 상징하는 인물을 보여 주는 것에 만족한다.

③ T. 드라이저의 「아메리카의 비극」 같은 유형의 소설이 시대소설이라고 할 수 있다.

2) N. 프라이의 분류에 따른 소설의 종류

N. 프라이는 소설을 크게 노블(novel), 로망스(romance), 고백(confession), 해부(anatomy)의 네 가지 유형으로 나눈다.

(1) 노블(novel)과 로망스(romance)

① 노블과 로망스의 가장 큰 특징은 인물의 성격에서 나타난다.

② 로망스는 다소 비현실적인 인물을 그린다. 시대적 맥락이나 사회적 문맥에서 설명할 수 없는, 즉 역사의식을 찾아볼 수 없는 '진공관 속의 인물'이라고 할 수 있다.

③ 노블에서의 인물은 한 사회나 집단을 대표하는 보편적이고 평범한 인물이다. 로망스의 인물과 달리 그 사회의 상황을 반영하며, 역사의식과 관계되는 존재이다.

(2) 고백(confession)

① 자서전적인 소설의 형식을 말한다.

② N. 프라이는 이러한 소설 유형의 유래를 성 어거스틴의 「고백론」에서 찾는다.

③ 현대소설의 주요한 형태 중 하나로 대체로 지적인 특성을 보인다.

(3) 해부(anatomy)

① 인물이나 사건 자체보다는 인물이나 사건을 매개로 전개할 수 있는 사상이나 관념을 중시하는 것으로 관념소설이나 주제소설이 이 유형에 속한다.

② 인간의 정신적 문제를 다루고 그것에 대한 풍자와 비판을 통해 인생을 해부한다는 의미라고 할 수 있다.

③ 고백이 내향적인 성격이 강하다면 해부는 외향적 성격이 강하다.

3 G. 루카치의 분류에 따른 소설의 종류

루카치는 주인공의 행동양식을 기준으로 삶의 전체성이 어떻게 형상화되었느냐에 따라 추상적 이상주의 소설, 심리소설, 교양소설, 톨스토이의 소설형의 네 가지 유형으로 구분한다.

(1) 추상적 이상주의 소설

① 현실 세계와 연결된 주인공의 행동양식이 아주 좁은 의식, 즉 맹목적 신앙에 가까운 의식에 지배를 받고 있는 소설의 형태이다.

② 이상의 실현을 위해 직선적인 길을 가는 주인공에게 현실 세계의 복잡성이 매우 협소하게 보이는 그 의식에 의하여 특징지을 수 있는 양식이다.

③ 주인공은 자기가 추구하는 가치를 위해서 광신적인 모습을 보여주는 유형으로 대표적으로 세르반테스의 「돈키호테」나 스탕달의 「적과 흑」이 그 예이다.

(2) 심리소설

① 작중인물의 내면상태를 분석하는 데 주력하는 유형이다.

② 심리소설의 주인공은 수용세계와 의식세계가 매우 넓어 인습으로 가득 찬 현실 세계에 만족하지 못한다.

③ 정신분석학과 연계하여 인간의 의식세계를 보다 깊이 파고든다.

④ I. A. 곤자로프의 「오블로모프」가 심리소설의 대표적인 예라 할 수 있다.

(3) 교양소설

① 주인공이 일정한 삶의 형성이나 목표에 도달하기까지의 과정을 그린 소설이다.

② 추상적 이상주의 소설과 심리소설의 중간적 입장을 취하는 주인공이 등장하며, '남성적인 성숙(virile maturity)'으로 특징지을 수 있다. 괴테의 「빌헬름 마이스터」나 헤세의 「싯다르타」 등이 그 좋은 예이다.

(4) 톨스토이의 소설형

① 자연에 대한 본질적인 체험과 구체적이고 실재적인 세계를 표현하는 유형이다.

② G. 루카치가 특히 중요한 양식으로 생각하는 유형으로, 우리 삶의 전체성의 범주를 다루기 때문에 문화를 초월하여 의미를 가질 수 있다.

4 단편소설과 장편소설

(1) 단편소설

① 단숨에 읽을 수 있을 만큼 양이 적어야 한다. 우리나라의 경우 대략 200자 원고지 100매 내외를 단편으로 취급한다.

② 단일한 효과와 인상의 통일을 나타내야 한다. 즉 단일한 주제, 단일한 성격, 단일한 사건을 긴밀하게 구성하여 인상의 통일을 주어야 한다.

③ 뛰어난 표현기교와 압축된 구조를 지녀야 한다.

④ 인생의 단면을 예리하게 그려 내야 한다. 장편소설이 우리 인생의 총체적인 면모를 그리는 데 비해, 단편소설은 삶의 한 단면을 제시하는 양식인 것이다.

(2) 장편소설

① 사회와 인간을 총체적으로 그리고 있다. 우리 삶 전체를 깊이 있고 폭넓게 그리는 양식으로 장편소설을 쓰기 위해서는 인생에 대한 뛰어난 통찰력이 필요하다.

② 소설적 기교에 의존하는 단편과 달리 장편은 주제와 사상에 더 많은 초점을 둔다.

③ 복합구성을 취하되 여러 개의 에피소드를 연결시켜 나가면서 구성을 발전시킨다.

④ 등장인물은 평면적이기보다는 입체적인 인물이 알맞다.

⑤ 장편의 시점은 단편과 달리 계속 이동해야 한다. 그것은 우리 삶의 일면이 아닌 총체적인 면을 그려야 하기 때문이다.

확인문제

1 E. 뮤어가 분류한 소설의 종류가 아닌 것은?

① 행동소설 ② 성격소설

③ 극적소설 ④ 심리소설

▶④ 심리소설은 G. 루카치의 분류에 따른 유형이다.

2 주인공이 일정한 삶의 형성이나 성취에 도달하기까지의 과정을 그린 소설로 G. 루카치가 분류한 소설은?

① 추상적 이상주의 소설 ② 심리소설

③ 교양소설 ④ 톨스토이형의 소설

▶③ 교양소설의 대표적인 예로는 괴테의 「빌헬름 마이스터」나 헤세의 「싯다르타」 등을 들 수 있다.

출제예상문제

 객관식

1 다음 중 바르게 연결된 것이 아닌 것은?

① 스토리-플롯에 의해 짜인 이야기
② 픽션-허구를 바탕으로 지어낸 이야기
③ 로망-중세의 기사담
④ 노벨-중편 소설 이상의 길이를 가진 소설

ADVICE › ① 스토리는 시간적 순서대로 배열된 사건의 기술을 뜻하며, 플롯은 인과관계에 중심을 둔 사건의 기술을 뜻한다.

2 보편성과 가장 밀접한 관련을 맺는 용어는?

① 역사성   ② 사실성
③ 허구성   ④ 개연성

ADVICE › ④ 개연성은 있을 법한 이야기라는 의미로 여러 사람이 공감할만할 때 가능해진다. 곧 보편적인 것과 통한다.

3 소설의 기원을 고대의 서사시에서 찾으려 했던 인물로 보기 어려운 사람은?

① 아놀드 캐틀   ② G. 루카치
③ W. H. 허드슨   ④ R. G. 몰튼

ADVICE › ④ 소설의 기원을 고대의 서사시에서 찾으려 했던 인물은 아놀드 캐틀, 루카치, 허드슨이다.

ANSWER 1.① 2.④ 3.④

4 소설의 특징을 보기 어려운 것은?

① 소설은 표출의 형식을 지닌다.　　② 가공의 이야기이다.

③ 인생을 표현하는 창작문학이다.　　④ 화자를 통해 이야기를 이끌어간다.

ADVICE 〉 ① 소설은 표출이 아닌 서사의 형식을 지닌다.

5 플롯에 대한 설명을 알맞지 않은 것은?

① 인과관계에 의한 사건의 전개 배열이다.

② 플롯의 설정을 어떻게 하느냐에 따라 같은 이야기도 달라질 수 있다.

③ 주제를 보다 선명하게 드러낼 수 있다.

④ 스토리와 플롯은 동일한 개념이다.

ADVICE 〉 ④ 스토리는 시간적 순서대로 배열된 사건의 기술을 뜻하며, 플롯은 인과관계에 중심을 둔 사
건의 기술을 뜻한다.

6 로망에 대한 설명으로 적절한 것은?

① 로망은 디플레이션 양식이다.

② 로망은 일상 사람들의 이야기이다.

③ 로망에는 역사의식이 반영되어 있다.

④ 로망은 중세 로망어로 표현되어 있다.

ADVICE 〉 ④ 나머지 보기들은 novel에 대한 설명이다.

7 기사들의 황당무계한 이야기와 연애담으로 이루어진 것은?

① 로망　　　　　　　　　　② 심리소설

③ 노블　　　　　　　　　　④ 교양소설

ADVICE 〉 ① 로망은 기사들의 황당무계한 무용담과 연애담으로 기이하고 가공적이며 모험적인 특성을
지닌다.

ANSWER　4.① 5.④ 6.④ 7.①

8 모방정신의 유무로 로망과 소설의 차이를 밝히려 한 학자는?

① G. 루카치
② N. 프라이
③ 토도르프
④ E. 아우어바흐

ADVICE ›› ④ E. 아우어바흐는 모방정신이 있으면 소설, 없으면 로망이라고 하였다.

9 다음 (   ) 안에 들어갈 알맞은 말은?

> 군인이라는 단어를 보면 절도, 복종심, 명예욕 등 일반적으로 공통적으로 생각할 수 있는 느낌의 인물을 (   )이라 한다.

① 평면적 인물
② 입체적 인물
③ 개성적 인물
④ 전형적 인물

ADVICE ›› ④ 전형적 인물이란 사회의 어떤 계층이나 집단의 공통된 성격적 기질을 대표하는 인물형을 말한다.

10 한 작품 속에서 환경과 사건에 의해서 인물의 성격이 바뀌는 것을 뜻하는 용어는?

① 평면적 인물
② 입체적 인물
③ 개성적 인물
④ 전형적 인물

ADVICE ›› ② 입체적 인물은 인물의 성격이 하나로 고정되어 있지 않고 변화할 때 사용하는 말이다.

11 E. 뮤어의 분류에서 로망이나 고대소설처럼 스토리가 중심이 되는 소설의 유형은?

① 행동소설
② 성격소설
③ 극적소설
④ 시대소설

ADVICE ›› ① 행동소설은 시간 순서에 따라 이야기가 진행되므로 '다음에는 무슨 일이 일어날까?'하는 독자의 호기심과 기대감을 유발한다. 인간의 비현실적인 욕망을 대리만족시켜주는 환상적인 이야기로 리얼리즘과는 거리가 멀다.

ANSWER 8.④ 9.④ 10.② 11.①

12 장편소설의 특징이 아닌 것은?

① 단일한 사건을 긴밀하게 구성한다.

② 입체적인 인물이 주로 등장한다.

③ 복합구성을 취한다.

④ 소설적 기교보다 주제와 사상에 더 많은 초점을 둔다.

ADVICE 〉 ① 단편소설은 단일한 주제, 단일한 성격, 단일한 사건을 긴밀하게 구성하여 인상의 통일성을 주려고 한다.

13 단편소설의 특징으로 볼 수 없는 것은?

① 단숨에 읽을 수 있을 만큼 양이 적어야 한다.

② 뛰어난 표현기교와 압축된 구조를 지녀야 한다.

③ 삶의 단면을 예리하게 그려 내야 한다.

④ 등장인물은 평면적 인물보다 입체적 인물이 적합하다.

ADVICE 〉 ④ 장편소설의 등장인물은 평면적이기보다는 입체적 인물이 더 알맞다.

14 N. 프라이의 소설 분류로 보기 어려운 것은?

① 노블과 로망   ② 고백

③ 해부   ④ 연대기소설

ADVICE 〉 ④ 연대기소설은 E. 뮤어의 분류이다.

15 인물이나 사건 자체에 대한 관심보다는 그 인물이나 사건을 매개로 하여 전개될 수 있는 사상이나 관념에 더 많은 관심을 기울이는 양식은?

① 고백   ② 해부

③ 로망   ④ 노블

ADVICE 〉 ② N. 프라이의 분류에 따른 소설의 종류로 해부에 대한 설명이다.

📖 **주관식**

1 소설의 인물 유형 중 입체적 인물에 대해 간략히 논하시오.

2 G. 루카치에 따른 소설의 유형 중 세르반테스의 소설 「돈키호테」가 속하는 유형의 특징을 설명하시오.

3 플롯(plot)과 스토리(story)의 차이점에 대해 예를 들어 비교하시오.

4 시점의 종류를 나열하고 그에 대에 간략히 설명하시오.

Answer

1. 입체적 인물은 평면적 인물과 반대되는 개념으로 환경과 사건의 진전에 따라서 성격이 변화하고 발전하는 인물이다. 작품이 진행되면서 환경에 따라 지니고 있던 가치관이나 성격이 변화하여 독자의 예측과 상상을 초월하는 다양한 면을 보여준다. 대표적인 인물로 김동인의 소설 「감자」에 나오는 복녀를 예로 들 수 있다.

2. 세르반테스의 「돈키호테」는 G. 루카치가 분류한 유형 중 추상적 이상주의 소설에 속한다. 이 유형은 현실 세계와 연결된 주인공의 행동양식이 아주 좁은 의식, 즉 맹목적 신앙에 가까운 의식에 지배를 받고 있는 형태를 취한다.

3. 스토리는 시간적 순서대로 배열된 사건의 기술을 뜻하며, 플롯은 인과관계에 중심을 둔 사건의 기술을 뜻한다.

4. ① 1인칭 주인공 시점 : '1인칭 화자=주인공'으로 작품에 등장하는 '나'가 주인공이 되어 자신의 이야기를 하는 것이다.
   ② 1인칭 관찰자 시점 : '1인칭 화자=관찰자'로 작품에 등장하는 '나'는 주인공이 아닌 옆에서 관찰하는 역할을 한다.
   ③ 3인칭 작가 관찰자 시점 : '작가=관찰자'로 작가가 사건의 바깥에서 보이는 것만을 관찰하기 때문에 객관적인 입장에서 작품의 외적 사실만이 묘사된다.
   ④ 3인칭 전지적 작가 시점 : '작가=전지적'으로 모든 것을 다 알고 있는 신과 같은 입장에 서 있다.

5 소설의 특징을 나열하고 간략하게 설명하시오.

6 단편소설과 장편소설에 대해 차이점에 집중하여 설명하시오.

Answer

5. 소설의 특징으로는 허구성, 산문성, 서사성, 모방성 및 진실성 등이 있다.

① 허구성 : 소설은 작가에 의해 창조되고 가공된 이야기이다.

② 산문성 : 소설은 시와 다르게 줄글로 서술해 나간다.

③ 서사성 : 소설은 줄거리를 가진 이야기로 시간의 흐름에 따라 진행된다.

④ 모방성 및 진실성 : 소설은 허구이기는 하지만 현실을 모방하고 있으며, 삶의 진실을 추구한다.

6. 단편소설은 단숨에 읽을 수 있을 만큼의 양으로 단일한 효과와 인상의 통일을 나타내야 한다. 뛰어난 표현기교와 압축된 구조를 지녀야 하며 인생의 단면을 예리하게 그려 내야 한다. 반면 장편소설은 사회와 인간을 총체적으로 그리고 있기 때문에 인생에 대한 뛰어난 통찰력이 필요하며, 소설적 기교에 의존하는 단편과 달리 주제와 사상에 집중한다. 복합구성을 취하되 여러 개의 에피소드를 연결시켜 나가면서 구성을 발전시키며, 평면적 인물보다는 입체적 인물이 적절하다.

한 권으로 단박에 합격하기 **독학사**

비평론

CHAPTER

비평의 정의

기출문제 맛보기

문학 비평에서 다루는 대상이 아닌 것은?

① 문학이란 무엇인가?
② 작품의 가치는 누가 평가할 것인가?
③ 한 편의 문학 작품이 주는 의미는 무엇인가?
④ 작가는 어떤 역할을 하는가?

▶ ② 문학 비평은 문학 작품을 대상으로 독자(비평가)가 가치판단 또는 심미적 판단을 내리는 행위이다. 작품의 가치를 '누가' 평가할 것인가가 아닌 '어떻게' 평가할 것인가가 그 대상이다.

1 비평의 정의

(1) 비평의 개념

① **어원** : 비평(criticism)은 재판, 심판 등의 의미를 가진 라틴어 'criticus'에서 유래된 말로 결국 판단에 의해 작품을 평가하는 것을 말한다. 작품을 평가한다는 것은 그 가치를 구명하고 의의를 밝히는 것으로 가치판단과 관련 있다.

② **「표준국어대사전」** : 문예평론이란 문예 작품의 구조 및 가치, 작가의 창작 방법, 세계관 따위를 일정한 기준에 따라 검토하고 판단하는 것이다.

③ **「옥스퍼드 사전」** : 문학비평은 텍스트 인물, 구성, 문학론을 다룬 비평적인 작가의 문학, 또는 예술적인 본질과 평가의 기술이다.

(2) 비평의 여러 가지 정의

① 비평이란 결국 문학 작품을 정의하고, 분류하고, 분석하고 평가하는 작업이다.

② 하나의 문학 작품을 어떻게 이해하고 해석하고 평가하는가에 관한 노력의 총체이다.

③ 문학 작품의 좋은 자질과 좋지 못한 자질을 선별해 내는 일이다.

2 비평을 보는 관점

(1) 이론비평과 실천비평

① 이론비평(theorytical criticism)

　㉠ 어떤 보편적 원칙으로 문학의 본질, 목적, 기능 등의 문제를 설명하고자 하는 비평이다.

　㉡ 이론을 전개하고 그 타당성을 검증하기 위하여 구체적인 작가나 작품을 대상으로 삼는다.

　㉢ 작품과 작가를 평가하는 규범으로 문학 작품을 해석하는 데 사용될 용어와 개념, 분석구조 등의 기초를 다지는 작업이라고 할 수 있다.

　㉣ 최초의 이론 비평서는 아리스토텔레스의 「시학」이라고 할 수 있으며, 이론비평서의 예로 I. A. 리처드의 「문학비평원리」, N 프라이의 「비평의 해부」 등을 들 수 있다.

② 실천비평(practical criticism)

　㉠ 이론비평과 달리 구체적인 작가나 작품을 주 대상으로 하는 비평으로, 비평가가 실제 작품에 대하여 어떤 이해와 평가를 내리느냐를 중시한다.

　㉡ 실천비평은 이론비평의 요소에 근거를 두고 누구나가 다 동의할 수 있는 판단을 내리고자 하기 때문에 기본적으로 객관적인 비평이지만, 비평가 자신의 개인적이고도 주관적인 기준을 완전히 배제할 수 없기 때문에 인상주의적이라는 평을 듣기도 한다.

　㉢ 콜리지가 「문학평전」에서 쓴 워즈워드의 시와 셰익스피어 작품에 대한 비평이 실천비평을 잘 보여주는 예라고 할 수 있다.

(2) M. H. 에이브럼스의 문학을 보는 관점에 따른 비평

① 모방비평

　㉠ 모방비평은 플라톤과 아리스토텔레스에게서 처음 나타났다.

　㉡ 작품을 분석하는 기준을 '재현의 진실성'에 두었다. → 문학 작품이 세계와 인간생활을 모방하고 반영하며 혹은 재현하는 것에 초점을 두었기 때문에 비평 역시 이러한 재현의 진실성을 판단하는 것에 기준을 두어야 한다는 견해이다.

② 효용비평

　　㉠ 작품이 독자에게 어떤 가치를 지니며 어떤 성취를 줄 수 있는지를 판단하는 비평양식이다.

　　㉡ 독자로 하여금 작품을 읽는 행위를 통해 미적 쾌감이나 교훈, 감동과 같은 것들을 얼마나 줄 수 있는지를 판단하는 것이다.

　　㉢ 로마시대부터 18세기까지 이어져 왔으며, 후에 구조주의자들에 의해서 다시 나타난다.

③ 표현비평

　　㉠ 표현비평은 작가와의 관계를 중요시 한 것이다.

　　㉡ 작품을 작가의 상상력이 만들어 낸 산물로 정의하여, 작가에 의해 얼마나 적절하게 표현되었는지를 판단한다.

④ 객관적 비평

　　㉠ 모방비평, 효용비평, 표현비형이 작품을 둘러싼 외부 환경적 요소를 중요시 한 것이라면 객관적 비평은 작품 내재적 기준에 의해서 분석되고 판단되어야 한다고 보는 견해이다.

　　㉡ 1920년대 이후에 많이 널리 알려지게 되었으며, 신비평가, 시카고학파, 유럽 형식주의 지지자들, 프랑스 구조주의자들이 옹호하였다.

(3) R. 웰렉의 견해

① **외재적 비평** : M. H. 에이브럼스의 모방비평, 효용비평, 표현비평을 아우르는 개념이다.

② **내재적 비평** : 객관적 비평에 해당한다.

확인문제

1 비평(criticism)은 재판, 심판 등의 의미를 가진 라틴어 'criticus'에서 유래된 말로 결국 (　　　)에 의해 작품을 평가하는 것을 말한다.

　▶ 판단

2 어떤 보편적 원칙으로 문학의 본질, 목적, 기능 등의 문제를 설명하고자 하는 비평은 실천비평이다. (○, ×)

　▶ × 어떤 보편적 원칙으로 문학의 본질, 목적, 기능 등의 문제를 설명하고자 하는 비평은 이론비평이다.

3 R. 웰렉이 제시한 비평의 유형으로 M. H. 에이브럼스의 모방비평, 효용비평, 표현비평을 아우르는 비평은?

　▶ 외재적 비평

역사 · 전기적 비평

맛보기

특정 작가와 같은 시대의 다른 작가와의 관련 여부, 역사적 배경, 작품의 존재 가치 등을 평가하는 비평은?

① 역사 · 전기적 비평　　　　　　　② 사회 · 문화적 비평

③ 구조주의 비평　　　　　　　　　④ 형식주의 비평

▶① 역사 · 전기적 비평은 역사주의 비평과 전기적 비평의 결합으로 특정 작가와 같은 시대의 다른 작가와의 관련 여부, 역사적 배경, 작품의 존재 가치 등을 평가하는 비평이다.

1　역사 · 전기적 비평의 형성과정

인상주의에 의해 문학에 대한 평가가 이루어지던 시대에 이를 비판하면서 나오게 된 것이 바로 역사 · 전기적 비평 방법이다. 자연과학이 발달하면서 실증주의, 객관적 접근 등이 중요해졌고, 이러한 접근 방법이 문학비평 부분에도 영향을 미친 것이라고 볼 수 있다.

(1) 역사 · 전기적 비평의 등장배경

① 자연과학의 발달

　㉠ 17세기 다윈의 진화론이 제시되면서 문학을 비롯한 사회 · 과학 분야에 지대한 영향을 미치게 되었다. → 자연 과학의 발달

　㉡ 자연과학의 발달로 자료에 근거하여 접근하고 읽어나가는 것이 중시되었다. 즉, 객관적이고 과학적인 방법이 중요해졌다.

　㉢ 기존에 팽배해 있던 인상주의를 거부하게 되었다. 인상주의 비평이 개인에 의한 주관적 비평이라면 자연과학에 기대는 비평은 공통된 근거를 바탕으로 한 비평이라는 의의가 있다.

② **철학적 접근**

    ㉠ 프랑스에서는 19세기 초 어거스트 콩트에 의해 실증주의의 영향을 받게 된다.

    ㉡ 사실에 관한 지식이 중요해지면서 관찰, 경험에 따른 실증을 바탕으로 한 사실주의가 발달했다.

    ㉢ 역사 · 전기적 비평가인 생트뵈브는 이를 받아들여 과학적 방법을 중시하고 인과관계를 중시한 이론적 바탕을 만들었다.

③ **영국의 전기학 발달** : 역사 · 전기적 비평의 등장은 영국에서 전기학이 발달하게 된 것과도 연관성이 있다.

(2) 역사 · 전기적 비평에 대한 견해

① **생트뵈브의 견해**

    ㉠ 생트뵈브는 문학이란 '작가 개성의 표현'이라고 하였다. 따라서 작가의 인생에 대해 아는 것이 매우 중요하다.

    ㉡ '정신의 박물관학'으로서의 비평을 표방하고, '그 나무에 그 열매'라는 표현으로 작가의 전기적 생애 연구를 강조하였다.

> 나에게 있어 문학, 즉 문학적 산물은 사람과 그의 성격의 나머지 것과 유리되지 않는다. 나는 개별 작품을 즐길 수 있지만, 그 사람 자체를 알지 못하고 작품만 독립적으로 판단할 수는 없다. 그러므로 '그 나무에 그 열매'란 말을 쉽사리 인용할 수 있다. 따라서 문학연구는 자연스럽게 인간 자체 즉 윤리연구로 나아가게 된다.
>
> —생트뵈브—

> **역사 · 전기적 비평 1**
> ① 인상주의의 거부로 나오게 됨
> ② 자연과학의 발달+실증주의+전기학의 발달
> ③ **생트뵈브** : '정신의 박물관학', '그 나무에 그 열매'

② **H. 텐의 견해**

    ㉠ H. 텐은 「영문학사」에서 문학결정의 본질적인 3요소로 인종, 환경, 시대를 제시했다.

      • 인종 : 유전적인 요인으로, 작가 개인의 기질을 의미한다.

      • 환경 : 후천적인 요인으로, 작가와 작품을 둘러싼 사회적 환경요인을 뜻한다.

      • 시대 : 영향관계로 선후배 작가끼리 서로 닮으려는 속성이다.

    ㉡ G. 랑송은 H. 텐의 견해를 발전시켜 작품 생성배경을 중시하는 실증적 · 문헌학적 연구방법을 개척했다. 실증적 · 문헌학적 연구방법은 문헌조사를 중시하고, 생애연구를 강조한다.

③ S. N. 그레브스타인의 견해 : S. N. 그레브스타인은 「현대비평의 전망」에서 역사·전기적 비평의 여섯 가지 원칙을 제시하였다.

ㄱ 역사적 비평가는 작품의 믿을만한 원전을 사용하고 있다는 점을 분명히 한다. → 원전의 중요성(원전비평)

ㄴ 역사적 비평가는 작품이 창조될 당시의 특수한 시간과 장소에 작용했을 작품의 언어를 의식하고 작업한다. → 작품의 언어 중시(원전비평)

ㄷ 역사적 비평가는 작가의 인생과 물질적 환경, 특히 지금 면밀히 검토 중인 작품의 구성에 영향을 미친 환경에 비추어서 작품을 연구한다. → 작가의 전기(전기적 비평)

ㄹ 역사적 비평가는 작가와 그의 작품을 전시대 또는 동시대의 것과 비교하여 그 작품을 한정했을 제 영향을 평가한다. 동시에 그 작품 자체의 평판과 다른 작품 및 작가들에게 미친 영향을 고려한다. → 평판과 영향(역사적 비평)

ㅁ 역사적 비평가는 작품을 '한 시대에 소속된' 것으로 본다. 즉 작품을 이루어 놓은 문화의 표현으로, 그리고 그 문화의 제 사건과 조건의 가능한 반영으로 본다. → 문학사(역사적 비평)

ㅂ 역사적 비평가는 작품을 문학적 전통, 관계, 양식 또는 장르 속에 넣고 그것과 비슷한 작품의 관계를 결정한다. → 문학적 관습(역사적 비평)

▶ **역사·전기적 비평 2**

① H. 텐 : 문학결정의 본질적인 3요소
  ㄱ 인종 : 유전적 요인, 작가의 기질
  ㄴ 환경 : 후천적 요인, 작가와 작품을 둘러싼 사회적 환경요인
  ㄷ 시대 : 연향관계, 선후배 작가끼리 서로 닮으려는 속성
② S. N. 그레브스타인 : 역사·전기적 비평의 여섯 가지 원칙
  ㄱ 원전, 언어－원전비평
  ㄴ 전기－전기적 비평
  ㄷ 평판·영향, 문학사, 문학적 관습－역사적 비평

(3) S. N. 그레브스타인의 역사·전기적 비평의 여섯 가지 원칙

① 원전의 중요성

  ㄱ 텍스트의 확정 : 원전비평에서는 이본들과 대조하여 원전을 확정하는 것이 매우 중요하다. 텍스트를 확정하는 것은 문헌학과 깊은 관련이 있다.

  ㄴ **원전비평가의 중요한 자질**

  • 꼼꼼한 성향으로 작가 및 작품, 시대성에 민감한 사람

  • 문법에 대한 이해, 당시 언어의 어휘력에 통달한 사람

  • 원전을 수정해야 할 때 필요한 결단력과 판단력을 갖춘 사람

  • 텍스트가 잘못되었는지에 대해 확인하고 평가할 수 있는 안목을 갖춘 사람

ⓒ 프레드슨 바우어즈는 원전비평을 '한 작가의 텍스트 본래의 순수성을 회복하는 한편 판을 거듭함에 따라 흔히 생기는 와전으로부터 그 순수성을 보존하는 것'이라고 하였다.

ⓔ 텍스트 확정이 중요한 이유는 원본이 잘못 기재되는 오류가 자주 발생할 수 있기 때문이다. 예를 들어 H. 멜빌의 「백경」에 나오는 '바다의 더럽혀진 고기'는 원래 '바다 깊숙이 몸을 사리고 있는 고기'였으나, 출판사에 의해서 교정되고 인쇄되는 과정에서 철자가 잘못 기재되어 전해진 것이다.

ⓜ 프레드슨 바우어즈의 원전 확정의 순서
  • 문서적 증거 : 가장 순수하고 정확한 형태를 확정하는 것
  • 기본 텍스트의 결정 : 수많은 이본 중에서 최고본을 결정하는 것
  • 상이점들의 대조 조사 : 일정 기간 동안에 나온 여러 판본들을 대조하여 그 차이점을 밝히는 것
  • 판본의 족보 : 수집된 판본끼리의 선후 관계 등을 확인하여 족보를 작성하는 것
  • 결정본 : 가장 권위 있는 판본을 선정하는 것으로 경우에 따라서는 권위본에 수정을 가하기도 한다.

ⓗ 원전 확정의 고려사항 : 권위 있다고 인정한 최고본을 그대로 재생해 놓을 것인지(영인본), 또는 교정과 수정을 거쳐 교정본을 낼 것인지에 대한 결정을 해야 한다.

② 언어의 중요성
  ⓖ 당대의 언어가 중요하지만 원전을 현대어 또는 알아볼 수 있는 언어로 바꾸는 것 또한 역사·전기 비평의 학자가 할 몫이다.
  ⓛ 원전을 확정한 후에 이를 현대어로 바꾸기 위해서는 사전이 필요하며, 이때 뒷받침되어야 하는 지식이 바로 문법이다.
  ⓒ 예를 들어 「용비어천가」의 원전을 해독하려면 '불휘 기픈 나모'를 '뿌리 깊은 나무' 정도로 해석할 수 있는 문법에 대한 안목과 지식이 필요하다.

③ 전기 연구
  ⓖ 역사·전기 비평 연구의 핵심은 작가의 삶과 작품이 서로 불가분의 관계에 있다는 것이다.
  ⓛ 작가의 전기를 이해하려는 것은 문학 작품을 잘 이해하기 위함으로 작가의 정신적 자세, 교육 정도, 신체적 조건, 경제력 등에 대해 앎으로써 작품을 이해하는 데 도움을 받을 수 있다.
  ⓒ 예를 들어서 시인 김기림은 기자, 교사, 과수원 경영 등 다채로운 삶을 보냈다. 이를 토대로 김기림의 성향을 '변화를 추구한다.'라고 보고 그의 작품을 이해하는 것이다. → 김기림의 시 「기상도」에서는 여러 이야기를 하고 있는데, 이러한 작품의 성향이 그가 지닌 변화추구 성향과 연결 지어 해석할 수 있다.

② 리온 이들의 문학적 전기의 유형
- 포괄적 전기 : 전형적인 다큐멘터리 전기로 시간적 순서대로 나열하는 방법이며, 중요한 사건에 약간의 부연 설명을 첨가한다. 문학적 해석이기보다는 역사적인 관점에서 정리한 것이기 때문에 객관적이고 간결하다.
- 문학적 초상화 : 비평가가 작가에 대해 제시하고 싶은 부분을 선택하여 문학적으로 그려낸다. 성격묘사를 하거나 프로필을 제시하는 것이 여기에 해당한다.
- 유기적 전기 : 최근 사용되는 방법으로 작가에 관하여 전지적 입장에서 광범위하게 자료를 수집한다. 수집된 자료는 비평가의 안목에 의해 자료가 재구성되며 이러한 특성으로 인해 비평가를 '용광로'에 비유하기도 한다.

④ 평판과 영향
㉠ 평판 : 독자가 작가에 의해 신뢰도 및 공신력을 지니는 것
㉡ 영향 : 작품이 독자의 태도에 변화를 가져오는 것
㉢ 간(間)텍스트성 : 텍스트 상호성이라고도 하며 어떤 작품이 다른 작품이나 작가에게 미치는 영향이라고 볼 수 있다.

⑤ 문학사
㉠ 문학사를 기술하는 방법
- 연대기적 서술로 제시
- 작품 상호 간의 원천과 영향을 고찰하는 방법
- 사회적 상황을 고려한 방법
- 신화, 상징, 가치 등의 변형된 반복을 연구대상으로 하는 방법
㉡ 문학사를 기술할 때 고려해야 할 점
- 이데올로기, 사상에 대한 고려
- 당시의 풍속 등 일반 사회상에 대한 고려
- 제도에 대한 관심
- 전통과 신화에 대한 관심
- 전기에 대한 관심

⑥ 문학적 전통과 관습
㉠ 문학은 독특해 보이려 하는 경향으로 어느 정도 아방가르드적인 요소를 지니고 있다. 이는 문학이 개성을 지니고 변화를 추구하기 때문이라고 할 수 있다.
㉡ 그러나 한편으로는 기존에 있는 문학의 틀에서 크게 벗어나지 않으려는 속성 또한 함께 지니고 있다.
㉢ 해리 르빈은 문학이 변화를 두려워하여 현재의 상황을 지속하려는 속성을 '문학적 관습'이라고 하였다.

확인문제

1 H. 텐이 말한 문학결정의 3요소로 보기 어려운 것은?

① 인종　　　　　　　　　② 환경

③ 시대　　　　　　　　　④ 고향

▶ ④ H. 텐이 제시한 문학결정의 3요소는 인종, 환경, 시대이다.

2 '그 나무에 그 열매'라는 말을 통하여 생애연구를 강조한 인물은?

① 생트뵈브　　　　　　　② H. 텐

③ I. A. 리처드　　　　　④ J. 피아제

▶ ① '정신의 박물관학'과 '그 나무에 그 열매'를 제시한 사람은 생트뵈브이다.

3 원전확정의 과정에서 첫 번째 제시되어야 할 부분은?

① 판본의 족보　　　　　　② 상이점들의 대조조사

③ 기본 텍스트의 결정　　　④ 문서적 증거

▶ ④ 프레드슨 바우어즈가 말한 원전확정 과정은 '문서적 증거-기본텍스트의 결정-상이점들의 대조 조사
　-판본의 족보-결정본'이다.

4 리온 이들이 제시한 문학적 전기 유형 중에서 배경설명은 최소한도로 줄어들고 독자는 저자
가 선택하여 제시한 작가 성격의 양상만을 대하게 된다는 것을 무엇과 연관되는가?

① 포괄적 연대기　　　　　② 문학적 초상화

③ 유기적 전개　　　　　　④ 다큐멘터리식 전개

▶ ② 문학적 초상화는 화가의 초상화처럼 시각적이고 간단명료하게 기술되는 방식이다.

5 H. 텐의 문학결정 3요소 중 '시대'에 대한 설명은?

① 유전적 요인으로 작가 개인의 기질을 의미한다.

② 작가와 작품을 둘러싼 요인이다.

③ 후천적인 환경적 요인을 뜻한다.

④ 선후배 작가끼리 서로 닮으려는 속성이다.

▶ ④ '시대'란 일종의 영향관계를 말하는데, 선후배 작가끼리 서로 닮으려는 속성을 말한다.

형식주의 비평

다음 중 형식주의 비평에 대한 내용이 아닌 것은?
① 문학 작품 그 자체를 평가의 대상으로 삼는다.
② R. 웰렉의 내재적 비평과 유사한 개념이다.
③ 작품을 하나의 객관적·독립적인 존재로 본다.
④ 작품과 사회·문화적 배경의 관계 등을 분석한다.
▶④ 형식주의 비평은 문학 외적인 세계에 대한 관심을 두지 않는다.

1 형식주의 비평의 개념

(1) 형식주의 비평의 정의

① 역사·전기적 비평과는 달리 문학 작품 자체만을 비평의 대상으로 보는 것으로, 20세기 문학비평에 있어 가장 활발하고 영향력 있는 비평이다.

② 외부적 요소에 의한 비평을 거부하고 오로지 작품 자체에만 몰두하는 것으로 R. 웰렉이 제시한 내재적 비평과 그 맥락을 같이한다.

③ 형식주의 비평은 텍스트를 '고유한 자율적 존재를 가진 객관적 의미구조'로 파악한다. 텍스트 안에 표현된 배열관계를 따라가면서 전체와 부분의 관계에 초점을 두는 것이다.

(2) 형식주의 비평의 토대

① 아리스토텔레스의 「시학」 : 구조적 통일성, 플롯, 형식, 구조, 스타일 등을 강조했다. 이는 플라톤이 윤리성과 사회성과 같은 작품 외부적인 것들을 강조한 것과는 차이가 있다.

② 칸트의 「판단력 비판」 : 예술은 그 자체가 목적이 되어야 한다는 '무목적의 목적'을 내세웠다. 이는 작품 자체로 그 작품을 평가해야 한다는 것과 맥을 같이 한다.

③ S. T. 콜리지 : 상상력은 어울리지 않는 것끼리 연관시킬 수 있는 힘으로 문학적 진실은 과학적 진실과는 다르기 때문에 문학 작품은 그 자체로서 직접적인 목적이 될 수 있다.

④ 이렇게 아리스토텔레스와 칸트, S. T. 콜리지의 사상을 토대로 하여 형식주의 비평이 등장하였다. 형식주의 비평은 1910년대의 러시아 형식주의와 1930년대에 나온 영국, 미국에서의 신비평 모두를 포함한다.

2 러시아 형식주의

(1) 러시아 형식주의의 특징

① 20세기 초 러시아와 체코에서 일어났던 문학이론으로 V. B. 슈클로프스키, 로만 야콥슨 등이 대표적이다.

② 러시아 형식주의는 예술적 형식을 통한 지각이 독자에게 인생에 대한 새로운 감각을 불러일으킨다고 보았다.

③ 러시아 형식주의자들의 관심은 주로 예술적 구조, 문학적 형식이 무엇인가에 대한 것이다.

(2) V. B. 슈클로프스키의 '낯설게 하기'

① 슈클로프스키는 문학에 쓰이는 언어는 일상에서 쓰이는 언어와는 다르다고 하였다.

② 시어란 '일상어에 가해진 조직적 폭력'으로 애매하기만한 인간의 감정을 전달하기 위해서는 언어로 표현된 여러 가지 장치들이 필요하다.

③ 예를 들어 '사랑이 끝났다'보다는 '사랑이 정전처럼 끝났다'라고 할 때 인간의 감정이 더 잘 표현된다는 것이다.

④ 문학적 언어는 실용적 기능을 갖는 것이 아니다. 예술은 이미 습관화 되고 자동화 되어 있는 것을 낯선 것으로 만드는 것이다. → 낯설게 하기

⑤ 낯설게 하기가 지나치게 거리를 지니게 되면 난해하게 표현될 수 있다. 이상의 시 「오감도」를 읽으면서 난해하다고 느끼는 것이 바로 이러한 이유 때문이다.

⑥ 낯설게 하기는 내용보다는 기법에 초점을 맞추고 있는 것이며, 슈클로프스키는 문학을 '그것에 사용된 모든 스타일상의 기교의 총화'라고 하였다.

(2) 로만 야콥슨

① 야콥슨은 러시아 형식주의자로 프라하학파를 이끌었으며 이후 미국의 언어학 연구에도 영향을 끼쳤다.

② 시는 기호의 기능을 지니며, 시적 기능은 기호와 지시대상 간의 관계에서 메시지 자체에 관심을 기울이는 것이다.

③ 누가, 무엇을, 왜에 해당하는 것에 대해서 관심을 갖지 않는다. 기호와 지시대상의 관계에서 작가가 누구인지, 누구에게 전달되는지가 중요한 것이 아니라 텍스트 자체가 중요하다.

3 신비평

신비평은 1930년대 후반에서부터 1950년대 후반까지 영·미 지역에서 가장 활발하게 일었던 비평이다. 신비평이라는 말은 J. C. 랜섬의 「뉴크리티시즘」에서 비롯하였다.

(1) T. S. 엘리엇과 I. A. 리처드

① T. S. 엘리엇

　ㄱ 문학적인 질서, 형태 등과 같이 문학 작품들 속에서 불변하는 어떤 것을 찾으려고 하였다.

　ㄴ 역사의식이 공시적, 통시적으로 변화하는 것이라면 엘리엇은 변화하지 않는 것을 찾으려고 했기 때문에 비역사적 비평이라고 할 수 있다.

　ㄷ 질서의식 : 어느 시대이고 진정한 예술가들 사이에 형성되는 어떤 무의식적인 공통성

　ㄹ 객관적인 것을 중시하였으며 개성이 무질서하게 드러나는 것을 지양하였다.

　ㅁ 엘리엇이 제시한 형식주의의 기본 개념이 되는 세 가지 견해

　　• 문예전통과 그 속에 함축된 문학사는 수정·재정리 된다. 과거는 현재 속에서 변모되고 있다.

　　• 예술가의 체험은 그의 작품 속에 최종적으로 응집된다. 따라서 작품 그 자체가 독자의 관심사가 된다.

　　• 예술가의 정서와 개성은 중요하지 않다.

② I. A. 리처드

　ㄱ 리처드는 과학주의적 성향을 지니고 있으며 문학은 그 자체로 자족적이라고 하였다.

　ㄴ 텍스트와 언어를 중시하였다. → 텍스트 중심의 비평은 곧 신비평

　ㄷ 문학의 자율성 : 엘리엇과 리처드가 동일하게 내세운 관점으로 텍스트 그 자체가 우위성을 점한다는 것이다.

(2) 클리언스 브룩스가 제시한 신비평의 원칙

① 시는 시로서 다루어져야 하고, 독립적이고 자족적인 대상으로 간주되어야 한다.

② 비평의 방법은 정독, 즉 자세히 읽기이며, 자세히 읽은 후에 상세하고 정밀하게 분석한다.

③ 문학은 특수한 종류의 언어이기 때문에 형식적 요소들을 집중적으로 밝혀야 한다.

④ 종합해 볼 때, 신비평은 텍스트 자체를 중시하면서 작품 외적인 작가나 외부 세계와의 연결고리를 끊고 언어와 텍스트에 집중하면서 작품의 의미를 상세하게 분석해 가는 것이다. → 작품 자체의 형식적인 아름다움이나 미학적 구조를 세밀히 밝히는 일에 기여

> **형식주의 비평**

① 형식주의 비평의 토대 : 아리스토텔레스의 「시학」, 칸트의 「판단력과 비판」, S. T. 콜리지
② V. B. 슈클로프스키 : 낯설게 하기 – 문학에 사용되는 스타일상의 모든 기교의 총화
③ T. S. 엘리엇 : 질서의식 – 어느 시대이고 진정한 예술가들 사이에 형성되는 어떤 무의식적인 공통성
④ I. A. 리처드 : 텍스트와 언어 중시
⑤ 클리언스 브룩스의 신비평의 원칙
　㉠ 시는 시로서 다루어져야 한고, 독립적이고 자족적인 대상으로 간주되어야 한다.
　㉡ 자세히 읽기 강조, 상세하고 정밀한 분석
　㉢ 문학은 특수한 종류의 언어이므로 형식적인 요소들을 밝혀야 함

(3) 신비평에 대한 비판

① 길이가 짧은 것은 자세히 읽기와 상세한 분석이 가능하지만 길이가 긴 것은 분석대상으로 삼는 것이 적절하지 않다.
　㉠ 예를 들어 대하소설의 경우에는 10~20권씩 하는 분량을 일일이 자세히 읽어가면서 해설을 다는 것이 쉽지 않다. 때문에 형식주의 비평은 주로 시 분석에 치우치게 되는 한계가 있다.
　㉡ 하나의 비평방법이 장르적 한계를 지니고 있다는 것은 비판의 여지가 된다.

② 형식주의 비평으로 적절한 작품은 주로 몇 작품, 또는 몇 작가에 한정된다. 다양한 작가와 다양한 작품에 통하는 방법이 아니라는 것 역시 신비평의 한계이다.

③ 언어, 이미지, 서술방법 등의 측면만 강조하고 있을 뿐, 주제면을 도외시한다.

④ 작가를 배제하고 있기 때문에 본체론적 오류를 범하고 있다. 작품 안에서 설명이 되지 않는 부분들은 오히려 밖의 요인을 가지고 와서 설명하게 되었는데, 이것은 형식주의의 기본 원리를 무너뜨리게 된다. → 본체론적 오류

⑤ 결국 이러한 문제점들은 형식주의 비평이 편협한 시각으로 작품을 바라보았기 때문에 생긴 결과이다.

⑥ 김동인은 형식주의 비평으로는 작품에 대한 적절한 가치 해명이 불가능하다고 보아 처음에 의도했던 순수한 형식주의적 분석비평의 태도에서 벗어나, 역사주의적, 주제비평적 태도로 변한다.

4 형식주의 비평의 구체적인 방법

형식주의 비평의 구체적인 방법은 본체론적 비평, 의도의 오류, 감동의 오류, 모호성, 아이러니, 역설의 여섯 가지로 나누어 볼 수 있다.

(1) 본체론적 비평

① 형식주의 비평은 작품 자체에 국한시켜서 작품을 바라보는 것이 절대적이어야 한다고 주장하는데 이를 본체론적 비평이라고 한다.

② 작품을 독립적 존재의 객관적 의미구조라고 보는 관점으로 맥락의 비평이라고도 한다.

(2) 의도의 오류

① 작품 자체가 중요한 것이기 때문에 작가가 어떤 의도를 가지고 작품을 썼는지는 중요하지 않다고 보는 견해이다.

② 역사주의자들이 작가의 생애를 연구하여 이를 작품과 접목시키려 한 것과는 대조적인 관점이다.
  ㉠ 역사주의자들은 작가의 전기, 시대배경을 연구하여 이를 작품과 연결하였는데, 그렇기 때문에 의도의 오류가 일어난다. → 작품 창작의 의도가 작품의 의미와 직결되는 것은 아니다.
  ㉡ 예를 들어 이인직의 신소설 「귀의성」의 경우에 작가는 근대적 주제를 제시하려는 의도를 가지고 이를 인물을 통해 보여주려고 하였지만 작품 안에서는 이러한 의도가 잘 드러나지 않고 있다. 그런데 이러한 작가의 의도를 바탕으로 이 작품을 근대적 주제를 담고 있는 것이라고 한다면 이는 명백한 의도의 오류라고 할 수 있다.
  ㉢ 작가가 주제를 내세우기 위해서 작품을 쓴 것이라고 말할 수 없다는 것으로 의도의 오류는 '작가'와 연관된다.

③ 비어즐리와 윔저트는 논문 「의도의 오류」에서 "시는 비평가나 작가의 소유물이 아니다. 작품은 그것이 탄생하는 순간 곧바로 그 작가의 통제력이 미치지 않는 세계 속에 떠나가 버린다. 시는 공중(대중)에 속한다."라고 하였다.

(3) 감동의 오류

① 의도의 오류가 작가와 연관된다면, 감동의 오류는 독자와 연관된 것으로, 독자가 문학 작품의 가치를 평가하는 것이 곧 오류라는 의미이다. → 독자의 인상에 의한 평가는 개개인별로 상대적인 것이기 때문에 평가의 근거, 판단의 근거를 믿을 수 없다.

② 독자의 인상이 아닌 작품 자체로 분석하는 것이 정확한 평가, 판단의 근거가 된다.

③ 감동의 오류는 문예작품의 가치를 그 독자에게 생긴 영향이나 효과에다 두는 것은 잘못이라는 점을 지적한 이론이라 할 수 있다.

(4) 모호성

① 하나의 표현이 여러 가지 의미로 읽히는 것으로 애매성이라고도 한다.

② 작품에 쓰인 하나의 어휘가 둘 또는 그 이상의 거리가 먼 내용을 의미하거나 또는 서로 다른 태도나 감정을 나타내게 되는 것을 지칭한다.

③ 예를 들어 정현종의 시 「섬」에서 '섬'이 가지는 모호성으로 인해 작품을 해석하는 과정에서 상상력이 작용하게 되고 이는 해석의 폭을 넓히는 작용을 한다. 작품 해석의 폭이 넓어지는 것은 그만큼 하나의 작품이 복합적이고 풍부한 의미를 지닐 수 있다는 것으로 긍정적이라고 할 수 있다.

> 사람들 사이에 섬이 있다.
> 그 섬에 가고 싶다.

(5) 아이러니(irony)

① 아이러니는 반어(反語)로 원래 의도와는 반대로 표현하는 것이다.

② 신비평에서는 아이러니를 통해서 삶에 대한 양면성과 복잡성이 도출될 수 있다는 점에서 아이러니를 내포한 문학이 그렇지 않은 문학보다 우수하다고 평가한다.

③ 아이러니가 잘 드러난 작품으로는 현진건의 「운수 좋은 날」과 전영택의 「화수분」이 있다.
　㉠ 「운수 좋은 날」의 김첨지는 그날따라 돈을 많이 벌어 운수가 좋다고 느끼지만, 결국은 아내가 그토록 먹고 싶어 했던 설렁탕도 먹어보지 못한 채 죽음을 맞는 가장 운수 나쁜 날이 된다. 이러한 내용을 담고 있는 작품의 제목이 운수 좋은 날이라는 것 역시 아이러니라고 할 수 있다.
　㉡ 「화수분」의 경우 너무 가난해서 죽을 수밖에 없는 주인공의 이름이 화수분인 것에서 아이러니를 찾을 수 있다.

(6) 역설

① 역설은 표면상으로는 모순이지만 진실의 요소를 포함하고 있는 것을 말한다.

② 예를 들어 유치환의 시 「깃발」에 '이것은 소리 없는 아우성'은 역설의 대표적인 예이다. '아우성'은 '시끄럽다'라는 의미를 포함하고 있어 '소리가 없다'와 표면적으로 충돌을 일으킨다. 그러나 깃발이 바람에 펄럭이는 모습이 아우성치는 모습과 유사하나, 소리가 나지 않기 때문에 '소리 없는 아우성'이라고 표현했다고 보면 이해할 수 있다. → 이처럼 겉으로는 모순의 관계로 보이지만, 그 안에 진리를 담고 있을 때 이를 역설이라 한다.

확인문제

1 (　　)은/는 작품창작에 임하는 작가의 창작의도가 곧 그 작품의 의미와 직결되는 것은 아니라는 이론이다.

▶ 의도의 오류

2 감동의 오류와 연결되는 요소는?

① 작품 자체　　　　　　　　② 작가

③ 독자　　　　　　　　　　④ 세계

▶ ③ 감동의 오류는 독자가 작품의 가치를 평가하는 것은 바람직하지 않다는 것으로 독자와 연관된다.

3 낯설게 하기를 제시한 사람은?

① V. B. 슈클로프스키　　　　② T. S. 엘리엇

③ I. A. 리처드　　　　　　　④ 칸트

▶ ① 낯설게 하기를 제시한 인물을 슈클로프스키이다.

4 형식주의로 보기 어려운 것은?

① 다양한 작가와 작품 비평이 어렵다.

② 긴 작품의 분석에 용이하다.

③ 언어, 이미지, 서술 방법을 강조하였다.

④ 작가를 배제하고자 하였다.

▶ ② 정독을 통해 상세하게 해설하는 것을 중시하였기 때문에 짧은 작품에 더 용이한 비평방법이다.

5 형식주의에서 중요시 한 방법으로 보기 어려운 것은?

① 의도의 오류　　　　　　　② 모호성

③ 반어　　　　　　　　　　④ 생애연구

▶ ④ 생애연구는 역사 · 전기 비평에서 주로 사용하는 방법이다.

CHAPTER 04

구조주의 비평

기출문제 맛보기

구조주의 비평가와 그 이론이 옳게 짝지어진 것은?

① J. 피아제−구조는 전체성, 변형, 자동조절성의 속성을 지닌다.

② 소쉬르−시적 텍스트는 체계들의 체계이며, 관계들의 관계이다.

③ 롤랑 바르트−개별적인 담화보다 전체적인 언어 체계에 관심을 두었다.

④ J. 로트만−대상언어에 작용하는 메타언어를 문학비평으로 보았다.

　　▶② J. 로트만의 이론이다.

　　③ 소쉬르의 이론이다.

　　④ 롤랑 바르트의 견해이다.

1　구조주의 비평의 등장

(1) 구조주의의 배경

① 1~2차 세계대전을 겪으면서 기성세대에 대한 불신으로 젊은 층을 중심으로 구조주의가 등장하였다.

② '역사는 계속 발전한다.'는 일반화된 생각이 전쟁을 거치면서 '과연 역사는 발전하는 것일까'하는 의문이 발생하였다. → 역사적 필연성에 대한 반성

③ 그동안 객관적이고 과학적이라고 믿었던 것에 대해서 회의를 느끼게 되었다.

④ 역사가 발전 · 진화한다고 본 기존의 생각이 역사를 동태적인 것으로 본 것이라면 구조주의는 정태적인 것에 초점을 둔다. → 정태적 상태를 중심으로 내적 관계를 파악하려고 할 때 객관적인 판단이 가능

(2) 구조주의의 의미

① 등장 : 구조주의는 1950년대 프랑스를 중심으로 대두되기 시작한다.

② 구조 : 둘 혹은 여러 특징 사이의 연관성, 배열을 지칭하기 위해 사용한 말로 전체를 이루는 부분들이 서로 배열되는 형태라고 할 수 있다.

③ J. 피아제의 구조의 세 가지 속성

   ㉠ 전체성 : 전체는 요소들의 단순한 집합체가 아니라, 요소들이 체계를 특징으로 하는 내재적인 법칙들에 따라 배합·구성 된다.

   ㉡ 변이성 : 스스로 균형을 유지하는 방향으로 변화하여 전체성 내에서 자체의 체계를 이루어 새로운 구조들을 만들 수 있다.

   ㉢ 자율성 : 구조는 보존성과 폐쇄성을 가진다.
- 보존성 : 스스로의 법칙에 의해서 지속된다.
- 폐쇄성 : 하나의 구조는 다른 종류의 구조들과 구별된다.

④ 소쉬르의 구조주의 언어학 : 소쉬르는 언어가 지닌 두 가지 특성의 상호 의존 관계를 통해 구조의 개념을 도출하였다. 소쉬르의 언어학적 모델은 다음의 세 가지로 정리할 수 있다.

   ㉠ 언어는 기호들의 체계로 이루어져 있다.
- 소리는 언어체계 내에서 그것이 차지하는 위치에 따라 값이 주어지는 것이다. 예를 들어 '콩'이라는 소리는 국어 음성체계 내에서 '공', '통' 등과의 차이때문에 값을 가진다.
- 기호내용 역시 실체의 반영이 아니라 기호의 차이에 의해 구별된다. 즉, '나무'라는 기호의 내용은 실체의 반영에 의한 것이 아니라 기호에 의해 결정되고 다른 대상과 구별되는 것이다.
- 기호표현은 청각적, 시각적 이미지 체계 내에서 그 기호가 갖는 위치에 따라, 기호내용은 사고체계 내에서 그 개념이 차지하는 위치에 따라 값이 주어진다.
- 기호표현과 기호내용의 결합은 자연적인 것이 아니라 자의적이며, 사회적 약속에 의한 것이다.

   ㉡ 언어는 랑그(langue)와 빠롤(parole)로 나뉜다.
- 랑그는 객관적인 구조를 가진, 변화하지 않는 것이고 빠롤은 개별적인 현상이다.
- 랑그를 '악보'에 비유한다면 빠롤은 '연주'로, 우리가 구사하는 언어 현상은 빠롤에 해당한다.
- 빠롤은 개인적인 습관에 의해서 매번 다르지만, 우리는 항상 같은 랑그에 따라 인식하며 소쉬르는 개별 현상인 빠롤보다 변화하지 않는 객관적 구조를 지닌 랑그에 관심을 두었다.

   ㉢ 랑그는 기호로 조직되며 기표(signifiant)와 기의(signifié)로 나누어져 있다.
- 기표는 기호표현, 기의는 기호의미라고 할 수 있다.
- 기표와 기의 사이에는 자의성이 있으며 우리는 자의적인 기표를 듣고 기호를 생각한다.
- 기호가 결합되는 법칙을 파악하여 보편문법을 찾아내려 한 것이 구조주의자들이 하고자 했던 일로, 구조주의 비평은 문학 작품에서 어떤 법칙이나 구조를 찾고자 한다.

① **J. 피아제의 구조의 특성**
  ㉠ **전체성** : 전체는 요소들의 단순한 집합체가 아님
  ㉡ **변이성** : 변화하는 것
  ㉢ **자율성** : 보존성과 폐쇄성을 동시에 지님
② **소쉬르의 언어학적 모델**
  ㉠ 언어는 기호들의 체계로 이루어져 있다.
  ㉡ 언어는 랑그와 빠롤로 나뉜다.
  ㉢ 랑그는 기호로 조직되어 있다.

---

2   구조주의 비평 방법

(1) 소쉬르

① 소쉬르는 선택과 결합의 축으로 구조를 설명하였다.

② **선택의 축** : '철수가 밥을 먹는다.'라는 문장에서 '철수가' 대신에 '영희가', '민수가' 등의 기호로 대체할 수 있다. 이것이 바로 선택의 축으로 유사한 속성을 지니고 있는 것끼리 바뀔 수 있다.

③ **결합의 축** : '철수가 밥을 먹는다.'라는 문장에서 '먹는다'에 호응하는 '밥을'을 대체할 수 있는 말은 '피자를', '과일을' 등이 있다. 반대로 '밥을'과 호응하는 '먹는다'를 대신해서 올 수 있는 말은 '짓는다' 등의 말이 올 수 있다. 이처럼 연상 작용에 의해 인접한 말들이 떠오르게 되는 것을 결합의 축이라고 한다.

④ 선택의 축은 은유의 문제로, 결합의 축은 환유의 문제로 볼 수 있다.

(2) J. 로트만

① 로트만은 시적 텍스트는 많은 의미를 내포하고 있다고 보았다. 때문에 군더더기를 없애고 언어 정보를 높여, 충분한 정보를 주는 것이 필요하다.

② '내 개는 야만스럽다.'라는 문장과 '내 피아노는 야만스럽다.'라는 문장을 비교해 봤을 때 '내 피아노는 야만스럽다.'라는 문장은 문법적으로 비문은 아니다. 그러나 그 의미를 해석하기 위해서는 상상력을 필요로 하며, 이런 과정에서 시적기능을 가지게 된다.

③ '피아노=야만스럽다'는 우리가 쉽게 생각할 수 있는 구조가 아니기 때문에 인접된 부분에서 긴장이 생기고, 이때 의미를 파악하기 위해서 시적기능이 작동하는 것이다.

① 선택 : 유사성에 의한 대체관계 - 은유와 밀접
② 결합 : 인접성에 의한 연상관계 - 환유와 밀접

(3) 레비스트로스

① 인류학자이며 소쉬르의 영향을 많이 받았다.

② 소쉬르는 언어 체계 안에서 언어의 위치가 정해지는 것은 다른 언어와의 유사성과 차이에 의하기 때문이라고 하였는데 이에 영향을 받은 레비스트로스는 문화적인 협동, 격식, 예절 등도 주변 관계들의 같고 다름에 의해서 위치가 정해지는 것이라고 하였다.

(4) 블라지미르 프롭

① 프롭은 러시아의 민담 100개를 수집 · 조사하여 공통된 구조를 지닌 것은 없는지에 대해 연구하였다.

② 그는 100개에 달하는 민담에서 변화하는 요소가 무엇이고, 변화하지 않는 요소가 무엇인지 찾는 데 주력했다.

③ 민담 연구를 통해 각 이야기마다 나오는 개별적인 인물은 그때그때마다 달라지지만 그 이야기 구조가 지니는 기능은 한정되어있다는 것을 발견했다. → 모든 민담은 구조적으로 동질적이다.

④ 프롭은 민담의 이야기가 31개의 설화단위로 이루어진다고 보고, 모든 민담은 이 설화 단위 중에서 몇 개가 결합하여 이루어지는 결과물이라고 보았다. → 연합적 수평구조

⑤ 7개의 행위 영역(악행자, 증여자, 구조자, 탐색 대상자와 그 부친, 파견자, 주인공, 가짜 주인공)을 설정하여 모든 서사의 큰 줄거리가 유사하다. → 지나친 추상화로 인해 중요함에도 불구하고 무시되는 요소들이 나타나게 되고 이로 인해 구조주의에 대한 비판이 등장한다.

(5) A. J. 그레마스

① 그레마스는 프롭과 유사한 연구를 하였는데, 프롭의 일곱 가지 행동 영역을 여섯 가지로 나눈 후, 이들을 각각 쌍으로 연결하여 대립화 하였다.

② 주체 - 객체, 송신자 - 수신자, 구조자 - 적대자로 제시하였으며, 이에 따라 서술 역시 욕망과 탐색 혹은 목표(주체/객체), 전달(송신자/수신자), 보조적 도움 혹은 훼방(구조자/적대자)의 세 가지의 기본 패턴으로 나타난다.

(6) 토도로프

① 보편적 문법 찾기에 주력하면서 프롭과 그레마스의 업적을 종합했다.

② 명제와 연쇄

    ㉠ 명제 : 더 이상 감축될 수 없는 행동

    ㉡ 연쇄 : 명제들을 연관되게 모은 것 혹은 배열한 것

③ 텍스트 전체를 거대한 문장구조로 보고 등장인물을 명사, 인물의 속성을 형용사, 행동을 동사로 설정하였다. 이야기에 나오는 명제들은 모두 명사(등장인물)가 형용사(속성)나 동사(행동)와 결합하는 것이다. → 개별적인 이야기의 특성은 무시되는 한계가 발생한다(이는 구조주의의 한계이기도 하다).

(7) 주네트

① 주네트는 「이야기 담론」에서 이야기 안에서 구성과 줄거리, 서술행위가 구분된다고 하였다.

② 실제로 사건이 일어난 순서대로 제시된 것이 줄거리라면, 구성은 이 줄거리가 이야기 안에서 얽혀진 것을 의미하고, 서술하는 행위 자체가 이야기 담론을 이끌어나가는 요소라는 것이다.

(8) 롤랑 바르트

① 이야기란 층위가 다른 기호체계로 되어 있다.

② 기능 단위들의 층위, 행위 단위들의 층위, 서술의 층위로, 기능적 층위는 다시 배열적 계층과 통합적 계층으로 구분한다. 기능 단위들이 더 작은 무리들로 나뉠 때 그것을 시퀀스라고 하였다.

③ 바르트는 구조주의자이면서도 구조주의의 문제점을 지적하여 후기구조주의(탈구조주의)로 나아가게 된다.

▶ **구조주의 비평 방법**

① 레비스트로스 : 언어의 체계에 영향을 받아 문화적인 협동이나 격식, 예절 등도 주변 관계들의 같고 다름에 의해 위치가 정해지는 것이라고 파악
② 프롭 : 러시아 민담 연구를 통해 공통된 구조 발견, 7개의 행동권
③ 그레마스 : 프롭의 일곱 가지 행동 영역을 여섯 가지로 나눈 후 쌍으로 연결
④ 토도로프 : 프롭과 그레마스의 업적을 종합, 명제와 연쇄 사용
⑤ 주네트 : 구성, 줄거리, 서술행위
⑥ 롤랑 바르트 : 이야기는 층위가 서로 다른 기호체계로 되어 있음
⑦ 구조주의의 한계 : 지나친 추상화, 개별 텍스트들의 특징 경시, 비역사적, 반인간적

확인문제

1 소쉬르가 제시한 빠롤(parole)로 보기 어려운 것은?

① 음악에 비유하면 악보를 보고 하는 연주라 할 수 있다.

② 개개인이 실현해 내는 음성 하나하나를 의미한다.

③ 변하지 않는 성질을 지니고 있다.

④ 구체적이며 개별적이다.

▶ ③ 변하지 않는 성질을 지닌 것은 랑그(langue)이다.

2 러시아 민담 100개를 조사하여 7가지의 행동 영역을 제시한 사람은?

① 블라지미르 프롭　　　　　　② A. J. 그레마스

③ 롤랑 바르트　　　　　　　　④ 소쉬르

▶ ① 프롭이 러시아 민담 100개를 조사하여 구조를 7가지의 행동영역으로 제시하였다.

3 랑그와 빠롤의 개념으로 구조를 설명하고자 한 학자는?

① 로만 야콥슨　　　　　　　　② 소쉬르

③ J. S. 브루너　　　　　　　　④ 토도르프

▶ ② 소쉬르는 언어를 랑그와 빠롤로 설명하였다.

4 구조주의 비평으로 보기 어려운 것은?

① 지나치게 비역사적이다.

② 반인간적이라는 질타를 받기 쉽다.

③ 기본구조가 추상적이어서 개별적 요소들을 소홀히 한다.

④ 의도의 오류를 범하기 쉬워진다.

▶ ④ 의도의 오류는 역사전기 비평가들이 비난 받는 내용이다.

탈구조주의 비평

⑪❺✉✦ 맛보기

탈구조주의에서 비판한 구조주의의 문제점이 아닌 것은?

① 개별 작품을 무시했다.

② 보편 법칙을 중시하면서 리얼리티가 떨어졌다.

③ 하나의 구조를 분리해 내려했기 때문에 비역사적 태도를 취한다.

④ 개인의 사유, 주체성을 중시하여 인간중심적이다.

▶ ④ 구조주의는 개인의 사유, 주체성이 무시되기 때문에 비인본적이다.

1 탈구조주의의 등장

(1) 탈구조주의 등장의 배경

① 1968년의 유럽은 혁명적 분위기가 감돌던 시기로, 6 · 8 혁명이 시작된 해이기도 하다. 68년 3월 프랑스의 대학생들은 미국이 베트남을 침공한 것에 대해 항의를 하였는데 이 시위정신이 대학생 으로부터 시작해서 점점 일반 시민, 지성인으로 번졌다. 시위가 본격화 되며 프랑스 노동자 총 파업까지 이어졌고, 일본, 미국, 이탈리아로까지 번져 1968년부터 10여 년간 지속된다.

② 혁명 세대들이 제시한 근거는 마르크스주의로부터 나왔다. 하지만 결국 혁명은 실패로 끝나고 그들이 근거로 내세운 마르크스주의로도 해결이 되지 않았다.

③ 그 이후로 '체계적인 사상이라는 것 자체가 폭력적이고 억압적인 것이 아닌가.'라는 생각이 등장 하였다. 전체적으로 영향을 행사하려 하고, 하나로 통일시키는 것이 최선이라고 생각하였으나, 그것이 통용되던 시기가 끝났음을 직감한 것이다.

④ 전체적이고 총체적인 것이 아니라 국부적이고, 다양한 것, 분산된 것이 더 옳은 것이며 지향해야 할 방향으로 인식되며 포스트모더니즘의 배경이 된다.

(2) 구조주의와 탈구조주의

① 탈구조주의는 1950년대부터 1960년대 프랑스를 중심으로 퍼졌던 구조주의의 비판으로 나온 것으로 구조주의와 밀접한 연관을 맺으면서도 구조주의가 지니는 문제를 극복하기 위해 노력하였다.

② 탈구조주의(후기구조주의)의 'post'에 이미 '탈, 이탈, 벗어남'의 뜻과 '~을 지나서, 후기'라는 의미가 내포되어 있다.

③ 구조주의가 지니는 문제점
    ㉠ 개별 작품을 무시했다.
    ㉡ 보편 법칙을 중시하면서 리얼리티가 떨어졌다.
    ㉢ 하나의 구조를 분리해 내려했기 때문에 비역사적 태도를 취한다.
    ㉣ 개인의 사유, 주체성이 무시되기 때문에 비인본적이다.
    ㉤ 기원과 중심에 너무 집착한다.
    ㉥ 임의적, 자의적이라고 했던 언어에 의해 작품들이 재현된다.

2   탈구조주의 비평에 대한 다양한 견해

(1) J. 데리다

① 데리다는 구조주의를 설명하는 심포지엄에서 "우리가 현전한다고 생각하는 의미의 센터나 절대적 진리는 하나의 환상이고 자취(흔적)이며, 또 대체물일 뿐이다."라고 하였다. 이는 결국 우리가 현재 여기에 있다고 믿고 있는 의미의 중심, 절대적인 진리 같은 것은 존재하지 않는다는 의미로 중심, 절대적인 것을 찾고자 하는 것이 구조주의라면 그런 것은 존재하지 않는다는 것을 알게 된 것이 탈구조주의라고 설명하였다.

② 소쉬르가 기표를 통해서 기의를 알 수 있다고 한 것에 반해, 데리다는 기표를 통해서는 기의를 알 수 없다고 하였다.
    ㉠ 예를 들어 '물'을 사전에서 찾으면 '수소 2와 산소 1의 화합물로 도처에 존재하며 생물 생존에 없어서는 안 될 무색·무취·무미의 액체'라고 되어 있는데, 그 의미를 더 명확히 알기 위해서는 '수소 2와 산소 1의 화합물'의 의미를 다시 찾아봐야 하며 결국 계속 어떤 의미를 찾기 위해 또 다른 의미를 찾아 헤매게 된다. → 이 과정은 무한하고 순환적이므로 궁극적인 의미에 도달하지 못한다.
    ㉡ 또 다른 예로 '날씨 좋아. 그래서'라고 했다면 '바다에 가고 싶다'고 생각할 수도 있고, '더 고독해'라고 생각할 수도 있다. 의미는 바로 제시되는 것이 아니라 항상 유보된다.

    ⓒ 데리다는 의미사슬에서 모든 기호는 다른 것들에 의해 영향을 받거나 그 자취가 남겨지며, 그 결과 끝이 없는 복합적인 조직망을 형성하는 것이라고 보았다.

    ⓔ **차연** : 의미는 언제나 다른 것과 구별됨으로써 자신을 드러내지만, 그 의미는 끊임없이 연기됨으로써 완전히 파악되지 않는다.

③ **음성중심주의 비판**

    ㉠ 플라톤이나 루소, 소쉬르 등은 음성(말)은 의식과 하나라고 생각하여 글보다는 말을 중시하였다. 말이 글로 인쇄되어 출판 출판되는 과정에서 그 본래의 의미가 달라질 수 있다고 강조하면서 글을 비판한 것이다. → 말이 사고의 근원에 더 가깝고 직접적이기 때문에 말이 글보다 중심적이다.

    ㉡ 데리다는 이러한 음성중심주의를 비판하였다. 음성중심주의는 로고스 중심주의로 음성이 글의 근원이라고 보는 것을 반성할 필요가 있다고 주장했다. 그것은 음성을 통한 의미의 도출이 지속적으로 차연 되기 때문이다.

④ **제1원리**

    ㉠ 서양철학은 어떤 현상에서 초월적인 의미를 찾고 이를 설명해내려고 노력하였다. 그러나 이에 대한 발견은 실패하였고 이를 두고, 니체는 '신은 죽었다.'고 표현하였다. → 즉 초월적 의미의 절대 진리를 찾아 헤매었지만 그런 것이 존재하지 않는다는 것을 깨달았다.

    ㉡ 이는 제1원리로 설명할 수 있다. 제1원리는 이분법적 대립에 의해서 중심과 주변으로 나누는 것이다.

    ㉢ 예를 들어 말과 글의 경우 말이 중심이 되며 글은 주변이 된다는 것이고, 선악의 경우 선이 우선되고 악이 주변이 되며, 같은 원리로 백인과 유색인, 서양과 동양, 저자와 독자의 관계도 이와 유사하다는 견해이다. → 그러나 이것은 어디까지나 폭력적인 서열제도에 의한 것이며 이 둘의 관계는 언제라도 변화할 수 있다는 것이 데리다의 주장이다.

⑤ 결국 이 이분법적 관계에 의해서 나누어진 것들은 해체의 과정을 겪을 수 있으므로 서로 보충, 대체될 수 있어야 한다. 여기서 데리다가 중시했던 '해체'의 개념이 등장한다.

(2) 미셸 푸코

① 푸코는 「저자란 무엇인가」에서 저자가 텍스트 속에서 담론의 힘이나 특정한 의미를 부여함으로써 어떻게 독자를 억압하고 있는지를 보여주었다.

② 그는 또한 텍스트를 고립된 것, 홀로 존재하는 것으로 본 것이 아니라 역사적이고 사회적인 요인들로부터 고립되어 홀로는 존재할 수 없는 것이라고 보았다. → 저자 역시 개인적 차원에서 존재하는 것이 아니라 사회적, 정치적 존재라고 생각하였다.

③ 푸코는 팬옵티콘(panopticon)을 예로 들면서 감방과 감시대의 모습을 통해서 감시대에 감시인이 없어도 죄수들은 늘 자신들이 감시받고 있다고 생각할 수 있음을 지적하였다. 늘 감시받기 때문에 규율을 위반하지 않고 생활한다는 것이다. → 푸코는 이런 원형감옥의 이야기를 통해 현대인들이 독방에 갇힌 죄수와 같은 존재라고 하였다.

④ 푸코는 저자가 독자를 억압한다고 보았는데 이는 저자가 글을 통해 독자에게 영향력을 행사하는 것을 의미한다. 신문에 연재된 전문가의 글이 독자에게 영향을 미칠 때 그것이 곧 억압이자, 권력에의 지배라는 것이다. → 전문가(저자)는 자신이 알고 있는 지식에 의지하여 권력에 의지하려 하는 경향이 있는데 우리는 '지식=권력'이라는 지배 담론에서 자유로울 수 없다.

⑤ 비평가는 이러한 보이지 않는 지식과 권력의 관계를 파헤쳐야 한다.
   ㉠ 보이지 않는 지식과 권력의 관계를 파헤치는 일은 작은 것의 분석을 통해서 가능하다.
   ㉡ 인식소(episteme) : 지식과 권력 관계를 파헤치기 위해서는 특별한 눈, 안목이 필요한데 푸코는 그것을 인식소, 에피스테메라고 하였다.
   ㉢ 인식소는 그 시대를 이해하는 큰 틀, 시대정신, 패러다임과 유사한 개념으로, 예를 들어 요즘 우리 시대를 지배하는 지배 담론을 이해하지 못한 채 행동하는 사람은 인식소가 부족하다고 할 수 있다.
   ㉣ 결국 인식소란 '매 시대의 문화적 특성을 나타내 주는 언어에 의해 계시된 앎'을 의미한다.

(3) 폴 드 만

① 폴 드 만은 우리가 그간 읽은 무수한 것들이 모두 잘못 읽은 것의 역사라고 하였다.

② 모든 언어가 다 허구라는 점에서 데리다의 견해와 유사하지만 폴 드 만은 문학이 법, 제도 등의 다른 담론들과 다른 것은 문학은 애초에 그 태생이 허구적이라고 보았다.

③ 독자는 글을 읽을 때 글자 그대로의 의미로 글을 읽을 것인지, 그 수사적 의미에 비중을 두고 읽어야 하는지 갈등하게 된다.
   ㉠ 수사적 표현을 썼다면 왜 사용하였으며 어떤 의미로 사용된 것인지에 대해서 끊임없이 고민하게 되며, 이 과정 속에서 독자는 언어의 심연 속으로 계속 추락한다.
   ㉡ 폴 드 만은 문학 언어가 부단히 그 자신의 의미를 허물어뜨린다는 것을 밝히는 데 비평적 노력을 기울였다. → 모든 언어는 수사와 비유에 의해 움직이는 은유적인 것에 불과하며 문학은 스스로 해체작업을 하기 때문에 그 해석이 어렵다.
   ㉢ 해체는 모든 억압, 권력에 대한 해체를 의미하는데 문학에서 그 의미를 파헤쳐서 결국 허무라는 결론에 도달하기 보다는, 정치나 사회 쪽에서 더 중요한 가치를 지닌다. → 예전부터 중요시 되어왔던 권력이나 틀이 이제는 깨어져야 한다는 것으로, 기존에 중시되었던 논리가 현재에 와서는 그만한 비중으로 존재하지 않는다.

> **구조주의 비평 방법**

① J. 데리다 : 해체/차연(의미는 언제나 다른 것과 구별됨으로써 자신을 드러내지만, 그 의미는 끊임없이 연기되어 완전한 의미가 히 파악되지 않음)
② 미셸 푸코
  ㉠ 저자는 독자를 억압함
  ㉡ 팬옵티콘 : 현대인들은 독방에 갇힌 죄수와 같은 존재임
  ㉢ 인식소(에피스테메) : 매 시대의 문화적 특성을 나타내 주는 언어에 의해 계시된 삶
③ 폴 드 만 : 데리다의 해체와 유사

확인문제

1 기표를 의미로부터 분리하여 형이상학에 대한 '해체'를 주장한 사람은?

① 소쉬르
② J. 데리다
③ 블라지미르 프롭
④ J. 피아제

▸② 해체를 중시한 사람은 데리다이다.

2 '차연'에 대한 설명으로 적절한 것은?

① 기호의 의미가 끊임없이 연기됨으로써 완전히 파악되지 않는다는 것이다.
② 언어는 기표와 기의로 이루어져 있다는 것이다.
③ 구조를 지배하는 법칙 중 하나로 변형가능하다는 속성이다.
④ 한 문장의 생성을 밑받침하는 내부적 구조를 일컫는 말이다.

▸① 탈구조주의에서 나온 개념으로 차연이란 기호의 의미가 끊임없이 연기되면서 그 의미파악이 온전히 이루어지지 않는다는 것을 말한다.

3 폴 드 만의 견해와 일치하는 것은?

① 어느 시대건 진정한 예술가 사이에 형성되는 무의식적인 공통성이 있다.
② 구조는 전체성 내에서 자체 체계를 내세우며 새로운 구조를 만든다.
③ 예술가의 정서와 개성은 예술 작품 속으로 사라진다.
④ 모든 언어는 수사와 비유에 움직이는 은유적인 것에 불과하다.

▸④ 폴 드 만은 문학 언어가 부단히 그 자신의 의미를 허물어뜨린다는 것을 밝히는데 자신의 비평적 노력을 기울이면서 모든 언어는 수사와 비유에 의해 움직이는 은유에 불과한 것이라고 하였다.

4 '매 시대의 문화적 특성을 나타내 주는 언어에 의해 계시된 앎'을 뜻하는 단어를 3음절로 쓰시오.

▸인식소

5 다음 설명하는 배경에 의해 등장하게 된 사상이 어떤 것인지 쓰시오.

> 1968년 프랑스 혁명 실패 이후 일군의 프랑스 지식인들은 혁명의 실패를 일관된 신념체계에서 찾았다. 자신들이 한때 신봉했던 마르크스주의조차도 그런 것으로 믿었다. 이들은 국가 권력을 파괴할 수 없게 되자 언어의 구조를 뒤덮으려 했고, 그럼으로써 모든 형태의 정치이론 신념체계를 해체할 수 있다고 믿었다. ( )는 이런 배경에서 등장하였다.

▶ 탈구조주의

6 다음 ( ) 안에 들어갈 적절한 용어는?

> 푸코는 ( )을/를 예로 들면서 감방과 감시대의 모습을 통해서 감시대에 감시인이 없어도 죄수들은 늘 자신들이 감시받고 있다고 생각할 수 있음을 지적하였다. 늘 감시받기 때문에 규율을 위반하지 않고 생활한다는 것이다. 푸코는 이런 원형감옥의 이야기를 통해 현대인들이 독방에 갇힌 죄수와 같은 존재라고 하였다.

▶ 팬옵티콘

7 다음 중 미셸 푸코의 견해와 가장 거리가 먼 것은?

① 저자는 독자를 억압한다.
② 현대인들은 독방에 갇힌 죄수와 같은 존재이다.
③ 에피스테메란 매 시대의 문화적 특성을 나타내 주는 언어에 의해 계시된 삶을 말한다.
④ 데리다의 해체와 유사한 견해를 제시하였다.
▶ ④ 데리다의 해체와 유사한 견해를 제시한 사람은 폴 드 만이다.

CHAPTER 06

신화원형 비평

기출문제 맛보기 💡

문화인류학, 심리학, 비교종교학, 역사학, 사회학, 철학, 언어학 등 다양한 학문에 의존하는 비평 방법은?

① 구조주의 비평　　　　　　　　　② 심리주의 비평
③ 탈구조주의 비평　　　　　　　　④ 신화원형 비평

▶ ④ 신화원형 비평은 문화인류학, 심리학, 비교종교학, 역사학, 사회학, 철학, 언어학 등 다양한 학문에 의존하는 비평 방법으로 문학작품 속에 신화의 체계가 원형으로 존재한다고 본다.

1 신화원형 비평의 개념

(1) 신화원형 비평의 발생

① 인류는 뭔가 공통적인 것을 함께 공유하고 있다고 믿는 것에 대한 출발에서 신화원형 비평이 시작한다.

　　㉠ 자신이 경험해 보지 않은 다른 시대 또는 다른 나라의 이야기를 들었을 때 뭔가 익숙한 느낌, 공통적이라는 느낌을 받는 경우가 있다.

　　㉡ 여러 사람이 공통된 어떤 것을 보고 함께 울거나 웃게 되는 것도 같은 감정을 느끼기 때문인데, 이들 사이에는 놀라운 유사성이 존재하기 때문이다.

② 신화원형 비평에서 바라보는 문학은 하나의 신화 체계에 의해 존재한다. 신화원형 비평은 문학이 신화 요소들이 변형된 것이며, 비평가는 문학 작품이 신화 요소를 어떻게 변형된 것인지를 밝히는 역할을 한다.

(2) 신화 연구

① 신화원형 비평은 문학 작품과 신화의 불가분의 관계를 상정한 후 문학 작품 속에서 신화적 요소의 원형을 발견하고, 그것이 어떤 변모의 과정을 거쳐서 작품이 되었는지를 연구하는 것이다.

② 신화는 인간의 무의식 깊은 곳에 있는 상상의 세계와 관련되어 있다. 신화 속에 등장하는 공주, 아버지, 자연의 모습 등을 보고 어디서 많이 본 듯한 느낌을 받거나, 낯설지 않다고 생각하는 경우가 있는 것은 이러한 맥락에서 이해할 수 있다.

③ 독자는 작품을 읽으면서 작품 속에서 제시하는 이미지를 연상하게 되는 경우가 발생하는데, 이는 관습적인 이미지로 확장되기도 한다.

　　㉠ 예를 들어 작품 속에서 비가 많이 내린다고 가정할 때 독자는 그 비가 내리는 부분을 읽으면서 이것이 어떤 의미를 지니는지, 어떤 느낌을 주는지 생각하게 된다.

　　㉡ 또는 폭우가 지속되어 홍수로 이어지는 장면을 접하면서 이를 신이 내리는 재앙이 아닌지 생각해 보게 되는데, 이것이 바로 확장이며 '비=재앙'이라는 상징적인 이미지가 구축되는 것이다.

(3) 신화의 개념

① 신화원형 비평에서는 신화를 두 가지로 나누어서 보고 있다.

② 신화란 인간을 설명하고 해석하려는 시도로 인간 존재의 의미를 밝히기 위해서 신화가 존재한다.

③ 신화란 인간과 신, 자연을 동일시하려는 상상력의 소산이다. 세상은 무질서한 세계, 카오스의 세계, 혼란의 시대이며 질서를 잡아 코스모스를 지향하려는 것이 인간의 염원이다.

④ 신화를 상실한 시대 : 현대를 신화를 상실한 시대라고 칭하며 불행한 시대라고 하는 것은 진정한 해석 능력을 상실했다고 보기 때문이다.

　　㉠ 해석학은 그리스 신화의 헤르메스에서 그 유래를 찾을 수 있는데 헤르메스는 제우스의 전령으로 인간과 신을 중재하고 설명해 주는 역할을 하는 인물이다.

　　㉡ 해석학에서 하고자 했던 것은 신의 말을 해석하고 설명하는 역할로, 신화를 상실하게 되었다는 것은 곧 인간과 신을 연결해 줄 수 있는 존재를 잃었다는 것이다. → 인간의 삶과 문학을 해석하기 위해서는 신화가 필요하다.

2 신화원형 비평에 대한 견해

(1) J. G. 프레이저

① 프레이저는 영국의 인류학자이자, 고전학자이며 민속학자이다.

② 「황금가지」

　　㉠ 프레이저는 황금가지를 꺾어 이전의 사제를 죽이고 자신이 사제가 되어 뒤를 잇는 일련의 일이 왜 발생하는 것이며, 왜 죽여야만 했는지, 그리고 그 성스런 황금가지를 꺾어야 했던 이유에 대해서 답을 찾기 위해 노력했다.

ⓛ 그는 이러한 물음에 대한 답을 찾기 위해서 고대의 관습과 축제, 주술, 신앙 등에 대해서 연구를 하기 시작했다.

ⓒ 프레이저에 의해서 신화에 대한 관심이 대두되기 시작했고, 신화를 연구할 필요성이 제기되었다고 할 수 있다.

> **J. G. 프레이저**

「황금가지」: 신화에 대한 관심 및 연구의 필요성 제기

----

(2) 칼 융

① 융은 프로이트의 무의식과 관련이 깊은 인물로 무의식을 해명하려고 노력하였다.

② **무의식의 구조에 대한 접근** : 프로이트는 무의식을 부정적인 측면으로 보았다면 융은 무의식에는 의식에 도달하려고 하나 도달하지 못하는 부분이 있다고 보고, 결코 부정적인 것만 있는 것이 아니라고 하였다.

③ 융은 무의식을 개인의 무의식과 집단의 무의식으로 구분하고 집단의 무의식을 인류의 공통된 어떤 것, 상상을 통한 원형을 보여주는 것으로 본능과 원형으로 드러난다고 하였다.

ⓐ 본능이 충동적 행동에 의해 드러나는 것이라면 원형은 신화적 표상으로 드러난다고 보고 이를 다시 세 가지로 제시하였다.
- 근원적, 보편적 심상으로 이루어져 있으며 이는 고대부터 존재해온 집단 무의식의 실체이다.
- 신화의 기본 요소로 신화소를 제시하였다.
- 신화적 모티브로 영웅, 구출자, 괴물 등의 인물들이 원형상이 될 수 있다고 보았다.

ⓑ **페르소나** : 가면이라는 의미로 실제 성격과는 다른, 사람들 눈에 비치는 개인의 모습을 말한다. 집단 무의식은 개인의 무의식에 작용하면서 인격을 확장 또는 분열시키는 등 영향력을 행사한다.
- 예를 들어 어머니들은 항상 희생적이어야 하며 포용적이고, 자애로운 등의 이미지가 있는데 이것은 개인의 특성이 가미되지 않은 것으로 이러한 페르소나를 위해서는 자기 본능은 억제되어야 한다.
- 융은 사회적으로 통용되는 역할과 개인의 본능은 구별되어야 한다고 보았기 때문에 페르소나를 벗는 것이 필요하다고 보았다.

④ **의식과 무의식의 통합**

ⓐ 개인의 의식이 원형에 의해서 보편심상을 경험하면서 인격을 변화시키려 시도하는데, 이때 의식과 무의식이 통합된다.

ⓑ 의식과 무의식이 통합된 것이 바로 전인격이며 전인격의 상징을 '자기'라고 보았다.

⑤ 그림자, 아니마, 아니무

　㉠ 그림자 : 무의식적 자아의 어두운 측면

　㉡ 아니마(anima) : 남성이 지니고 있는 무의식의 여성성

　㉢ 아니무스(animus) : 여성 속에 내재되어 있는 무의식적인 남성적인 이미지

⑥ 융은 고급 문학작품에는 무의식적이고 창조적인 힘이 있는데 이 힘의 원천이 집단적인 무의식이라 보았다. 그리고 이런 집단적 무의식은 신화의 원형적 이미지와 밀접한 관계를 맺고 있으며 이 원형이 예술적으로 표현될 때 인간은 특별한 해방감을 느낀다. → 이 느낌은 개인이 느끼는 감정이 아니라 인류 공동체적인 존재가 지니는 느낌을 의미한다.

> **칼융**

① 페르소나 : 실제 성격과는 다른, 사람들 눈에 비치는 개인의 모습
② 그림자 : 무의식적 자아의 어두운 측면
③ 아니마 : 남성이 지니고 있는 무의식의 여성성
④ 아니무스 : 남성이 지니고 있는 무의식의 여성성

　3　 다양한 학문에의 의존

(1) 신화원형 비평과 타 학문과의 관계

① **역사주의적 방법** : 신화원형 비평은 신화적 모티브나 타이프(type), 시대나 작가에 따라 어떻게 바뀌는지를 설명하기 위해서 역사주의적 방법을 동원하기도 한다.

② **형식주의** : 모든 장르, 타이프(type), 개개의 작품들이 지니는 구조와 양태 연구는 형식주의과 관련 있다.

③ **사회문화 비평** : 신화 자체가 집단적 활동의 형태들이기 때문에 여기에는 사회적 관습, 제도가 얽혀 있다. 한 나라의 문학 역시 사회와 상호 관련되어 있기 때문에 사회문화 비평과도 연관된다.

④ 신화원형 비평은 실천비평보다는 이론비평이라 할 수 있다.

(2) N. 프라이의 장르의 원형

① 프라이는 「비평의 해부」에서 모든 작품에는 독특한 상징체계가 있으며 이 상징체계는 장르와 연관된다고 보고 장르의 원형을 생각해 보고자 하였다.

② 자연 속에 존재하는 중요한 반복적인 주기가 있다는 것을 연결시키면서 인간의 삶 속에서 중요한 순간에 찾아오는 제의와 이것을 연결하려 하였다. → 즉 탄생, 죽음과 같은 것을 자연과 장르 모두와 연결시켜 보려고 하였다.

③ 프라이는 자연 신화에서 네 가지의 문학 장르의 원형이 발생한다고 보았다.

    ㉠ 봄의 미토스 – 희극

    ㉡ 여름의 미토스 – 로망

    ㉢ 가을의 미토스 – 비극

    ㉣ 겨울의 미토스 – 아이러니와 풍자

확인문제

1 '가면'이라는 뜻으로 사회적으로 역할 지어지는 무게를 일컫는 말은?

    ① 그림자　　　　　　　　② 아니마

    ③ 아니무스　　　　　　　④ 페르소나

▶ ④ 페르소나는 사회적 역할, 기대되는 역할에 따라 행동해야 하는 것을 의미한다.

2 아니마, 아니무스를 내세운 사람은?

    ① 칼 융　　　　　　　　② J. G. 프레이저

    ③ 로만 야콥슨　　　　　④ E. 쇼왈터

▶ ① 융은 그림자, 아니마, 아니무스, 페르소나의 개념을 제시했다.

3 J. G. 프레이저의 「황금가지」가 지니는 의미는?

    ① 인간에게는 무의식의 세계가 있다.

    ② 인간은 가면을 쓰고 살아가야 하는 존재이다.

    ③ 여성 안에 존재하는 남성성의 모습이 있다.

    ④ 문학의 요소들은 신화의 변형에 의해 이루어졌다.

▶ ④ 모든 문학의 모체는 신화에서 비롯된다고 보았다.

4 프라이가 제시한 계절과 문학의 관계에서 여름에 해당하는 것은?

    ① 희극　　　　　　　　② 로망

    ③ 비극　　　　　　　　④ 아이러니

▶ ② 봄 – 희극, 여름 – 로망, 가을 – 비극, 겨울 – 아이러니

07 CHAPTER

독자중심 비평

🅣🅞🅟🅘🅒 맛보기 💡

W. 이저가 말한 텍스트와 문학 작품의 가장 큰 차이점은?

① 작가의 집필의도   ② 주제의 공익성

③ 독자와의 상호작용   ④ 그 자체로서의 생명력

▶③텍스트가 작가가 쓴 원고에 대한 인쇄물을 뜻한다면 작품은 텍스트를 읽고 독자가 재생산한 문학 작품으로, 독자에 의해 텍스트가 작품이 된다고 할 수 있다.

1   독자의 역할

20세기에 들어 19세기 과학의 객관적 확실성에 대한 회의를 느끼기 시작했다. 절대적인 진리가 존재하는 것이 아니라 시각에 따라 보는 것이 달라질 수 있다는 것이다.

(1) 움베르트 에코의 텍스트론

① 열린 텍스트 : 독자를 통해 의미가 생산

② 닫힌 텍스트 : 독자의 반응이 이미 정해져 있는 것

(2) 독자비평

① 독자들의 수용에 대해서 이론화 시키려고 한 것이다.

② 1960년대 이래 저자의 죽음이 선언된 후 독자의 역할이 더욱 커진다.

(3) 현상학

① 탐구대상을 우리의 의식으로 삼았다.

② E. 후설은 무엇이 실재하는 것인가에 대한 연구에서 우리의 의식에 나타나는 것(현상)이 곧 실재하는 것이라고 하였다.

③ 이를 문학과 연결시키면 독자의 의식에 떠오르는 것이 곧 작품의 본질이 된다고 할 수 있다.

2 독자중심 비평

(1) W. 이저

① 볼프강 이저는 작품은 독자의 독서 행위를 통해 완성된다고 하였다.

② 텍스트는 작가가 쓴 원고에 대한 인쇄물을 뜻한다면 작품은 텍스트를 읽고 독자가 재생산한 문학 작품으로, 독자에 의해 텍스트가 작품이 된다고 할 수 있다. → 작가의 원고가 작품이 되기 위해서는 독자가 읽고 의미를 이해하고 해석하는 과정이 필요하다.

③ 문학 텍스트의 구체화는 곧 해석의 과정을 나타내며 이 과정에는 능동적인 독자의 참여가 중시된다.

④ **틈새**: 문학 작품에는 독자만이 채울 수 있는 빈자리가 있기 마련이다. 의미를 생성하기 위해서는 반드시 독자가 채워야하는 공간이 있으며 이것이 바로 틈새이다. → 텍스트 자체로는 미완성된 부분이 많으며, 독자와의 상호작용을 통해 틈새를 채워나갈 때 비로소 작품이 된다.

(2) H. R. 야우스

야우스는 '기대지평', '지평의 융합'이라는 개념을 제시하기 위해 가다머의 철학적 해석학에서 그 의미를 빌려왔다.

① **가다머의 철학적 해석학**

　㉠ 가다머는 텍스트나 독자가 지니는 의미를 이해하는 데에는 한계가 있다고 하였다. 왜냐하면 그 의미를 도출해 내는 과정에서 시공간적 배경에서 오는 차이, 역사적 거리감에서 오는 차이 등이 발생하기 때문이다.

　㉡ 예를 들어 우리의 고전 중에서 「홍길동전」을 읽는다고 가정하자. 현대의 우리는 원문으로 된 「홍길동전」을 온전히 이해하기 어렵다. 그것은 단어의 의미 파악은 물론 그 시대의 관습, 문화, 언어 습관 등을 완전히 이해하지 못하기 때문이다.

　㉢ 우리가 외국문학을 읽고 나서 잘 이해되지 않는 것도 그들의 언어 습관과 문화 등이 낯설기 때문이다. 따라서 작품은 그것을 읽어 나가는 시기, 공간에 따라서 받아들이는 정도가 달라질 수밖에 없다. → 결국 문학 작품은 같은 얼굴의 객체가 아니다.

② **기대지평** : 독자가 어느 시점에서 문학작품을 어떻게 이해하고 평가하는 것을 결정하는 문화적 규범, 관습, 전제에서 생겨나는 일련의 기대→독자에 의해 작품의 의미와 가치는 변하게 마련이며 그로 인해서 작품의 가치가 유보된다.

③ **지평의 융합** : 지금까지 제기된 모든 관점에 대한 혼합이 아니라 비평가가 해석학적인 감각으로 의미를 통합시켜 나가는 것→가다머는 과거 문학에 대한 모든 해석은 과거와 현재의 대화에서 나온다고 주장하다. 이는 야우스의 지평의 융합과 연결된다.

3 독자반응 비평

(1) 스탠리 피쉬

① 독자반응 비평은 신비평에 대한 반대로 등장하였다.

  ㉠ 신비평에서는 정독을 중시하였으며, 문학 용어로 작품을 분석하면서 읽어 나갈 것을 주장했다.

  ㉡ 그러나 작품을 전문적으로 분석하면서 읽는 것은 누구나 쉽게 할 수 있는 일이 아니며, 전문 비평가에 의해 달린 문학 해설은 일종의 억압이 될 수 있다.

② 스탠리 피쉬는 '텍스트가 독자에게 행하는 것을 경험하는 것이 독서'라는 말처럼 '독자의 경험'을 중시했다. →결국 책을 읽으면서 독자들이 행하는 반응을 설명하는 것이 비평이다.

③ 독서 행위를 제대로 하기 위해서는 언어적 능력이 있어야 하며, 구문론적, 의미론적 지식이 있는 독자가 문학적 능력을 가지고 작품을 읽어내는 것이 중요하다. 스탠리 피쉬는 이러한 능력을 갖춘 독자를 '교양 있는 독자'라고 하였다.

④ 글을 읽는 모든 독자가 교양 있는 독자가 되는 것은 아니다. 바로 이 점에서 스탠리 피쉬의 '독자의 경험', '교양 있는 독자'는 비판을 받게 된다. →특정한 계층만을 독자로 인정

⑤ **해석적 공동체** : 작품 또는 현상에 대해서 관점이 같은 개인들의 집단, 그리고 그들이 공유하는 관점, 경험을 조직하는 방법 등을 공유하는 것

  ㉠ 예를 들면 우리나라 카프 작가들이 함께 제시했던 관점과 설명 방식, 러시아 형식주의자들이 내세웠던 관점 및 방식 이런 것을 공유하는 사람들을 해석적 공동체라고 할 수 있다.

  ㉡ 해석적 공동체는 고정된 것이 아니라 점점 커지다가 쇠퇴하는 경향이 있다.

(2) 노먼 홀랜드

① 자아 심리학을 이용하여 독자가 텍스트를 읽어나가는 것을 설명하고자 하였다.

② **독자의 정체성** : 독자가 텍스트를 읽을 때에는 자기의 관점에 따른 잣대를 기준으로 자기가 읽고 싶은 대로 읽는다.

(3) 데이비드 블레이치

① 블레이치는 텍스트를 읽는 것을 '반응'과 '의미'로 나누어서 설명하였다.

    ⊙ 반응 : 사적인 것

    ⓛ 의미(해석) : 공적인 것

② 독자가 텍스트를 읽는 것은 사적인 것에서 공적인 것으로의 전환이다. 이러한 과정은 지각→반응→연상→해석의 순서를 거친다.

    ⊙ 지각 : 텍스트를 읽는 것 자체

    ⓛ 반응 : 텍스트를 읽고 든 생각

    ⓒ 연상 : 반응으로 인해 자기 주변의 어떤 것과 연관된 생각으로 이끌어 내는 것

    ⓔ 해석 : 의미 도출

③ 반응 진술을 결국 해석, 판단의 토대가 되며 사적인 반응이 그 토대를 이루고 있으므로 주관적인 비평이라고 할 수 있다.

확인문제

1 움베르트 에코에 대한 설명으로 적절한 것은?

    ① 기대지평을 제시하였다.

    ② 독자의 경험을 중시하여 '해석적 공동체'의 개념을 도입하였다.

    ③ 열린 텍스트와 닫힌 텍스트로 나누어 설명하였다.

    ④ 문학 작품의 의미는 해석자의 역사적 상황에 좌우된다고 하였다.

    ▶ ③ 움베르트 에코는 텍스트를 열린 텍스트와 닫힌 텍스트로 나누어 설명하였다.
     ①은 H. R. 야우스, ②는 스탠리 피쉬, ④는 가다머의 견해이다.

2 지평의 융합을 제시한 학자는?

    ① 움베르트 에코

    ② 스탠리 피쉬

    ③ 가다머

    ④ H. R. 야우스

    ▶ ④ 야우스는 기대지평, 지평의 융합의 개념을 제시하였다.

3 데이비드 블레이치의 사상으로 적절한 것은?

① 주관적인 비평을 제시하였다.

② 독자의 역할에 따라 닫힌 텍스트와 열린 텍스트를 제시하였다.

③ 틈새의 개념을 통해 독자의 역할을 강조하였다.

④ 기대지평을 소개하였다.

▶① 비평이론의 패러다임이 주관적으로 바뀌는 것을 옹호하였다.

4 W. 이저가 제시한 용어 중 텍스트를 읽어 나갈 때 비어 있는 곳에서 독자의 역할이 강조되는
데 이 비어 있는 곳을 무엇이라고 하는지 2음절로 쓰시오.

▶틈새

6 정체성을 강조하면서 텍스트 읽기를 주장한 사람은?

① 데이비드 블레이치   ② 로만 야콥슨

③ 노먼 홀랜드   ④ H. R. 야우스

▶③ 노먼 홀랜드는 '어린이는 누구나 어머니로부터 일차적 정체성의 흔적을 얻는다.'고 하며 독자가 텍스트
를 읽을 때에는 이러한 정체성에 따라 자신의 잣대를 기준으로 자기가 읽고 싶은 대로 읽는다.

5 다음 (   )에 공통으로 들어갈 알맞은 말은?

> 독서 행위를 제대로 하기 위해서는 언어적 능력이 있어야 하며, 구문론적, 의미론적 지식이
> 있는 독자가 문학적 능력을 가지고 작품을 읽어내는 것이 중요하다. 스탠리 피쉬는 이러한
> 능력을 갖춘 독자를 '(   ) 독자'라고 하였다. 하지만 글을 읽는 모든 독자가 (   ) 독
> 자가 되는 것은 아니다. 바로 이 점에서 스탠리 피쉬의 이 견해는 특정한 계층만을 독자로
> 인정했다는 비판을 받게 된다.

① 교양 있는   ② 품위 있는

③ 개념 있는   ④ 자격 있는

▶① 스탠리 피쉬는 독서 행위를 위한 일련의 능력을 갖춘 독자를 교양 있는 독자라고 하였다.

08 CHAPTER

심리주의 비평

기출문제 맛보기 💡

다음 중 문학예술을 승화작용의 결과로 보는 비평방법은?

① 역사주의 비평
② 구조주의 비평
③ 형식주의 비평
④ 심리주의 비평

▶④ 심리주의 비평이란 프로이트 등의 정신분석학적 방법을 작가의 창작심리나 문학작품의 해명에 적용하는 방법론을 말한다. 프로이트는 인간의 모든 정신현상을 리비도의 변화와 발전으로 해석하는데, 본능보다 고차원의 문화적 목표에 리비도를 발산시키는 것을 승화라고 칭하고, 예술도 이 승화작용의 전형적인 예로 간주한다.

1 심리주의 비평의 발생

(1) 심리주의 비평의 개념

① 심리주의 비평은 문학예술이 작가의 정신적 산물이라는 개념을 바탕으로 문학작품 속에 반영되어 있는 작가의 심리나 무의식의 흐름을 정신분석학적인 방법으로 작품을 해석하는 비평이다. 정신분석학을 응용한다는 점에서 정신분석 비평(psychoanalysis criticism), 정신분석학적 비평(psychoanalytical criticism)으로도 불린다.

② 문학 비평에서 심리학을 의식적으로 사용하게된 것은 얼마 되지 않았지만 심리적인 문제는 아리스토텔레스의 시대부터 비평에서 나타나는 기본적인 요소이다.

③ 현재의 심리주의 비평은 작가의 창작심리뿐만 아니라 문학작품의 내적 심리, 문학작품을 수용하는 독자심리의 세 가지 영역을 다룬다.

(2) 심리주의 비평의 근원

① 플라톤 : "시인은 자신의 기술적 능력에 의해서가 아니라 접신(接神)으로부터 나오는 영감(靈感)에 의해 시를 노래한다.", 작가와 독자의 심리적 상태를 문제로 삼아 문학의 영감을 논했다.

② 아리스토텔레스 : "비극이란 연민과 공포를 통해 감정의 정화(catharsis)를 불러일으킨다."

2 정신분석학

(1) 프로이트 정신분석학의 관점

프로이트의 정신분석학은 인간의 모든 행동이 원초적인 심리적 작용에서 비롯된다는 입장을 갖는다. 그는 인간의 마음을 역동적, 경제적, 형태론적 관점으로 본다.

① 역동적(Dynamic) 관점 : 본능적 충동이 외부 현실의 요구에 부딪칠 때 생기는 긴장으로 발생한 여러 가지 힘이 상호작용하는 것을 드러낸다. 정신은 육체로부터 나오며 이 육체 자체가 갖는 욕구는 쾌락이나 고통과 뗄 수 없이 관련이 되어 있다.

② 경제적(Economic) 관점 : 쾌락은 육체가 어떤 자극에 의해 방해를 덜 받을수록 증가하며 이 방해가 증가하면 불쾌를 느끼게 된다. 에고(ego)는 정신의 일부로서 육체가 자기 욕구를 적절히 만족시키도록 육체의 행위를 조정한다. 즉 에고는 본질상 현실에 적응하기위해 원시적 본능을 통제해야하고 이것은 현실원칙과 쾌락원칙 사이의 갈등으로 나타나게 된다.

③ 형태론적(Topographical) 관점
  ㉠ 의식, 전의식, 무의식
  - 의식(Consciousness) : 인간이 느낄 수 있는 모든 경험과 감각
  - 전의식(Pre-Consciousness) : 인간이 조금의 노력으로 떠올릴 수 있는 경험적인 요소
  - 무의식(Unconsciousness) : 억압의 순간에 인간 깊숙이 정착된 본능을 담은 표상, 사상, 이미지 등

  ㉡ 이드, 에고, 초자아
  - 이드(id) : 육체의 필연적인 욕구에서 기인하는 본능적인 충동으로, 리비도의 저장소이자 모든 정신운동의 원천이다.
  - 에고(ego) : 이드에서 발전하는 충동을 억누르는 것으로, 이드는 쾌락원칙에 의해서만 다스려지는 반면에 에고는 현실원칙에 의해서만 다스려진다. 에고는 인간의 내적인 세계와 외적인 세계의 중개자라고 할 수 있다.
  - 초자아(Superego, 슈퍼에고) : 또 하나의 통제적 요인으로 충동에 대해 부모나 사회의 역할을 담당하며 이상과 가치, 금지와 명령(양심)의 복잡한 체계를 형성하고 유지하는 역할을 하는 심리적 대리자를 의미한다.

ⓒ 삶의 본능과 죽음의 본능

- 삶의 본능 : 삶을 가능하게 하고 종족번식을 책임지는 본능(성본능을 내재하는 힘을 리비도라고 함)
- 죽음의 본능 : 불변하는 무기물 상태로 회귀하고자 하는 본능

(2) 심리적 방어기제

① 승화 : 개인의 충동을 사회적으로 용인된 생각이나 행동으로 표현하게 함으로써 적절하게 전환시키는 것

② 억압 : 원하지 않는 생각이나 충동이 의식에 떠오르는 것을 강하고 직접적인 방법으로 막는 것

③ 투사 : 자신이 용납할 수 없는 충동, 결점 등을 무의식적으로 타인이나 환경 탓으로 돌려 전가하여 변명하는 것

④ 전위 : 본능적 충동의 대상을 위협을 많이 주는 대상에서 덜 위협을 주는 쪽으로 방향을 전환시키는 것

⑤ 합리화 : 자신의 실패에 대해 그럴듯하지만 옳지 않은 방법으로 핑계를 대서 정당화하는 것

⑥ 퇴행 : 곤경에 처했을 때 좀 더 안전하고 즐거웠던 이전의 발달단계로 후퇴하거나 유아기적 표현을 함으로써 불안을 완화시키는 것

⑦ 반동형성 : 한쪽의 충동이나 감정을 억압하고 반대쪽의 충동이나 감정을 지나치게 강조하여 불안을 감소시키는 것

⑧ 동일시 : 자신이 좋아하는 사람이나 집단을 모방함으로써 나타나는 동조심리

(3) 프로이트의 정신분석학적 문학비평

① 프로이트는 인간의 모든 정신현상을 리비도의 변화와 발전으로 해석한다. 본능보다 더 높은 차원의 목표를 지향하여 리비도를 발산할 때 승화작용이 나타나고, 예술은 이 승화작용의 결과물이다.

② 프로이트는 전문적 문학비평가는 아니었지만 「오이디푸스」나 「햄릿」의 무의식적인 근원을 통해 문학작품이 정신분석적으로 해석(작품 심리학)될 수 있는 가능성을 열고, 도스토예프스키 등의 작가에 대한 심리분석(작가 심리학)을 시도했다.

③ 이후 존스, 보나파르트, 아들러, 융 등이 프로이트의 이론을 심화하여 심리주의 비평이 정교한 형태로 결실을 맺었다.

3 심리주의 비평의 종류

(1) 작가 심리학

① 문학작품은 작가의 심리에 직·간접적으로 영향을 받아 창조된 산물이다. 작가 심리학은 창작의 주체인 작가에 대한 심리학적 고찰로, '창작 심리학'이라고도 한다.

② 작가 심리학적 비평가는 문학작품을 작가의 '반영'과 '투사'로 간주하고 글의 문체, 주제, 인물의 성격과 행동의 묘사 등에 작가의 삶과 체험, 개성이 어떻게 투영되었는지를 고찰한다. 궁극적으로 작가의 삶과 현실이 어떻게 문학작품에 표현되었는가를 재구성한다는 점에서 역사주의 비평과 같은 맥락을 보인다.

③ 프로이트는 예술의 목적이 유아기 소망충족이라는 관점에서 작가와 작품 간의 관련성을 중시하였다. 그에 의하면 창작행위는 대리만족 행위이며 좌절된 심리의 병적인 증상이다.

(2) 작품 심리학

① 작가의 생애와 창조된 문학 간의 상관관계를 무시하고 작품 속의 인물들을 정신분석적 방법으로 고찰하는 방법이다.

② 외부의 조건과 상관없이 작품에서 주어진 것만을 다루는 점에서 형식주의 비평과 같은 맥락이다.

(3) 독자 심리학

① 아리스토텔레스의 '카타르시스'는 작품을 읽는 독자의 심리에 관심을 두고 있다는 점에서 초기 독자 심리학의 모습이라 할 수 있다.

② 독자 심리학이란 독자의 경험과 삶의 기억이 작품을 대하는 순간 어떻게 반응하는가에 초점을 두고 있다. 문학작품이란 그것이 읽혀지기 전까지는 존재한다고 볼 수 없다. 작품의 의미를 풀어 가는 것도 쾌락을 향유하는 것도 독자의 몫이다. 이러한 관점의 심리주의 비평은 독자중심 비평과 같은 맥락이다.

4 심리주의 비평의 비판

문학비평과 정신분석학은 밀접한 관련이 있지만 정신분석학은 인간의 정신병 등의 진단과 치료를 목적으로 하는데 비해, 문학비평은 작품의 올바른 이해와 평가를 목적으로 하기 때문에, 이를 잘못 사용할 경우 문학비평과 정신분석학의 본말이 전도될 우려가 있다.

(1) 심리주의 비평의 오·남용 문제점

① 프로이트 이론의 실천자들은 심리적 비평을 무리하게 밀고 나가, 다른 적절한 방법의 비평 없이 심리분석의 이론적 틀에 억지로 맞추려 든다.

② 극단적 심리분석가들의 문학비평은 때때로 집단을 위하여 배타적으로 신비적이며, 전문술어를 가진 특수한 신비주의로 퇴보한다.

③ 심리학파의 많은 비평가들은 심리학의 원리를 불완전하게 이해한 문학자이거나, 문학을 예술로서 인식하지 못하는 전문적 심리학자들이다.

(2) 심리주의 비평의 유의점

① 작가를 정신병리학적 이상으로 다루려는 경향

② 문학의 형식과 기교적인 면을 무시하고 심리적인 내용만을 따지는 경향

③ 이미 사망한 과거의 작가를 정신분석하려고 하는 경향

④ 문학의 무의식적 내용을 문학의 유일한 가치로 간주하는 경향

⑤ 정신분석학적 비평에 전문적인 술어(정신병리)를 많이 쓰는 경향

확인문제

1 작자를 통해 문학작품을 보려는 태도와 관계가 깊은 것은?

① 형식론   ② 심리학

③ 언어학   ④ 구조론

▶ ② 행동이란 인간의 심리가 동작으로 표출된 것이다. 문학작품 역시 인간의 외적 행위와 내적인 심리현상을 작자가 작품으로 형상화한 언어예술이란 점에서 문학과 심리학은 불가분의 관계를 갖는다.

2 다음 중 프로이트가 사용한 용어가 아닌 것은?

① 오이디푸스 콤플렉스   ② 정신분석학

③ 슈퍼에고(Superego)   ④ 기표와 기의

▶ ④ 기표와 기의 … 소쉬르가 정의한 기호의 근본을 이루는 두 성분
　　㉠ 기표 : 기호의 지각 가능하고 전달 가능한 물질적 부분. 소리일 수도 있고, 표기일 수도 있고, 한 단어를 이루는 표기의 집합일 수도 있음
　　㉡ 기의 : 독자나 청자의 내부에서 형성되는 기호의 개념적 부분

3 다음 중 방어기제에 대한 설명으로 옳지 않은 것은?

① 전위란 한쪽의 충동이나 감정을 억압하고 반대쪽의 충동이나 감정을 지나치게 강조하여 불안을 감소시키는 것이다.

② 동일시란 자신이 좋아하는 사람이나 집단을 모방함으로써 나타나는 동조심리이다.

③ 투사란 자신이 용납할 수 없는 충동, 결점 등을 무의식적으로 타인이나 환경 탓으로 돌려 전가하여 변명하는 것이다.

④ 합리화란 자신의 실패에 대해 그럴듯하지만 옳지 않은 방법으로 핑계를 대서 정당화하는 것이다.

▶ ① 전위란 본능적 충동의 대상을 위협을 많이 주는 대상에서 덜 위협을 주는 쪽으로 방향을 전환시키는 것이다.
　※ 반동형성 … 한쪽의 충동이나 감정을 억압하고 반대쪽의 충동이나 감정을 지나치게 강조하여 불안을 감소시키는 것

출제예상문제

 객관식

1 정체성을 강조하면서 텍스트 읽기를 주장한 사람은?

① I. A. 리처드   ② 로만 야콥슨

③ 노먼 홀랜드   ④ J. 피아제

ADVICE ▷ ③ 노먼 홀랜드는 독자가 텍스트를 읽을 때 자신의 관점에 정해진 잣대를 기준으로 자기가 읽고 싶은 대로 읽는다고 하였다.

2 '그 나무에 그 열매'란 말을 통하여 생애 연구를 강조한 인물은?

① 생트뵈브   ② 에이브럼즈

③ I. A. 리처드   ④ J. 데리다

ADVICE ▷ ① '정신의 박물관학'과 '그 나무에 그 열매'를 제시한 사람은 생트뵈브이다.

3 데이비드 블레이치의 사상으로 적절한 것은?

① 기대지평을 소개하였다.

② 주관적인 비평을 제시하였다.

③ 열린 텍스트의 개념을 통해 독자의 역할을 강조하였다.

④ 독자의 역할에 따라 닫힌 텍스트와 열린 텍스트를 제시하였다.

ADVICE ▷ ② 비평이론의 패러다임이 주관적으로 바뀌는 것을 옹호하였다.
① 기대지평은 H. R. 야우스가 제시한 개념이다.
③④ 텍스트를 열린 텍스트와 닫힌 텍스트로 구분하고 독자의 역할을 강조한 사람은 움베르트 에코이다.

$\mathbf{A}_{\text{NSWER}}$ 1.③ 2.① 3.②

4 리온 이들이 제시한 문학적 전기 유형 중에서 배경설명은 최소한으로 줄이고 독자는 저자가 선택하여 제시한 작가 성격의 양상만을 대하게 된다는 것을 무엇과 연관되는가?

① 포괄적 연대기
② 문학적 초상화
③ 유기적 전개
④ 독자 경험

ADVICE › ② 문학적 초상화는 화가의 초상화처럼 시각적이고 간단명료하게 기술되는 방식이다.

5 러시아 민담 100개를 조사하여 7가지의 행동 영역을 제시한 사람은?

① 블라지미르 프롭
② V. B. 슈클로프스키
③ 방 띠겜
④ 소쉬르

ADVICE › ① 러시아 민담 100개를 조사하여 구조를 7가지의 행동영역으로 제시한 학자는 블라지미르 프롭이다.

6 H. 텐이 말한 문학결정의 3요소로 보기 어려운 것은?

① 인종
② 환경
③ 시대
④ 고향

ADVICE › ④ H. 텐의 문학결정의 3요소는 인종, 환경, 시대이다.
　　　　 ※ 문학결정의 본질적인 3요소
　　　　　　 ㉠ 인종 : 유전적인 요인으로, 작가 개인의 기질을 의미한다.
　　　　　　 ㉡ 환경 : 후천적인 요인으로, 작가와 작품을 둘러싼 사회적 환경요인을 뜻한다.
　　　　　　 ㉢ 시대 : 영향관계로 선후배 작가끼리 서로 닮으려는 속성이다.

7 낯설게 하기를 제시한 사람은?

① V. B. 슈클로프스키
② 에이브럼즈
③ I. A. 리처드
④ 소쉬르

ADVICE › ① 낯설게 하기를 제시한 인물을 슈클로프스키이다.

ANSWER　4.② 5.① 6.④ 7.①

8 H. 텐의 문학결정 3요소 중 '시대'에 대한 설명은?

① 후천적인 요인을 의미한다.

② 작가와 작품을 둘러싼 환경적 요인이다.

③ 선후배 작가끼리 서로 닮으려는 속성이다.

④ 유전적 요인으로 작가 개인의 기질을 의미한다.

ADVICE > ③ '시대'란 일종의 영향관계를 말하는데, 선후배 작가끼리 서로 닮으려는 속성이라고 할 수
있다.
①② 환경에 관련된 설명이다.
④ 인종에 대한 설명이다.

9 형식주의의 특징으로 보기 어려운 것은?

① 작가를 배제하고자 하였다.　　② 긴 작품의 분석에 용이하다.

③ 언어, 이미지보다 주제를 도외시한다.　④ 모든 작가와 작품에 적용하기 어렵다.

ADVICE > ② 정독을 통해 상세하게 해설하는 것을 중요시하였기 때문에 짧은 작품에 더 용이하다.

10 소쉬르가 제시한 빠롤(parole)로 보기 어려운 것은?

① 구체적이며 개별적이다.

② 변하지 않는 성질을 지니고 있다.

③ 개개인이 실현해내는 음성 하나하나를 의미한다.

④ 음악에 비유하면 악보를 보고 하는 연주라 할 수 있다.

ADVICE > ② 변하지 않는 성질을 지닌 것은 랑그(langue)이다.

11 감동의 오류와 연결되는 요소는?

① 표현　　　　　　　　② 작가

③ 독자　　　　　　　　④ 세계

ADVICE > ③ 의도의 오류가 작가와 연관된다면, 감동의 오류는 독자와 연관된다. 감동의 오류는 문예작
품의 가치를 그 독자에게 생긴 영향이나 효과에다 두는 것은 잘못이라는 점을 지적한 이론이
라 할 수 있다.

Aɴsᴡᴇʀ　8.③　9.②　10.②　11.③

12 구조주의의 비평으로 보기 어려운 것은?

① 지나치게 비역사적이다.

② 의도의 오류가 일어난다고 보았다.

③ 개인의 특성이 무시되어 반인간적이라는 질타를 받기 쉽다.

④ 기본구조가 추상적이어서 개별적 요소들을 소홀히 한다.

ADVICE › ② 의도의 오류는 형식주의자들이 내세웠던 내용이다.

13 사회적으로 역할 지어지는 무게를 일컫는 말로 '가면'의 의미를 지닌 말은?

① 아니무스   ② 아니마

① 그림자   ④ 페르소나

ADVICE › ④ 페르소나는 사회적 역할, 기대되는 역할에 따라 행동해야 하는 것을 의미한다.

14 기표를 의미로부터 분리하여 형이상학에 대해 '해체'를 들고 나온 사람은?

① J. 데리다   ② 소쉬르

③ 토도르프   ④ 블라지미르 프롭

ADVICE › ① 소쉬르가 기표를 통해서 기의를 알 수 있다고 한 것에 반해, 데리다는 기표를 통해서는 기의를 알 수 없다고 하였다. 데리다에 따르면 제1원리는 이분법적 대립에 의해서 중심과 주변으로 나누는 것으로, 결국 이 이분법적 관계에 의해서 나누어진 것들은 해체의 과정을 겪을 수 있으므로 서로 보충, 대체될 수 있어야 한다. 여기서 데리다가 중시했던 '해체'의 개념이 등장한다.

15 언어를 랑그와 빠롤의 개념으로 구조화한 학자는?

① 로만 야콥슨   ② 소쉬르

③ 칼 융   ④ 토도르프

ADVICE › ② 소쉬르는 언어를 랑그(langue)와 빠롤(parole)로 설명하였다.

※ 소쉬르가 제시한 랑그와 빠롤

    ㉠ 랑그(langue) : 랑그는 객관적인 구조를 가진 '악보'에 비유할 수 있다.

    ㉡ 빠롤(parole) : 빠롤은 개별적인 현상으로, '연주'에 비유할 수 있으며 우리가 구사하는 언어 현상은 빠롤에 해당한다.

Aɴѕᴡᴇʀ   12.②   13.④   14.①   15.②

16 원전확정의 과정에서 두 번째 제시되어야 할 부분은?

① 판본의 족보　　　　　　　　　② 문서적 증거
③ 기본 텍스트의 결정　　　　　　④ 상이점들의 대조조사

ADVICE ›　③ 프레드슨 바우어즈가 말한 원전확정 과정은 '문서적 증거－기본텍스트의 결정－상이점들의 대조 조사－판본의 족보－결정본'이다.
※ 프레드슨 바우어즈의 원전 확정의 순서
　㉠ 문서적 증거 : 가장 순수하고 정확한 형태를 확정하는 것
　㉡ 기본 텍스트의 결정 : 수많은 이본 중에서 최고본을 결정하는 것
　㉢ 상이점들의 대조 조사 : 일정 기간 동안에 나온 여러 판본들을 대조하여 그 차이점을 밝히는 것
　㉣ 판본의 족보 : 수집된 판본끼리의 선후 관계 등을 확인하여 족보를 작성하는 것
　㉤ 결정본 : 가장 권위 있는 판본을 선정하는 것으로 경우에 따라서는 권위본에 수정을 가하기도 한다.

17 폴 드 만의 견해와 일치하는 것은?

① 언어는 랑그와 빠롤로 구조화되어 있다.
② 모든 언어는 수사와 비유에 움직이는 은유적인 것에 불과하다.
③ 구조는 전체성 내에서 자체 체계를 내세우며 새로운 구조를 만든다.
④ 의미는 정해지지 않고, 계속 유보될 뿐이다.

ADVICE ›　② 폴 드 만은 문학 언어가 부단히 그 자신의 의미를 허물어뜨린다는 것을 밝히는데 비평적 노력을 기울이면서 모든 언어는 수사와 비유에 의해 움직이는 은유에 불과한 것이라고 하였다.

18 다음 설명하는 배경에 의해 등장하게 된 사상이 어떤 것인지 쓰시오.

> 1968년 프랑스 혁명 실패 이후 일군의 프랑스 지식인들은 혁명의 실패를 일관된 신념체계에서 찾았다. 자신들이 한때 신봉했던 마르크스주의조차도 그런 것으로 믿었다. 이들은 국가 권력을 파괴할 수 없게 되자 언어의 구조를 뒤덮으려 했고, 그럼으로써 모든 형태의 정치이론 신념체계를 해체할 수 있다고 믿었다. (　　　)는 이런 배경에서 등장하였다.

① 형식주의　　　　　　　　　　② 구조주의
③ 탈구조주의　　　　　　　　　④ 심리주의

ADVICE ›　③ 탈구조주의는 1950년대부터 1960년대 프랑스를 중심으로 퍼졌던 구조주의의 비판으로 나온 것으로 구조주의가 지니는 문제를 극복하기 위해 노력하였다.

ANSWER　16.③　17.②　18.③

19 N. 프라이가 제시한 것으로 계절과 문학의 관계에서 봄에 해당하는 것은?

① 희극

② 로망

③ 비극

④ 아이러니

ADVICE 〉 ① 희극-봄, ② 로망-여름, ③ 비극-가을, ④ 아이러니-겨울

20 칼 융에 대한 설명으로 적절한 것은?

① 기표를 의미로부터 분리하고자 하였다.

② 집단 무의식 '원형'이라는 용어를 사용하였다.

③ 「황금가지」를 통해 관습, 신앙, 주술, 전설 등에 대해 연구하였다.

④ 모든 언어는 수사와 비유에 의해 움직이는 은유적인 것이라 하였다.

ADVICE 〉 ① J. 데리다, ③ J. G. 프레이저, ④ 폴 드 만에 대한 설명이다.

21 프레이저의 「황금가지」가 지니는 의미는?

① 인간에게는 무의식의 세계가 있다.

② 페르소나로 인해 본성이 억압된다.

③ 남성 안에 존재하는 여성의 모습이 있다.

④ 문학의 요소들은 신화의 변형에 의해 이루어졌다.

ADVICE 〉 ④ 모든 문학의 모체는 신화에서 비롯된다고 보았다.
②③ 칼 융의 견해이다.

22 움베르트 에코에 대한 설명으로 적절한 것은?

① 기대지평을 제시하였다.

② 열린 텍스트와 닫힌 텍스트로 나누어 설명하였다.

③ 독자의 경험을 중시하여 '해석적 공동체'의 개념을 도입하였다.

④ 문학 작품의 의미는 해석자의 역사적 상황에 좌우된다고 하였다.

ADVICE 〉 ② 열린 텍스트는 독자의 역할이 중시되며, 닫힌 텍스트는 독자의 반응이 이미 결정되어 있는 것이라고 하였다.
① H. R. 야우스, ③ 스탠리 피쉬, ④ 가다머

ANSWER 19.① 20.② 21.④ 22.②

23 지평의 융합을 제시한 학자는?

① 움베르트 에코   ② J. 데리다

③ 가다머   ④ H. R. 야우스

ADVICE 〉 ④ 야우스는 기대지평, 지평의 융합을 제시하였다.

※ 기대지평과 지평의 융합

    ㉠ **기대지평** : 독자가 어느 시점에서 문학작품을 어떻게 이해하고 평가하는 것을 결정하는 문화적 규범, 관습, 전제에서 생겨나는 일련의 기대

    ㉡ **지평의 융합** : 지금까지 제기된 모든 관점에 대한 혼합이 아니라 비평가가 해석학적인 감각으로 의미를 통합시켜 나가는 것

24 텍스트를 읽어 나갈 때 비어 있는 곳에서 독자의 역할이 강조되는데 이 비어 있는 곳을 칭하기 위해 W. 이저가 사용한 용어는 무엇인가?

① 행간   ② 사이

③ 틈새   ④ 간격

ADVICE 〉 ③ 문학 작품에는 독자만이 채울 수 있는 빈자리가 있기 마련이다. 의미를 생성하기 위해서는 반드시 독자가 채워야하는 공간이 있으며 이것이 바로 틈새이다.

25 러시아 형식주의에서 내세운 내용으로 볼 수 없는 것은?

① 본체론적 비평이 중요하다.   ② 모호성이 있는 작품이 좋다.

③ 작품 속 반어적 표현에 집중한다.   ④ 생애연구를 통해 작품을 이해한다.

ADVICE 〉 ④ 생애연구는 역사 · 전기 비평에서 주로 사용하는 방법이다.

26 J. 데리다가 제시한 '차연'에 대한 설명으로 적절한 것은?

① 언어는 기표와 기의로 이루어져 있다는 것이다.

② 구조를 지배하는 법칙 중 하나로 변형가능하다는 속성이다.

③ 한 문장의 생성을 밑받침하는 내부적 구조를 일컫는 말이다.

④ 기호의 의미가 끊임없이 연기됨으로써 완전히 파악되지 않는다는 것이다.

ADVICE 〉 ④ 탈구조주의에서 나온 개념으로 차연이란 기호의 의미가 끊임없이 연기되면서 그 의미파악이 온전히 이루어지지 않는다는 것을 말한다.

Aɴsᴡᴇʀ   23. ④   24. ③   25. ④   26. ④

27 아리스토텔레스의 모방이론에 대한 설명으로 옳지 않은 것은?

① 모방은 인간만이 지닌 본능적 행위이다.

② 고상한 인물을 모방할 때 비극이 된다.

③ 모방의 대상은 인간 자체이다.

④ 모방에는 주관성이 배제되고 극도의 객관성이 나타난다.

ADVICE ③ 아리스토텔레스는 예술의 모방의 대상이 인간의 성격이나 감정 또는 행동이라고 하였다.

28 다음 내용에 해당하는 개념은?

> • 주로 비극에서 수반되는 미적 효과이다.
> • 울적한 감정을 쏟아버림으로써 정서적 압박에서 해방되고, 감정의 정화를 경험한다.

① 유머   ② 전형화

③ 3일치의 원리   ④ 카타르시스

ADVICE 아리스토텔레스가 「시학」에서 "비극이란 연민과 공포를 통해 감정의 정화(catharsis)를 불러일으킨다."라고 정의한데서 처음 사용된 개념이다. 카타르시스란 정화, 배설을 의미하는 그리스어로 비극이 그리는 주인공의 비참한 운명에 의해서 관중의 마음에 '두려움'과 '연민'의 감정이 격렬하게 유발되고, 그 과정에서 이들 인간적 정념이 어떠한 형태로 순화된다고 하는 일종의 정신적 승화작용으로 해석할 수 있다.

📖 주관식

1 피아제가 말한 구조의 속성에 대해서 간략히 논하시오.

2 '의도의 오류'에 대해서 설명하시오.

3 푸코가 말하는 인식소의 개념을 설명하시오.

4 스탠리 피쉬가 말한 해석적 공동체에 대한 개념을 예를 들어 설명하시오.

5 움베르트 에코가 말한 열린 텍스트와 닫힌 텍스트를 비교하여 정의하시오.

Answer

1. 피아제가 말한 구조의 속성은 전체성, 변이성, 자율성이다. 전체성은 전체란 요소들의 단순한 집합이 아니라 요소들이 내재적인 법칙에 따라 배합, 구성되어 있는 것을 뜻한다. 변이성은 구조는 정태적인 것이 아니라 변형의 관념을 포함하고 있다는 것이다. 그리고 자율성은 구조의 보존성과 폐쇄성을 동시에 지니고 있다는 것을 의미한다.

2. 의도의 오류는 작품창작에 임하는 작가의 창작의도가 곧 그 작품의 의미와 직결되는 것은 아니라는 이론이다.

3. 매 시대의 문화적 특성을 나타내 주는 언어에 의해 계시된 앎

4. 해석적 공동체란 작품 또는 현상에 대해서 관점이 같은 개인들의 집단, 그리고 그들이 공유하는 관점, 경험을 조직하는 방법 등을 공유하는 것으로, 예를 들어 우리나라 카프 작가들이 함께 제시했던 관점과 설명 방식, 러시아 형식주의자들이 내세웠던 관점 및 방식 이런 것을 공유하는 사람들을 해석적 공동체라고 할 수 있다.

5. 열린 텍스트란 독자를 통해 의미가 생산되는 것이고 닫힌 텍스트란 독자의 반응이 이미 정해져 있는 것을 말한다.

6 심리주의 비평가 융이 주장한 "원형"의 개념을 설명하시오.

7 비극의 효과인 카타르시스의 개념을 설명하시오.

8 심리주의 비평에서 프로이트는 형태론적(Topographical) 관점으로 세 가지 작인에 대한 이론을 전개하였는데, 각 작인들에 대해 설명하시오.

Answer

6. 무의식이 조직적으로 구성되어 있는 형태를 원형이라 하는데, 이는 집단무의식 속에서 유전되어 세계 곳곳의 민족 신화나 예술, 종교에서 발견되는 공통된 이미지를 통해 그 존재를 알 수 있다.

7. 아리스토텔레스가 「시학」에서 "비극이란 연민과 공포를 통해 감정의 정화(catharsis)를 불러일으킨다."라고 정의한데서 처음 사용된 개념이다. 카타르시스란 정화, 배설을 의미하는 그리스어로 비극이 그리는 주인공의 비참한 운명에 의해서 관중의 마음에 '두려움'과 '연민'의 감정이 격렬하게 유발되고, 그 과정에서 이들 인간적 정념이 어떠한 형태로 순화된다고 하는 일종의 정신적 승화작용으로 해석할 수 있다.

8. 형태론적(Topographical) 관점의 세 가지 작인이란 이드(id), 에고(ego), 초자아(Superego)이다. 이드란 육체의 필연적인 욕구에서 기인하는 본능적인 충동으로, 리비도의 저장소이자 모든 정신운동의 원천이고, 에고란 이드에서 발전하는 충동을 억누르는 것으로, 이드는 쾌락원칙에 의해서만 다스려지는 반면에 에고는 현실원칙에 의해서만 다스려진다. 에고는 인간의 내적인 세계와 외적인 세계의 중개자라고 할 수 있다. 초자아(Superego, 슈퍼에고)란 또 하나의 통제적 요인으로 충동에 대해 부모나 사회의 역할을 담당하며 이상과 가치, 금지와 명령(양심)의 복잡한 체계를 형성하고 유지하는 역할을 하는 심리적 대리자를 의미한다.

한 권으로 단박에 합격하기 **독학사**

수필론

수필의 정의

CHAPTER 01

기출문제 맛보기

다음 중 수필의 종류가 아닌 것은?

① 일기   ② 기행문
③ 서간문   ④ 학술논문

▶④ 수필에는 일기, 기행문, 감상문, 서간문, 수상문 등이 있으며, 소평론(小評論)를 포함시키기도 한다.

1 수필의 개념

(1) 수필(隨筆)

① 수필의 한자는 따를 '隨'에 붓 '筆'로, '붓 가는대로 따라서 쓴 글'이라고 할 수 있다.

② 수필은 살아가면서 겪는 일상의 체험들을 소재로 하여 자유롭게 쓴 글로 내용 및 형식상의 제약이 없다.

③ 내용상의 다양성으로 인해 수필에 대한 여러 가지 정의가 제시된다.

(2) 수필에 대한 여러 가지 정의

① 「우리말 큰 사전」

ㄱ 개성적 · 관조적 · 인간적인 특성을 지닌 무형식의 산문

ㄴ 형식에 묶이지 않고 듣고 본 것, 체험한 것, 느낀 것 따위를 생각나는 대로 쓰는 산문형식의 짤막한 글, 또는 그러한 글투의 작품

ㄷ 사건 체계를 갖지 않으며, 개성적 · 관조적이며 인간성이 내포되도록 위트 · 유머 · 예지로 써도 표현함

ㄹ 상화(想華) · 만문(漫文), 만필(漫筆) · 수필문(隨筆文)

② 문덕수의 「세계문예대사전」

　　㉠ 수필은 무형식의 글로써 비교적 짧은 형식으로 글쓴이의 체험, 느낌, 정서를 절실하게 표현한 서정적인 글이다.

　　㉡ 수필은 일반적으로 사전에 어떤 계획이 없이 어떠한 형식의 구애를 받지 않고 자기의 느낌, 기분, 정서 등을 표현하는 산문 양식의 한 장르이다. 그것은 무형식의 형식을 가진 시도로서 비교적 짧으며, 개인적이며, 서정적인 특성을 지닌 산문이라 하겠다.

③ 김광섭의 「수필문학 소고」 : 수필이란 글자 그대로 붓 가는대로 써지는 글이다. 그러므로 다른 문학보다 더 개성적이며 심경적이며 경험적이다. 우리는 오늘까지의 수필문학이 그 어느 것이나 비록 객관적 실사를 다룬 것이라 하더라도 심경에 부딪치지 않는 것을 보지 못했다. 강렬하게 짜내는 심경적이라기 보다는 자연히 유로되는 심경적인 점에 그 특징이 있다. 이 점에서 수필은 시에 가깝다. (중략) 그러나 수필은 한가로운 심경에서의 시필쯤에 가지는 본성을 가지고 있다. 정확하게 말하자면 수필은 수필 되었다고 하고 싶다. 그러므로 희곡이 조직적 · 활동적이요, 시가 운율적 · 정서적이라면 수필은 진실한 태도에서 인생을 관조하는 격이라고 비유할 수 있을 것이다.

④ 「옥스퍼드 사전」 : 에세이는 어떠한 주제 또는 한 주제의 일부분이 되는 적절한 길이의 작문이다. 그것은 본래 완결성의 부족을 내포하고, 규칙적인 것이 아니라 숙고되지 않은 것이지만, 오늘날에는 범위에 있어서는 제한이 있으나 문체에 있어서는 다소 정교성을 가지게 된 작문을 말하는 것이다.

⑤ 「브리태니커 사전」 : 에세이란 보통 산문에서 엮어진 적당한 길이의 작문으로 쉽고 소략한 방법으로 한 주제의 현실적인 상태, 엄밀히 말해서 작가를 감동시키는 그러한 주제만을 다루게 된다.

(3) 피천득의 수필에 대한 문학적 정의

① 수필은 청자(靑磁) 연적(硯滴)이다.

② 수필은 난이요, 학이요, 청초하고 몸맵시 날렵한 여인이다. 수필은 그 여인이 걸어가는 숲 속으로 난 평탄하고 고요한 길이다. → 수필은 서정적이고 예민한 감수성의 소산이며 품격 높은 글임을 나타낸다.

③ 수필은 중년의 길이다. 그저 수필가가 쓴 단순한 글이다. → 작가의 인생체험에서 나오는 심오한 사상에 바탕을 두는 것을 나타낸다.

④ 수필은 마음의 산책이다.

⑤ 온아우미(溫雅優美)한 글이다. 수필의 빛은 비둘기 빛이거나 진주 빛이다.

⑥ 수필이 비단이라면 번쩍거리지 않는 바탕에 약간의 무늬가 있는 비단이요, 사람에게 미소를 짓게 하는 비단이다.

⑦ 수필은 산만하지도 찬란하지도 우아하지도 날카롭지도 않은 산뜻한 문학이다.

⑧ 수필의 재료는 생활경험, 자연관찰 또는 사회현상에 대한 새로운 발견 등 무엇이나 다 재료가 된다. → 수필의 일상성을 나타내고 있다.

⑨ 가고 싶은 대로 가는 것이 수필의 행로가 된다.

⑩ 수필은 마치 방향(芳香)을 갖는 차(茶)와 같이 향기로워야 하는 글이다. 그렇지 못할 때 그것은 수돗물 같이 무미한 것이 되고 만다.

⑪ 수필은 독백이다.

⑫ 수필가 램은 찰스 램이면 되는 글이다. → 수필은 그 쓰는 사람을 가장 솔직히 나타내는 문학 형식이다.

⑬ 자기를 솔직하게 나타내는 형식이다. → 자조문학, 고백문학적 특성을 갖는다.

⑭ 마음의 여유를 필요로 하는 글이다.

2 수필의 어원

(1) 수필과 에세이(essay)

① **수필 = 에세이** : 수필과 에세이를 동일시하는 견해로는 백철, 최승범, 정봉구 등이 있다. 이들은 속의 동일성과 형식의 동일성에 의의를 두고 수필과 에세이가 동일하다고 보았다.

② **수필 ≠ 에세이** : 곽종원, 문덕수 등의 견해로 수필에는 미셀러니(miscellany)와 에세이(essay)가 있다고 본다. 대개 우리가 떠올리는 수필은 미셀러니에 가까운 것으로, 에세이에는 '평론'과 '수필'의 두 가지 의미가 포함되어 있다.

(2) 서양에서의 수필

① 영어의 'essay'는 'assay'와 그 어원을 같이한다.

② assay : '시금', '시험', '계획'의 뜻을 갖는 말로서 프랑스어 'essai'에서 나왔다. 프랑스어 'essai'는 '계량하다', '음미하다'의 뜻을 가진 라틴어의 '엑시게레(exigere)'에 어원을 둔 말이기도 하며, 여기에서 '시험해 본다', '시도한다'의 뜻을 가진 'essai'라는 말이 나온 것으로 보기도 한다.

③ 몽테뉴형 수필과 베이컨형 수필

　　㉠ 몽테뉴형 수필 : 명상적, 설화적, 주관적으로 사색

　　㉡ 베이컨형 수필 : 경구적, 객관적으로 귀납

(3) 동양에서의 수필

① 수필이라는 말이 문헌 상 처음으로 사용된 것은 중국 당나라 때의 시인 백거이(白居易)에 의한 것으로 오늘날 사용하는 수필의 의미가 아니라 '붓을 빨리 놀린다.'의 의미로 사용되었다.

② 우리나라에서 수필이라는 말이 처음 사용된 것은 이민구가 1652년에 저술한 「독사수필」로, 현재 우리가 일반적으로 떠올리는 수필과 유사한 의미이다.

③ 소설이라는 명칭이 처음 사용된 이규보의 「백운소설」역시 장르로 따지자면 시비평집, 또는 시감상집이라 할 수 있으므로 비평수필 정도로 볼 수 있으며, 박지원의 「열하일기」역시 기행수필로 볼 수 있다.

　3　수필의 장르

(1) 수필의 장르에 대한 견해

수필은 그 범위가 굉장히 광범위하여 어느 하나로 장르를 정하기가 어렵다. 수필의 장르에 대해서는 수필을 잡문에 포함시키는 견해, 독자적인 장르로 봐야 한다는 견해, 교술 양식으로 봐야 한다는 견해의 세 가지가 있다.

① 잡문에 포함시키는 견해

　　㉠ 조윤제와 이병기의 견해로 장르 개념이 불분명하다는 단점이 있다.

　　㉡ 조윤제는 한국문학을 시가, 가사 소설, 희곡, 평론, 잡문 등으로 나누고 수필을 잡문에 포함시켰다.

　　㉢ 이병기는 산문문학을 설화, 소설, 일기, 내간, 기행, 잡문으로 나눈 후에 수필을 잡문에 포함시켰다.

② 독자적인 장르로 설정하는 견해 : 현대 수필에서 가장 바람직하다고 보는 견해이다.

③ 교술 문학으로 보는 견해

　　㉠ 서정 양식, 서사 양식, 극 양식의 3분법에 교술 양식을 넣어 제4의 양식으로 보는 견해이다.

　　㉡ 조동일의 견해로 서정 양식은 시, 서사 양식은 소설, 극 양식의 대표는 희곡이면, 교술 양식의 대표가 수필이라는 것이다.

(2) 고서(古書)에서의 수필

① 「고문사류찬(古文辭類纂)」

    ㉠ 중국 청나라 때의 요내는 「고문사류찬(古文辭類纂)」에서 문장을 수 십 가지로 분류하였다.

    ㉡ 논변(論辨), 서발(序跋), 주의(奏議), 조령(詔令), 서설(書說), 증서(贈序), 전장(傳狀), 비지(碑誌), 잡기(雜記), 잠명(箴銘) 등으로 여기서 '잡기'는 전형적인 수필로 볼 수 있다.

    ㉢ '잠명'은 자서전적인 참회록을 뜻하는데 '잠'과 '명'으로 나누어 볼 수 있다.

      • 잠 : 훈계 및 교훈을 하는 글로 '관잠'은 남을 훈계하는 것, '사잠'은 자신을 훈계하는 것이다.

      • 명 : 교훈을 주제로 한 것으로 해학 또한 풍부하게 들어가 있다.

② 「동문선」 : 「동문선」에 제시된 한문학 양식 중에는 '잡저(雜著)'와 '서(書)', '서발(序跋)' 등은 수필의 성격을 지닌다.

    ㉠ 잡저 : 대체로 문인들의 자유로운 형식으로 쓴 글로 오늘날 수필의 개념에 가장 알맞은 양식이다.

    ㉡ 서(書) : 서간체 문학의 대표로 편지를 연상하면 된다.

    ㉢ 서발 : '서(序)'는 처음 부분에 제시한 글이고 '발(跋)'은 끝 부분에 제시하는 글이다. 오늘날의 비평이나 수필에 해당한다고 할 수 있다.

확인문제

1 「우리말 큰 사전」에서 정의하고 있는 수필의 의미가 아닌 것은?

    ① 개성적 · 관조적 · 인간적인 특성을 지닌 무형식의 산문

    ② 어떠한 주제 또는 한 주제의 일부분이 되는 적절한 길이의 작문

    ③ 사건 체계를 갖지 않으며, 개성적 · 관조적이며 인간성이 내포되도록 위트 · 유머 · 예지로 써도 표현

    ④ 형식에 묶이지 않고 듣고 본 것, 체험한 것, 느낀 것 따위를 생각나는 대로 쓰는 산문형식의 짤막한 글

    ▶② 「옥스퍼드 사전」에서 에세이에 대해 정의한 내용이다.

2 몽테뉴형 수필과 베이컨형 수필을 비교할 때, 몽테뉴형 수필의 성격이 아닌 것은?

    ① 명상적   ② 설화적

    ③ 경구적   ④ 주관적

    ▶③ 베이컨형 수필의 특징이다.

3 (　　　)한 글이다. 수필의 빛은 비둘기 빛이거나 진주 빛이다.

▶ 온아우미(溫雅優美)

4 피천득이 내린 수필의 문학적 정의 중 수필의 일상성을 나타내고 있는 것은?

① 수필의 재료는 생활경험, 자연관찰 또는 사회현상에 대한 새로운 발견 등 무엇이나 다 재료
　가 된다.
② 수필은 마치 방향(芳香)을 갖는 차(茶)와 같이 향기로워야 하는 글이다.
③ 수필가 램은 찰스 램이면 되는 글이다.
④ 자기를 솔직하게 나타내는 형식이다.

▶ ① 수필은 생활경험, 자연관찰, 사회현상 등과 같이 일상적인 것들도 소재가 된다.

5 제시된 내용이 설명하고 있는 견해는?

> 수필은 그 범위가 굉장히 광범위하여 어느 하나로 장르를 정하기가 어렵다. 수필의 장르에
> 대해서는 크게 세 가지 견해가 있는데 현대 수필에서 가장 바람직하다고 보는 견해는 이것
> 이다.

① 잡문으로 보는 견해
② 독자적인 장르로 보는 견해
③ 교술 문학으로 보는 견해
④ 생활 문학으로 보는 견해

▶ ② 수필의 장르에 대해서는 수필을 잡문에 포함시키는 견해, 독자적인 장르로 봐야 한다는 견해, 교술 양
　식으로 봐야 한다는 견해의 세 가지가 있다. 현대 수필에서 가장 바람직하다고 보는 견해는 독자적인 장
　르로 보는 견해이다.

6 요내의 「고문사류찬(古文辭類纂)」에서 분류한 문장의 종류 중 오늘날의 수필과 가장 유사한
　형태로 볼 수 있는 것은?

① 논변(論辨)　　　　　　　　　② 주의(奏議)
③ 잡기(雜記)　　　　　　　　　④ 비지(碑誌)

▶ ③ 잡기는 전형적인 수필로 볼 수 있다.

수필의 특성과 종류

기출문제 맛보기

다음 중 수필의 특징이라고 볼 수 없는 것은?

① 형식이 자유롭다.　　　　　　　② 주제가 한정적이다.

③ 개성적 성격이 강하다.　　　　　④ 자기고백적인 문학이다.

▶④ 수필에는 일기, 기행문, 감상문, 서간문, 수상문 등이 있으며, 소평론(小評論)를 포함시키기도 한다.

1 수필의 특성

수필은 붓 가는 대로 쓴 글이지만 그 안에는 작가 자신의 개성과 가치관, 인생관이 들어 있어야 하며, 문학적 풍미도 지니고 있어야 한다.

(1) 수필은 개성이 강한 문학이다.

① 수필은 작가의 자연관, 인생관, 습성, 취미 등이 직접적인 바탕이 되어 나오는 글이다.

② 이태준 「문장강화」: 누구에게 있어서나 수필은 자기의 심적 나체다. 그러니까 수필을 쓰려면 먼저 '자기의 풍부'가 있어야 하고, '자기의 미'가 있어야 할 것이다.

(2) 수필은 무형식의 형식문학이다.

① 언뜻 보면 형식이 없다는 것은 그만큼 쉽다는 것이고, 아무렇게나 써도 무방하다는 것으로 보이지만, 이것은 수필의 속성을 꿰뚫어보지 못하는 것이다.

② 무형식 : 정해진 형식은 따로 없지만 개별 작품 자체가 하나의 완결된 구조를 지녀야 한다.

③ 겉으로는 보이지 않지만 유기적인 총체성의 형식을 지니고 있어야 하므로 형식이 정해져 있는 다른 장르보다 한 차원 높은 질서와 기교를 필요로 하는 글이 수필이라고 볼 수 있다.

(3) 수필은 산문의 문학이다.

시는 창조적 표현이고, 산문은 구성적 표현이다. 이렇게 말하면 우리가 앞으로 나가는 데 있어서 확립될 것으로 생각되는 것을 대체로 말한 것으로 생각한다. 그러나 창조적이란 말은 비평 어휘 속에서 신중히 사용되지 않으면 안 되며, 결코 구성적이란 말의 대조어는 아니다. 그렇지만 인상을 압축하며 집중화하기 위하여 인상을 기억의 축적에서 분화시키는 정신활동, 즉 응축활동과 분산활동의 둘을 구분하는 것도 사실이다. 시는 응축의 과정에서 발생되고 산문은 분산의 과정에서 발생되는 것으로 여겨진다. −H. E. 리드 「영국 산문의 문체」

(4) 수필은 다양한 제재의 문학이다.

수필은 무엇이든지 담을 수 있는 용기라고도 볼 수 있으니 무엇을 그 속에 담든 그것은 오로지 필자 자신의 자유로운 선택에 맡길 수밖에 없다. 그래서 수필은 담은 내용과 그것을 요리하는 필자에 의해서 그 취향이 여러 가지로 변화되는 것이다. −김진섭 「수필의 문학적 영역」

(5) 수필은 해학적이고 비평정신을 갖춘 문학이다.

수필은 단순히 기록에 그쳐서는 우리의 흥미를 긴장시키지 못할 것이다. 거기에는 유머가 있어야 하고, 위트가 있어야 한다. −피천득

(6) 수필은 심미적, 예술적 가치의 문학이다.

① 수필은 인간의 참된 성실성을 정서 속에 자연스럽게 녹여 문학적 진리로 나타내야 한다.

② 문학성(몽테뉴적)과 사상성(베이컨적) 중 어느 한 쪽으로 치우치는 수필은 절름발이 문학이 될 수밖에 없다.

> **수필의 특성 종합**

① 수필은 개성이 강한 문학이다.
② 수필은 무형식의 형식문학이다.
③ 수필은 산문의 문학이다.
④ 수필은 다양한 제재의 문학이다.
⑤ 수필은 해학적이고 비평정신을 갖춘 문학이다.
⑥ 수필은 심미적, 예술적 가치의 문학이다.

2 수필의 특성에 대한 여러 가지 견해

(1) R. M. 알레베스

① 에세이는 그 자체가 지성을 기반으로 한 정서적, 신비적 이미지로 구성된 문학이다.

② 지성을 기반으로 : 학문적이고 사색적인 의미

③ 정서적, 신비적 이미지로 : 문예적인 특성

(2) 윤오영 「곶감과 수필」

① 소설 : 밤=시 : 복숭아=수필 : 곶감

② 감을 말리는 과정에서 그 위에 시설(柿雪)이 앉아 곶감이 오래 보존 되는 것처럼, 수필도 여러 형태로 매만지고 스타일을 꾸며 탄생해야 생명력이 길어진다.

(3) 박목월 「문장의 기술」

① 형식의 자유 : 자신의 의지대로 특별한 형식 없이 써 내려간다.

② 시필성 : 수필은 확립된 신념이라기보다 시험적인 의견을 다루는 글이다.

③ 고백성 : 자신의 체험, 가치관을 그대로 제시한다.

④ 전문성 : 자격이 없어도 누구나 쓸 수 있는 비전문성을 의미한다.

(4) 최승범

① 형식의 자유성 : 수필은 어느 장르보다 자유자재한 산문이다.

② 개성의 노출성 : 수필은 쓰는 사람 자신이 드러나 있는 글이어야 한다.

③ 유머와 위트성 : 수필은 유머와 위트를 잘 길들여 안고 있는 글이어야 한다.

④ 문체와 품위성 : 수필은 쓰는 사람마다의 독특한 문체로 품위가 있는 글이어야 한다.

⑤ 제재의 다양성 : 수필은 인생과 사회, 우주만물 무엇이든 담을 수 있는 글이다.

(5) H. 리드

① 수필의 즉흥성 : 작가가 붓 가는 대로 쓰는 글

② 수필의 무의도성 : 의도 없이 쉽게 풀어서 쓴 글

③ 수필의 서정성 : 글쓴이의 감흥이 담겨 있는 글

① 무형식의 형식
② 글쓴이의 체험을 그대로 옮겨 놓은 글
③ 개성적 · 서정적 특성 내포
④ 문체의 정교성
⑤ 단편의 산문적인 글

3 수필의 종류

수필의 종류는 2종설, 3종설, 5종설, 8종설, 10종설이 있다.

(1) 2종설

① 중수필 : '중(重)'은 무겁다는 의미로, 무거운 제재의 사회적이고 지적인 이야기 또는 사색이 필요한 주제를 논한 수필을 말한다.

② 경수필 : '경(輕)'은 가볍다는 의미로 개인적 · 정서적 · 신변잡기적인 이야기라고 볼 수 있다.

중(重)수필	경(輕)수필
① 문장의 흐름이 중한 느낌을 준다.	① 문장의 흐름이 경한 느낌을 준다.
② 경문장적이다.	② 연문장적이다.
③ 베이컨적 수필이다.	③ 몽테뉴적인 수필이다.
④ 사회적, 객관적 표현이다.	④ 개인적, 주관적인 표현이다.
⑤ '나'가 겉으로 드러나 있지 않다.	⑤ '나'가 겉으로 드러나 있다.
⑥ 보편적 논리와 이성으로 짜여 있다.	⑥ 개인적인 감성과 정서로 짜여 있다.
⑦ 소논문적이다.	⑦ 시적이다.
⑧ 지적이고 사색적이다.	⑧ 정서적, 신변잡기적이다.

(2) 3종설

일본의 히사마쓰 데이이치가 「수필과 문학의식」에서 분류한 것으로 문학적 수필, 지식적 수필, 문학론적 수필로 나누었다.

(3) 5종설

일본의 도가와 슈코쓰는 「현대수필론」에서 수필을 다섯 가지로 분류하였다.
① 작가 자신의 경험 또는 고백, 자기반성

② 인생 및 인생에 관한 고려 또는 사견

③ 일상의 사소한 일에 대한 관찰

④ 자연, 즉 천지, 산천, 초목, 화본 혹은 금수, 충어 등

⑤ 인간사에 대한 작가의 사견

(4) 8종설

8종설은 백철의 분류, 문덕수의 분류, 공정호의 분류에 의해서 8종으로 나뉘었다.

백철	문덕수	공정호
① 사색적 수필	① 과학적 수필	① 과학적 수필
② 비평적 수필	② 철학적 수필	② 철학적 수필
③ 스케치 수필	③ 비평적 수필	③ 비평적 수필
④ 담화 수필	④ 역사적 수필	④ 역사적 수필
⑤ 개인 수필	⑤ 종교적 수필	⑤ 종교적 수필
⑥ 연단 수필	⑥ 개인적 수필	⑥ 개인적 수필
⑦ 성격 수필	⑦ 강연집	⑦ 강연집
⑧ 사설 수필	⑧ 논설집	⑧ 설교집

(5) 10종설

10종설은 「미국백과사전」에서 분류한 것으로 관찰수필, 신변수필, 성격수필, 묘사수필, 비평수필, 과학수필, 철학수필, 담화수필, 서한수필, 사설수필 등이다. 이는 수필의 종류를 가장 세분한 것이라고 할 수 있다.

확인문제

1 수필은 (   )의 형식문학이다. 정해진 형식은 따로 없지만 개별 작품 자체가 하나의 완결된 구조를 지녀야 한다.

▶ 무형식

2 피천득은 "수필은 단순히 기록에 그쳐서는 우리의 흥미를 긴장시키지 못할 것이다. 거기에는 (   )이/가 있어야 하고, (   )이/가 있어야 한다."라고 하였다.

▶ 유머, 위트

3 다음 중 수필의 특성으로 옳지 않은 것은?

① 수필은 개성이 강한 문학이다.

② 수필은 무형식의 형식문학이다.

③ 수필은 산문의 문학이다.

④ 수필은 비해학적인 문학이다.

▶④ 수필은 해학적이고 비평정신을 갖춘 문학이다.

4 에세이는 그 자체가 (   )을/를 기반으로 한 정서적, 신비적 이미지로 구성된 문학이다. −R. M. 알레베스

▶지성

5 최승범이 정의한 수필의 특성 중 '수필은 쓰는 사람 자신이 드러나 있는 글이어야 한다.'와 관련 있는 것은?

① 형식의 자유성   ② 개성의 노출성

③ 문체와 품위성   ④ 제재의 다양성

▶② '수필은 쓰는 사람 자신이 드러나 있는 글이어야 한다.'는 수필이 가지는 개성의 노출성을 정의한 것이다.

6 다음 중 중수필의 특징이 아닌 것은?

① 문장의 흐름이 중한 느낌을 준다.

② 몽테뉴적 수필이다.

③ 사회적, 객관적 표현이다.

④ '나'가 겉으로 드러나 있지 않다.

▶② 중수필은 '베이컨적 수필', 경수필은 '몽테뉴적 수필'이다.

7 일본의 도가와 슈코쓰는 「현대수필론」에서 수필을 문학적 수필, 지식적 수필, 문학론적 수필의 세 가지로 나누었다. (○, ×)

▶× 일본의 도가와 슈코쓰는 「현대수필론」에서 수필을 '작가 자신의 경험 또는 고백, 자기반성', '인생 및 인생에 관한 고려 또는 사견', '일상의 사소한 일에 대한 관찰', '자연, 즉 천지, 산천, 초목, 화본 혹은 금수, 충어 등', '인간사에 대한 작가의 사견'의 다섯 가지로 분류하였다. 문학적 수필, 지식적 수필, 문학론적 수필의 세 가지로 나눈 사람은 히사마쓰 데이이치이다.

출제예상문제

객관식

1 수필에 대한 설명으로 적절한 것은?

① 인물의 사건이 중심이 된다.
② 함축적 언어가 사용된다.
③ 글쓴이의 체험을 소재로 한다.
④ 장편의 글로 허구성이 있다.

ADVICE ③ 수필은 붓 가는 대로 쓴 글로 글쓴이의 체험을 중심으로 작가가 자신의 주관을 내세우면서 쓴 글이다.

2 수필의 장르로 적절한 것은?

① 서정 문학   ② 서사 문학
③ 극 문학   ④ 교술 문학

ADVICE ④ 서정 문학은 시, 서사 문학은 소설, 극 문학은 희곡, 교술 문학은 수필이 대표적이다.

3 경수필에 대한 설명으로 알맞은 것은?

① 지적이다.   ② 논리적이다.
③ 신변잡기적이다.   ④ 사회적 주제를 주로 다룬다.

ADVICE ③ 경수필은 가벼운 소재를 다루고 있기 때문에 개인적, 신변잡기적인 글이다.
①②④ 중수필에 대한 설명이다.

ANSWER 1.③ 2.④ 3.③

4 몽테뉴형 수필과 관계없는 것은?

① 설화적   ② 명상적

③ 경구적   ④ 주관적

ADVICE › ③ 몽테뉴형의 수필은 인생의 내면적, 영적 문제를 주로 명상적, 설화적, 주관적으로 생각하는 에세이이고, 베이컨형 수필은 사회적 문제를 주로 의론적, 경구적, 객관적으로 귀납하는 에세이라 할 수 있다.

5 이규보가 쓴 수필류 책의 원조로 시화집 성격이 강한 책은?

① 「백운소설」   ② 「열하일기」

③ 「역옹패설」   ④ 「독사수필」

ADVICE › ① 「백운소설」은 시화집의 성격으로 수필류의 원조라 할 수 있다. 「열하일기」는 박지원이, 「역옹패설」은 이제현이, 「독사수필」은 이민구가 지었다.

6 베이컨형 수필의 특징이 아닌 것은?

① 설화적   ② 객관적

③ 사회적 문제   ④ 포멀 에세이

ADVICE › ① 몽테뉴형 수필의 특징이다.

몽테뉴형	베이컨형
인포멀 에세이	포멀 에세이
내면적, 영적 문제	사회적 문제
명상적	의론적
설화적	경구적
주관적	객관적
경수필에 가까움	중수필에 가까움

7 수필에 해당하지 않는 작품은?

① 「산성일기」   ② 「계축일기」

③ 「조침문」   ④ 「박씨전」

ADVICE › ④ 「박씨전」은 고전소설이다. 수필에 해당하는 작품으로는 「계축일기」, 「한중록」, 「산성일기」, 「의유당일기」, 「조침문」, 「규중칠우쟁론기」 등이 있다.

A<small>NSWE</small>R   4.③ 5.① 6.① 7.④

8 중수필에 해당하는 내용은?

① 신변적인 소재가 많다.　　② 개인적인 감정을 주로 드러낸다.
③ 베이컨적 수필이라 한다.　　④ 연문장적인 글이다.

ADVICE ＞ ①②④는 경수필에 해당한다.

9 수필의 특성에 해당하지 않는 것은?

① 해학성이 있다.　　② 개성의 문학이다.
③ 예술적인 가치가 있다.　　④ 정형적인 형식을 중시한다.

ADVICE ＞ ④ 수필은 무형식의 형식을 지니고 있으므로 정형적인 형식을 중시한다고는 볼 수 없다.

10 다음 중 수필의 특성이 아닌 것은?

① 고백문학　　② 논리적 문학
③ 심미적 문학　　④ 서정적 문학

ADVICE ＞ ② 수필의 특성은 붓 가는 대로 쓴 글로 자신의 주관대로 자신의 경험하고 느낀 것을 풀어내는 글이다. 따라서 논리성과는 거리가 멀다.

11 다음 중 경수필의 특징은 무엇인가?

① 개인적이다.　　② 베이컨적 수필이다.
③ 객관적 표현이다.　　④ 지적이다.

ADVICE ＞ ① 경(輕)수필은 우리 주변에서 일어난 가벼운 이야기, 자신의 신변잡기적이고 개인적 이야기를 주소재로 삼는다.

12 수필의 특성으로 보기 어려운 것은?

① 해학적이고 비평정신을 갖추었다.　　② 심미적, 예술적 가치를 지닌다.
③ 체계적인 형식이 있다.　　④ 개성이 강하게 드러난다.

ADVICE ＞ ③ 수필은 형식이 없는 것이 특징이다.

Aɴsᴡᴇʀ　8.③　9.④　10.②　11.①　12.③

13 '수필은 난이요, 학이요, 청초하고 몸맵시 날렵한 여인'이라고 할 때, 그 의미로 알맞은 것은?

① 수필은 서정적이고, 예민한 감수성의 소산이다.
② 글쓴이의 인생체험에서 우러나온 심소한 사상에 바탕을 둔다.
③ 수필에는 기교와 품격이 달려 있다.
④ 수필은 자조문학이며 고백문학이다.

ADVICE ▸ ① 피천득이 비유한 수필의 특징으로 서정적이고 예민한 감수성의 소산임을 강조한 것이자, 품격 높은 글임을 은연중에 과시하고 있다.

14 수필의 장르 중 '잠'의 성격을 제대로 제시한 것은?

① 훈계의 글   ② 감정을 그래도 드러낸 글
③ 허구적인 글   ④ 사실을 상세히 기록한 글

ADVICE ▸ ① 중국 청나라 때의 요내가 쓴 「고문사류찬(古文辭類纂)」에서 문장을 수 십 가지로 분류한 것으로, '잠'은 훈계의 성격을 지니며 '관잠'과 '사잠'으로 나뉜다.

15 에세이의 어원과 관계가 적은 것은?

① 시험   ② 시금
③ 계획   ④ 연구

ADVICE ▸ ④ essay는 시금, 시험, 계획의 뜻을 가진 프랑스어 'essai'에서 유래되었다.

16 우리나라에서 수필이라는 말이 처음 쓰인 것은?

① 「백운소설」   ② 「열하일기」
③ 「독사수필」   ④ 「용재수필」

ADVICE ▸ ③ 이민구의 「독사수필」에서 수필이라는 용어가 처음 사용되었다.

17 「수상록」을 펴낸 사람으로 자신의 일상적인 일을 고백한 글을 쓴 사람은?

① 프랜시스 베이컨   ② M. E. 몽테뉴
③ 이민구   ④ 어거스트 콩트

ADVICE ▸ ② 「수상록」은 프랑스 출신의 사상가 M. E. 몽테뉴의 에세이이다.

ANSWER   13.① 14.① 15.④ 16.③ 17.②

18 중수필과 연관 있는 것은?

① 몽테뉴적이다. ② 개인적인 감성을 주로 다룬다.

③ 정서적이다. ④ 지적이고 사색적이다.

ADVICE 〉 ④ 중수필은 지적이며 사색적인 글로 베이컨형 수필이다.

19 경수필의 특성으로 적절한 것을 고르면?

① 논리적인 성격이 강하다. ② 베이컨형이다.

③ 보편적 논리와 이성이 중심이다. ④ 시적이며 정서적이다.

ADVICE 〉 ④ 경수필은 시적, 정서적인 글로 몽테뉴형 수필이다.

20 도가와 슈코쓰가 분류한 수필의 다섯 가지에 해당하지 않는 것은?

① 작가 자신의 경험 또는 고백, 자기반성

② 인생 및 인생에 관한 고려 또는 사견

③ 일상 중 중대한 일에 대한 관찰

④ 자연, 즉 천지, 산천, 초목, 화본 혹은 금수, 충어 등

ADVICE 〉 ③ 일상의 사소한 일에 대한 관찰이다.

1 수필이 시나 소설과 다른 점을 논하시오.

2 경수필과 중수필을 비교하시오.

3 몽테뉴형 수필과 베이컨형 수필에 대해 설명하시오.

4 일본의 도가와 슈코쓰가 「현대수필론」에서 분류한 수필의 다섯 종류를 나열하시오.

5 수필을 교술문학으로 보는 견해에 대해 논하시오.

Answer

1. 시는 함축적인 언어로 운율, 이미지, 비유, 상징 등을 고려하여 창작하고, 소설은 플롯, 배경, 시점, 인물, 사건 등 일정한 요소에 대한 고려가 필요하지만 수필의 무형식의 형식으로 형식적인 제약이 없다.

2. 경수필은 가벼운 느낌의 수필로 개인적이고 주관적 표현으로 겉으로 '나'가 드러난다. 시적이고 정적인 몽테뉴적 수필이라고 할 수 있다. 반면 중수필은 무거운 느낌의 수필로 사회적이며 객관적으로 표현하며 '나'가 겉으로 드러나지 않는다. 보편적 논리와 이성으로 짜인 베이컨적 수필이다.

3. 몽테뉴형 수필은 인생의 내면적·영적 문제를 명상적·주관적으로 사색하는 반면 베이컨형 수필은 사회적 문제를 의논적·객관적으로 귀납한다.

4. 일본의 도가와 슈코쓰는 「현대수필론」에서 수필을 작가 자신의 경험 또는 고백·자기반성, 인생 및 인생에 관한 고려 또는 사견, 일상의 사소한 일에 대한 관찰, 자연, 즉 천지·산천·초목·화본 혹은 금수·충어 등, 인간사에 대한 작가의 사견의 다섯 가지로 분류하였다.

5. 서정 양식, 서사 양식, 극 양식의 3분법에 교술 양식을 넣어 제4의 양식으로 보는 견해로, 서정 양식은 시, 서사 양식은 소설, 극 양식의 대표를 희곡이라고 하면 교술 양식의 대표가 수필이라는 것이다.

한 권으로 단박에 합격하기 **독학사**

희곡론

희곡의 본질

①②③④ 맛보기 💡

다음 중 희곡을 바르게 정의하지 않은 것은?

① 무대 상연을 전제로 하는 문학   ② 대화가 유일한 표현 방식인 문학

③ 가장 주관적인 형식의 문학   ④ 인간의 행동을 표출하는 문학

▶ ③ W. 아처는 희곡을 무대 상연을 전제로 하는 문학, 인간의 행동을 표출하는 문학, 가장 객관적인 형식의 문학, 대화가 유일한 표현 방식인 문학으로 정의하였다.

1 희곡의 정의

(1) 희곡의 어원

① 드라마(drama)

ㄱ 어원은 '움직이다'라는 뜻을 가진 'dran'이다.

ㄴ 희곡이 연극 등 무대 상연을 위한 대본이라 할 때 배우들이 무대 위에서 연기를 하는 것, 즉 행동을 통한 문학이라는 의미이다.

ㄷ 행동중심의 문학이 희곡이라 할 수 있는데, 그 어원에서 이러한 특징을 뽑아낼 수 있다.

② play

ㄱ '놀다'의 의미로 배우가 무대 위에서 한바탕 신나게 노는 것 정도로 해석할 수 있다.

ㄴ 희곡과 유사한 양식인 우리 전통의 꼭두각시놀음이나 양주별산대놀이 등과 같은 전통극도 이와 유사한 형태라고 볼 수 있다.

ㄷ 동서양 모두 연극이나 희곡의 뿌리가 같다.

(2) W. 아처의 희곡의 정의

일반적으로 희곡의 정의는 영국의 이론가인 W. 아처의 이론을 들어 설명한다.

① 무대 상연을 전제로 하는 문학→무대 상연

② 인간의 행동을 표출하는 문학→행동

③ 가장 객관적인 형식의 문학→객관적

④ 대화가 유일한 표현 방식의 문학→대화

즉, "희곡이란 무대 상연을 전제로 하며, 인간의 행동과 대화를 통해 관객에게 직접 작가의 의도를 전달하려는 문학"이라 할 수 있다.

2 희곡의 특징

(1) 희곡의 이중성

① 희곡은 무대 상연을 전제로 한다는 점에서 연극적 특질을 지니는 것과 함께 그 자체만으로도 문학적인 특질을 지니고 있다.

② 결국 희곡이 지니는 이중성은 문학적 특질과 연극적 특질을 함께 가지고 있다는 것이다. → 희곡의 이중성＝연극적 특질＋문학적 특질

(2) 희곡의 문학적 특질

① 레제드라마(lesedrama)

  ㉠ 일반적인 희곡과 다르게 무대상연의 목적이 아니라 읽기 위해 존재하는 희곡을 말한다.

  ㉡ 그 예로 괴테의 「파우스트」, H. 하우프트만의 「조용한 종」 등이 있다.

② 희곡과 소설

  ㉠ 희곡에도 인물과 사건이 있기 때문에 소설과 유사한 면이 상당히 많다.

  ㉡ 몰턴의 문학형태도 : 희곡은 표출이, 소설은 서술을 중요한 요소이다.

  ㉢ 희곡과 소설의 비교

구분	길이 제한	배경의 제한	표현 방법	수용자
희곡	상연시간의 제한	무대 상연이므로 배경 또한 제한	행동과 대화	관객
소설	길이에 제한이 없다.	배경 설정이 자유롭다.	서술과 묘사	독자

(3) 희곡의 특질

① 희곡에서의 연극성 : 무대 위에서 상연될 것을 전제로 하는 연극적 성격이 있다.

② 희곡에서의 행동 : 희곡은 무대에서 배우의 행동과 대사를 통해 직접적으로 관객에게 전달된다.
   → 이는 희곡이 현재형으로 기술되는 현재진행형의 문학이라는 특징과 연결된다.

③ 희곡에서의 대화 : 희곡은 무대 위에 등장하는 등장인물의 대화에 의해서 진행된다.

> **희곡의 특징**

① W. 아처의 정의
   ㉠ 무대 상연을 전제로 하는 문학
   ㉡ 인간의 행동을 표출하는 문학
   ㉢ 가장 객관적인 형식의 문학
   ㉣ 대화가 유일한 표현 방식의 문학
② 희곡의 이중성＝연극적 특질＋문학적 특질
③ 레제드라마 : 읽기 위해 존재하는 희곡
④ 희곡의 중요한 특질 : 연극성, 행동, 대화

(4) 희곡의 삼일치론

① 사건의 일치 : 극의 줄거리가 일관된 단일한 것이어야 한다. → 사건의 통일성

② 시간의 일치 : 극의 행위는 지속시간이 1일 24시간 이내여야 한다. → 시간의 통일성

③ 장소의 일치 : 5막을 통하여 동일한 장소여야 한다.

④ 오늘날에 와서는 사건의 일치를 중시하며 시간의 일치와 장소의 일치는 경시되고 있다.

확인문제

1 W. 아처가 내린 희곡의 정의에 따르면 희곡이란 '(   )을/ 전제로 하며, 인간의 (   )와/과
   (   )을/를 통해 관객에게 직접 작가의 의도를 전달하려는 문학'이라고 할 수 있다.

   ▶ 무대 상연, 행동, 대화

2 희곡은 문학적 특질과 연극적 특질을 함께 가지는 이중성이 있다. (O, ×)

   ▶ O 희곡은 무대 상연을 전제로 한다는 점에서 연극적 특질을 지니는 것과 함께 그 자체만으로도 문학적인
   특질을 지니고 있다.

3 희곡의 삼일치란, (   ), (   ), (   )의 통일성을 말한다.

   ▶ 사건, 시간, 장소

02 CHAPTER

희곡의 요소

 맛보기

다음에 제시된 희곡의 구성단계는?

> 극의 해결을 향해 나아가는 부분으로 관중의 긴장을 새로운 방향으로 전환시킨다.

① 발단   ② 상승
③ 정점   ④ 하강

▶ ④ 하강은 극의 해결을 향해 나아가는 부분으로 관중의 긴장을 새로운 방향으로 전환시킨다. 극적 효과의
상승을 위해서는 관객의 예상을 뛰어 넘는 반전이 필요하다.

1   희곡의 구조

(1) 고전극의 구조

① 그리스 연극에는 분명한 막의 구분이 없는 것이 특징이다.

② 그리스 희곡들은 유명한 전설에 기본을 둔 경우가 많아 해설의 필요성이 크지 않다.

(2) 희곡의 3막 구성

① 3단 구성 : 처음-중간-끝으로 이루어지는 구성으로 시작-중간-종결의 구조이다.

② 아리스토텔레스의 「시학」 : 희곡 구성에 대한 최초의 언급

> 일정한 크기를 지닌 전체적 행동이라 하는 것은, 전체 중에는 아무런 크기를 가지고 있지 않은
> 전체도 있기 때문이다. 그런데 전체는 시작과 중간과 종결을 가지고 있다. 시작은 그 자신이 필
> 연적으로 다음에 오는 것은 아니고, 그것 다음에 다른 것이 존재하거나 생성하는 성질의 것이다.

> 종결은 이와는 달리 그 자신은 대개 다른 것 다음에 오나, 그것 다음에는 다른 아무것도 오지
> 않는 성질의 것이다. 중간은 그 자신도 다른 것 다음에 오고, 그 다음에 다른 것이 오는 것을 의
> 미한다. 이런 까닭에 잘 구성된 플롯은 아무 데서 시작하고 아무 데서 끝나서는 안 되는 것이다.
> 플롯의 처음과 끝은 이상의 규칙에 부응하지 않으면 안 되는 것이다.

(3) 희곡의 5막 구성

5막 구성은 아리스토텔레스의 3막 구성이 발전된 것으로, G. 프라이타크의 「희곡의 기교」에 제시

① **발단** : 발단은 플롯의 실마리가 제시되는 부분으로 등장인물들은 자연스럽게 소개되며 앞으로 일
어날 사건이 제시되는 부분이다.

  ㉠ 플롯의 전개가 예시되어야 하며 인물이 소개되어야 한다.

  ㉡ 주동인물과 반동인물의 내면적 심리상태, 심리적 갈등과 의미의 투쟁을 가져올 원인이 내포
  되어야 한다.

  ㉢ 시간과 장소, 극적 분위기 등이 제시되어야 한다.

  ㉣ 가능하면 간략하고 자연스러워야 한다.

  ㉤ 너무 긴장되어 있거나 심각해서는 안 되고, 지나치게 강렬해서도 안 된다.

  ㉥ 사건의 방향과 성격을 제시하는 선에서 그쳐야 한다.

② **상승** : 사건이 복잡해지면서 긴장감이 고조되는 부분으로 주동인물과 반동인물 간의 갈등과 투쟁
이 심해진다.

  ㉠ 자연스럽고 합리적인 상승이어야 한다.

  ㉡ 인물과 행동이 성장, 변화, 발전됨으로써 복잡해져야 한다.

  ㉢ 성격과 심리적 갈등이 잘 나타나고 주동세력과 반동세력의 대결과 투쟁이 드러나야 한다.

  ㉣ 발단부분에서 소개되지 않은 새로운 사건이나 인물이 복선 없이 등장해서는 안 된다.

  ㉤ 간선적인 주이야기 외에 복선적인 부수적 이야기가 삽입될 수 있다.

③ **정점** : 행동이 극에 달한 지점으로 심리적 갈등, 투쟁, 대결 등이 최고조에 이르며 극적 위기가
여러 차례 일어나면서 긴장감이 정점에 달하는 부분이다.

  ㉠ 앞에서 전개한 사건의 논리적 귀결이어야 한다.

  ㉡ 정점을 구성하는 조건은 상승의 단계에서 당연히 예정되어 있어야 한다.

  ㉢ 정점의 원인을 외부로부터 플롯 속에 끌어들여서는 안 된다. 대체로 정점은 희곡의 후반부에
  설정되므로 5막 극에서는 4막에, 3막 극에서는 2막의 뒷부분에 설정된다.

④ **하강** : 극의 해결을 향해 나아가는 부분으로, 여기서 '하강'이 뜻하는 의미는 극적 효과가 하강하
는 것이 아니라 주동인물의 운명이 역전되어 하강한다는 의미이다.

ⓒ 논리적이고 필연적인 반전이어야 하며 우발적이거나 인위적인 반전이어서는 안 된다.

　　ⓛ 정점에서 파국을 거쳐 결말에 이르는 부분은 짧은 시간 내에 이루어져야 감정의 카타르시스를 일으킬 수 있다.

　　ⓒ 주된 이야기 외에 부차적인 구성을 효과 있게 처리하여 극의 효과를 높이도록 한다.

⑤ 대단원 : 주동인물과 반동인물 사이의 갈등과 투쟁이 해소되고 해결되는 부분으로 관객은 정점－하강－대단원에 이르는 동안 감정의 카타르시스를 느낄 수 있다.

　　ⓒ 무엇보다 이 부분은 간략히 처리되어야 한다. → 관객을 긴장 상태에서 해방시키는 시간이 길면 길수록 그 효과가 반감되기 때문이다.

　　ⓛ 극적 행위에 있어서는 그 행위가 자극한 모든 의문에 대하여 관객이 충분히 이해할 수 있도록 도와야 한다.

> **희곡의 구조**

① 고전극의 구조 : 막의 구분이 없음
② 희곡의 3막 구성 : 시작－중간－종결(아리스토텔레스의 「시학」)
③ 희곡의 5막 구성 : 발단－상승－정점－하강－대단원

2　희곡의 언어

(1) 무대지시문

① 무대의 상황을 설명하는 것으로 지문이라고도 한다. → 이러한 성격상 정보전달의 기능이 강하다.

② 등장인물의 분위기, 배우의 행동이 이루어지는 장소와 등·퇴장 장소를 알려준다.

③ 대사를 제외한 모든 일에 대한 지시는 무대지시문에 의해 이루어진다.

④ 현대로 올수록 과거보다 많은 무대지시문이 쓰이는 경향이 있다.

(2) 대화(dialogue)

① dialogue는 그리스어 'dia logos'에서 유래한 말로 둘 이상의 인물이 주고받는 극중의 모든 대사를 말한다. → 하나의 인물이 혼자 말하는 것은 대화가 아니다.

② 순간의 분위기와 기분을 압축적으로 나타내야 한다.

③ 대화의 조건

　　ⓒ 성격을 나타내고 플롯을 진행시켜야 한다.

  ⓛ 자연스러운 대화이어야 한다.

  ⓒ 간략하고 집중화된 대화이어야 한다.

(3) 독백(monologue)

① 독백은 무대 위에서 한 사람의 인물이 혼자 말하는 대사이다.

② 해밀턴의 독백 구분

  ㉠ **구성적 독백**: 플롯의 진행을 설명하기 위한 독백

  ⓛ **묵상적 독백**: 인물의 심리를 묘사하기 위한 독백

(4) 방백

① 방백은 화자가 하는 말이 상대역에는 들리지 않는다고 설정한 채 말하는 대사이다.

② 관례상 독백보다 짧게 처리한다.

③ 진행되고 있는 사실에 대한 논평에 효과적이다.

▶   **희곡의 언어**

① 무대지시문
② 대화 : 둘 이상의 인물
③ 독백
④ 방백 : 상대방은 들을 수 없음

---

3   희곡의 인물

희곡의 인물이란 등장인물의 성격과 특성을 의미한다. 이러한 등장인물의 성격은 대화와 행동을 통해 표출된다.

(1) 인물의 특성

① 집중화되고 압축된 인물

  ㉠ 희곡에 등장하는 인물들은 무대 위에서 보이는 특성으로 말미암아 집중화되고 압축되어야 한다.

  ⓛ 브룩스

   • 극작가는 등장인물의 수에 있어서 소설의 경우보다 훨씬 많은 제약을 받고 있다.

- 극작가의 경우에는 2~3인의 인물에게 주된 행동을 집중시키지 않으면 안 된다. 이런 까닭에 극작가의 경우 주인공을 선택하는 일이 매우 중요하다.
- 희곡에서의 등장인물은 소설의 경우보다 더욱 큰 상징적 의미를 지니고 있다.

② 전형적인 인물

　　㉠ 희곡의 인물은 개성적인 동시에 전형적이어야 한다.

　　㉡ 희곡은 무대 상연을 전제로 하고 시간적인 제약 때문에 전형성을 지닌 인물이 등장하는 것이 좋다. → 짧은 시간 안에 인물의 모습을 두드러지게 보여주기 위해서는 전형성을 지닌 인물이 가장 적절하기 때문이다(실제적인 필요성).

　　㉢ **경험의 산물** : 전형적인 인물의 제시를 통해 인간성의 거울을 보여준다.

③ 개성적인 인물

　　㉠ 작가가 만들어낸 독창적인 인물이다. → 이 인물에 여러 사람이 공감하게 되면 전형적인 인물이 된다.

　　㉡ 햄릿은 존재의 본질, 선악, 진실과 거짓, 가족 관계 등으로 인해 복수심에 불타는 인물로, 복수극에 나오는 여타의 인물과는 다른 개성적인 면모를 보인다.

(2) 희곡에서의 인물 성격묘사

① 등장인물의 성격은 대화와 행동을 통해 구현된다.

② W. H. 허드슨 「문학연구서설」

　　㉠ 플롯에 의한 성격묘사는 행동하고 있는 인물에 의해 이루어지기 때문에 성격 중 뚜렷한 점밖에 표현할 수가 없다. 그러므로 인물이 뚜렷하고 단순하지 않으면 안 된다.

　　㉡ 대화는 대체로 말하는 사람의 성격과 행동을 드러내는데, 그것들이 자연스럽게 나타나야 한다.

　　㉢ 주인공의 대화가 아니라 다른 인물의 언급을 통해서 간접적으로 극중 인물의 성격을 표현할 수도 있다.

(3) 인물의 유형

① 돈키호테형

　　㉠ 세르반테스의 소설 「돈키호테」에서 유래된 인물형이다.

　　㉡ 희극적이고 외향적 성격을 지닌 인물로 과대망상적인 공상가로서의 모습을 지니고 있다.

　　㉢ 이상을 위해서는 자신의 생명을 버리고 목표를 향하여 달려가는 실천형의 인물이다.

② 햄릿형

　　㉠ 비극에 어울리는 인물형이다.

　　㉡ 예민하고 내향적 성격, 결단력이 약하여 우유부단한 인물형이다.

① 집중화되고 압축된 인물
② 전형적인 인물
③ 개성적인 인물
④ 돈키호테형 인물 : 희극적이고 외향적 성격을 지닌 인물, 과대망상적인 공상가
⑤ 햄릿형 인물 : 예민하고 내향적 성격, 결단력이 약하고 우유부단

확인문제

1 희곡의 구성에 대해 최초로 언급한 곳은?

▶ 아리스토텔레스의 「시학」

2 (　　　)은/는 플롯의 실마리가 제시되는 부분으로 등장인물들은 자연스럽게 소개되며 앞으로 일어날 사건이 제시되는 부분이다.

▶ 발단

3 희곡의 상승 단계의 특징으로 가장 옳지 않은 것은?

① 자연스럽고 합리적이어야 한다.
② 인물과 행동이 성장, 변화, 발전됨으로써 복잡해져야 한다.
③ 성격과 심리적 갈등이 잘 나타나고 주동세력과 반동세력의 대결과 투쟁이 드러나야 한다.
④ 발단부분에서 소개되지 않은 새로운 사건이나 인물이 등장한다.

▶ ④ 발단부분에서 소개되지 않은 새로운 사건이나 인물이 복선 없이 등장해서는 안 된다.

4 희곡의 언어 중 대화의 특징으로 볼 수 없는 것은?

① 순간의 분위기와 기분을 압축적으로 나타내야 한다.
② 성격을 나타내고 플롯을 진행시켜야 한다.
③ 자연스러운 대화이어야 한다.
④ 상세하고 확산된 대화이어야 한다.

▶ ④ 희곡의 대화는 간략하고 집중화되어야 한다.

5 희극적이고 외향적 성격을 지닌 인물로 과대망상적인 공상가로서의 모습을 지니고 있는 인물 유형은?

▶ 돈키호테형

희곡의 종류

맛보기

희극과 비극의 비교한 것으로 바른 설명은?

① 희극은 개성적인 타입을 묘사하지만 비극은 보편적인 타입을 묘사한다.
② 희극은 외면적 관찰에 기초하고 비극은 내면적 관찰에 기초한다.
③ 희극은 단순히 자연에 복귀하는 것이라면 비극은 사회생활을 교정한다.
④ 희극은 삶의 인상을 창조하지만 비극은 사회적 경각심을 불러일으킨다.

▶ ① 희극은 보편적 타입을 묘사하지만 비극은 개성적 타입을 묘사한다.
　 ③ 희극은 웃음을 자아내어 사회생활을 교정하는데 비해 비극은 사회와의 관계를 끊고 단순히 자연에 복귀한다.
　 ④ 희극은 유머와 위트를 통해 관객이나 독자의 교정을 요구하고 사회적 경각심을 불러일으킨다. 반면 비극은 내면으로 파고들어 삶의 인상을 창조한다.

1 비극

(1) 비극의 정의

① 「옥스퍼드 사전」 : 비극은 고양된 주제와 묘사를 가지고 불행한 결말을 맺는 산문이나 운문으로 된 드라마를 뜻한다.

② 어원 : tragedy의 어원은 그리스어 'tragoidia'로 tragos(산양)+ode(노래)의 결합니다. 의미는 다음의 네 가지 중 하나로 디오니소스의 축제에서 출발했다는 공통점이 있다.

　㉠ 산양의 꽁지를 달고 사티로스(고대 디오니소스 축제에 나오는 반인반수의 수풀의 신)로 분장한 자들이 부르는 노래
　㉡ 상으로 건 산양을 얻기 위해 다투어 부르는 노래
　㉢ 제물로 바쳐진 산양을 둘러싸고 부르는 노래
　㉣ 산양의 노래

(2) 비극의 특성

① **비극과 운명의 관계** : 비극이 불행한 결말로 이어진다는 점에서 보면 비극과 운명은 매우 밀접한 관계를 지닌다고 볼 수 있다.

② **비극의 갈등**

    ㉠ 그리스 고전 비극 : 인간인 주인공과 신과의 갈등

    ㉡ 근대 고전 비극 : 인간의 내면을 둘러싼 갈등

    ㉢ 근대극 : 인물과 사회의 갈등

③ **비극의 효과** : 비극은 연민과 공포를 통해 감정의 정화, 즉 카타르시스를 일으킨다.

    ㉠ 연민 : 등장인물에 대해 불쌍하다고 느끼는 감정으로 타인에 대한 감정이라고 할 수 있다.

    ㉡ 공포 : 등장인물이 겪는 비극적 사건에 대한 공포로, 이런 사건이 자신에게도 일어날 수 있다는 두려움 즉, 자신에 대한 감정이라고 할 수 있다.

④ **비극의 특징**

    ㉠ 비극은 진지하고 장중한 분위기를 자아내며 선악의 대결로 이루어진 경우가 많다.

    ㉡ 비극의 주인공은 선인이지만 비극적 결함을 지닌 인물로 등장하면서 비극적 결말을 맞게 된다.

    ㉢ 비극적 결함 : 주인공의 결점으로 예를 들어 햄릿의 경우 우유부단한 성격이 결점이 되어 결국 죽음에 이르게 한다.

    ㉣ 결말 : 비극은 주인공의 파멸로 비참한 결말을 맞는다. 자신의 눈을 후벼 파고 황야를 방황하는 오이디푸스나 아내를 목매어 죽인 후 자신도 자결하는 오셀로 등은 비참한 결말을 맞은 비극적 주인공이라고 할 수 있다.

> **비극**

① **비극의 어원에 나타나는 공통점** : 디오니소스 축제에서 출발
② **비극의 효과** : 감정의 정화, 카타르시스

---

2   희극

(1) 희극의 정의

① **「옥스퍼드 사전」** : 희극은 경쾌하고 재미있고 때로는 풍자적인 인물이 주로 행복한 결말을 맺는 일상생활을 상연하는 무대극이다.

② **어원** : comedy의 어원은 'comoidia'로 두 가지 의미가 있다.

    ㉠ comos+ode : '행렬의 노래'라는 의미로, 희극이 축제 때 행렬을 지어 노래하며 춤추는 군상들이 주고받는 웃음거리의 말에서 출발했다고 보는 견해이다.

    ㉡ como+ode : '시골의 노래'라는 의미로, 비극이 귀족적인 예술이라면 희극은 지극히 평민적이고 서민적인 예술이다.

③ J. 가스너 「희곡의 주인공」: 희극의 어원인 소위 말하는 Comuses에는 성적 의식이 매우 충만해 있다. 새나 닭, 또는 말이나 돌고래로 분장한 배우(처음에는 전문가가 아닌 보통의 시민들이었음)들이 장대에 커다란 남성의 성기를 높이 걸고 노래하며 춤을 추었던 것이다. 그 노래들은 주문으로 가득 차고 종교적 성격을 띠었다 해도 성적 마법의 문자적 요소는 매우 비열한 것이었다.

(2) 유머와 위트

① 유머(humor) : 원래는 중세 시대에 인간의 성질을 구분하던 생리학적 용어이다. 18세기에 이르러 산문문학의 발달과 함께 정답고 긍정적인 형태의 희극성을 가리키는 용어로 의미가 확장되었다.

② 위트(wit) : 이질적 관념들을 연결시켜 모순과 해결을 통해 순간적으로 전환하여 우스꽝스러운 효과를 연출하는 문학의 지적 조작으로 아이러니를 만들어내는 중요한 요소이다.

③ 유머와 위트의 비교

구분	유머(humor)	위트(wit)
특징	성격적, 기질적	지적
표현 범주	태도, 동작, 표정, 말씨 등에 광범위하게 나타남	언어적 표현과 함께 나타나야 한다.
태도	동료인간에 대하여 선의를 가지고 그 약점, 실수, 부족함을 다 같이 즐겁게 시인하는 공감적 태도를 취함	서로 다른 사물에서 남이 보지 못하는 유사점을 찾아내고 그것을 경구나 격언 같은 압축되고 정리된 말로 능숙히 표현하는 지적 능력임
경향	밖으로 확장	집약적이며 안으로 파고 듦
속도	느림	빠름
성격	자연적	기술적

④ 희극의 효과 : 희극은 웃음이라는 방법을 통해서 사회적 경각심을 불러일으키고, 웃음 속에서 건강한 자를 더욱 건강하게 만든다.

(3) 희극의 특징

① **인물** : 희극의 인물은 고정된 성격을 지니고 있으며 몰개성적인 전형적 인물에 크게 의존하는 경우가 많다. 또한 완전무결한 악인이 아니라 한편으로는 악덕을 지니고 있으면서도 인간적인 과오, 우둔함, 추악함도 함께 지니는 인물로 설정된다.

② **표현 대상** : 희극은 일상생활의 불합리와 모순, 사회와 인간의 비정함을 드러낸다.

③ **비판정신** : 유머, 위트 등을 활용하여 불합리한 사회를 꼬집고, 인간의 사악성을 비판한다. →비극에 비해 지적이며 비판정신이 따른다.

④ **행복한 결말** : 주인공은 처음에는 고통과 고난에 시달리지만 결국에는 행복한 결말로 끝나게 된다.

⑤ **웃음** : 대상을 조롱하고 꼬집는 가운데 웃음이 유발될 수 있다.

(4) 희극의 종류

희극의 종류에는 소극, 코미디어 델라르테, 풍속희극, 최루희극이 있다.

① **소극(笑劇)** : 해학을 기발하게 표현하여 사람을 웃길 목적으로 지은 비속한 연극으로 저속한 코미디라 할 수 있다.

② **코미디아 델라르테(commedia dell'arte)** : 이탈리아 민간의 직업배우들에 의한 즉흥 희극으로 16세기 초에서 18세기 초까지 성행하였다.

③ **풍속희극(comedy of manners)** : 영국 17세기 후반기에 성행한 희극으로 상류사회의 풍습, 즉 사치하고 음란하던 왕정복고 시기의 귀족사회를 묘사하였다.

④ **최루희극(催涙喜劇)** : 눈물희극이라고도 하며 풍속희극이 남긴 건조하고 두드러진 웃음에 대한 반동으로 출현했다. 고전비극과 희극의 어느 쪽에도 속하지 않는 시민극의 일종으로 지적 능력보다는 감상에 의존하는 희극을 말한다.

> **희극의 종류**
① 소극 : 사람을 웃길 목적으로 지은 비속한 연극으로 저속한 코미디
② 코미디아 델라르테 : 즉흥 희극
③ 풍속희극 : 상류사회의 풍습 묘사
④ 최루희극 : 눈물희극, 풍속희극이 남긴 건조하고 두드러진 웃음에 대한 반동으로 출현한 연극

3 희비극

① 희비극은 희극과 비극의 특징이 함께 섞여 있는 것이라고 할 수 있다.

② 어떤 사건, 상황, 운명이 비장한 감동을 일으키며, 동시에 골계의 인상을 주는 데서 성립되는 일종의 미적 형태이다.

③ 희비극은 의식적으로 제작된 것은 아니고 우연히 시험된 것에서 출발하였다.

④ 희극과 비극의 차이를 통해 희비극을 의미를 파악할 수 있다.

   ㉠ 비극은 개성을 묘사하지만 희극은 보편적 타입을 묘사한다.

   ㉡ 비극의 창작방법은 내면적 관찰에 기초하지만 희극의 창작방법은 외면적 관찰에 기초하고 있다.

    • 비극의 작가는 주위의 현실에서 무엇인가를 가져다가 그것을 재구성하는 것이 아니고 자기를 내면적으로 파고들어가 삶의 인상을 창조한다.

    • 희극은 외면적 세계에서 유사한 경우를 모아 그것을 비교하고 본질적인 것을 추상화하며 보편화하여 어떤 타입을 창조하는 것이다.

   ㉢ 비극은 사회와는 관계를 끊고 단순히 자연에 복귀하는 것인데, 희극은 웃음을 만들어 가면서 사회생활을 교정하는 것이다. → 비극의 경우 사회에 무관심하지만 희극은 매우 깊은 관심을 갖고 있다.

확인문제

1 비극의 주인공은 선인이지만 (　　　)을/를 지닌 인물로 등장하면서 비극적 결말을 맞게 된다.

   ▶ 비극적 결함

2 눈물희극이라고도 하며 풍속희극이 남긴 건조하고 두드러진 웃음에 대한 반동으로 출현한 희극의 종류는?

   ▶ 최루희극

3 비극은 보편적 타입을 묘사하지만 희극은 개성을 묘사한다.(O, ×)

   ▶ × 비극은 개성을 묘사하지만 희극은 보편적 타입을 묘사한다.

출제예상문제

📖 객관식

1 희곡에 대한 설명으로 알맞은 것은?

① 가장 주관적 형식의 문학이다.
② 서술이 유일한 표현방식의 문학이다.
③ 인간의 행동을 표출하는 문학이다.
④ 읽기 위해 만들어진 문학이다.

ADVICE › ① 희곡은 가장 객관적인 형식의 문학이다.
② 대화가 유일한 표현방식의 문학이다.
④ 희곡은 무대 상연을 무대 상연을 전제로 한다.

2 읽기 위한 희곡을 나타내는 용어는?

① 레제드라마
② 대본
③ 각본
④ 시나리오

ADVICE › ① 연극이 요구하는 조건이나 제약의 구분 없이 순수한 문학적 형식의 희곡을 레제드라마 (lesedrama)라고 한다.

3 희곡과 소설의 관계에 대해 잘못 말하고 있는 것은?

① 희곡은 상연시간의 제약이 있으나 소설은 길이에 제약이 없다.
② 희곡은 배경의 제약이 있으나 소설은 배경의 설정이 자유롭다.
③ 희곡은 서술을 통해 극이 진행되며 소설은 대화를 통해 극이 진행된다.
④ 희곡의 수용자는 관객이고, 소설의 수용자는 독자이다.

ADVICE › ③ 희곡은 행동과 대화만으로 표현해야 하는 문학이며, 소설은 서술과 묘사를 통해 표현하는 문학이다.

A_{NSWE_R} 1.③ 2.① 3.③

4 희곡의 특질로 보기 어려운 것은?

① 연극성   ② 행동
③ 대화   ④ 비유

ADVICE › ④ 희곡의 특질에는 '희곡에서의 연극성', '희곡에서의 행동', '희곡에서의 대화'의 세 가지가 있다.

5 희곡에 대한 설명이 잘못된 것은?

① 등장인물의 대사와 행동이 중요하다.
② 서술자가 존재하여 극을 이끌어나간다.
③ 무대 위에서 상연할 것을 전제로 한다.
④ 희곡을 일컬어 표출 형식이라고도 한다.

ADVICE › ② 서술자가 등장하는 것은 희곡이 아니라 소설이다.

6 희곡에서 이야기를 이끌어가는 중추적인 요소는?

① 무대   ② 의상
③ 대화   ④ 독백

ADVICE › ③ 희곡은 대화와 행동의 문학이라 할 정도로 대화와 행동이 중요한 역할을 한다.

7 (   ) 안에 들어갈 말로 알맞은 것은?

> 연극이 요구하는 조건이나 제약의 구분 없이 순수한 문학적 형식의 희곡으로 괴테의 「파우스트」, H. 하우프트만의 「조용한 종」이 여기에 속하는데, 읽기 위한 목적으로 만들어진 희곡을 지칭하는 용어를 (   )(이)라고 한다.

① 레제드라마   ② 대본
③ 각본   ④ 시나리오

ADVICE › ① 레제드라마는 18~19세기에 걸쳐 유럽에서 유행한 것으로, 무대 상연이 목적이 아닌 독서를 하기 위한 목적으로 쓰였다. 따라서 보통의 희곡보다 문학성에 중점을 둔다.

8 희곡과 소설에 대한 설명으로 보기 어려운 것은?

① 소설의 인물은 압축적인 인물이며, 희곡의 인물은 유형적인 인물이다.
② 소설은 서술과 묘사가 중심이나 희곡은 행동과 대화가 중심이다.
③ 배경의 설정이 희곡에서보다 소설에서 더 자유롭다.
④ 길이에 있어서 소설보다 희곡이 더 제약이 심하다.

ADVICE 〉 ① 희곡의 인물은 집중화되고 압축된 인물, 전형적인 인물, 개성적인 인물이어야 한다.

9 희곡을 설명하는 것을 고르면?

① 대사에는 제약이 없다.　　　　　② 무대 상연을 전제로 한다.
③ 배경의 설정이 자유롭다.　　　　④ 상연 시간의 제한이 없다.

ADVICE 〉 ② 희곡은 무대 상연을 위해 만들어진 문학이다.

10 (　　　) 안에 들어갈 공통적인 희곡의 요소는?

> • 아리스토텔레스는 「시학」에서 "비극의 가장 강력한 매력인 발견과 급전은 (　　　)에 의한 것이다."라고 하였다.
> • S. 영은 "(　　　)은/는 따로따로 보거나 고립시키기 어렵기 때문에 그것 자체는 극 중에서 놓치기 쉬운 요소이나 그 효과는 가장 뚜렷하고 확정적이다."라고 하였다.
> • 가스너는 "(　　　)은/는 단순히 연결된 상황이 아니고 성격과 상황의 상호작용이다."라고 하였다.

① 언어　　　　　　　　　　　　② 희곡
③ 플롯　　　　　　　　　　　　④ 인물

ADVICE 〉 ③ 희곡의 구성요소 중 가장 중요한 것은 플롯이다.

11 희곡의 대화로 보기 어려운 것은?

① 성격을 나타내고 플롯을 진행시킨다.　　② 자연스러운 대화이어야 한다.
③ 간략하고 집중화된 대화이어야 한다.　　④ 고유어를 가급적 많이 사용하여야 한다.

ADVICE 〉 ①②③은 희곡의 대화가 갖는 세 가지 조건이다.

A_{NSWE}R　8.① 9.② 10.③ 11.④

12 희곡의 특징으로 적절하지 않은 것은?

① 무대상연을 전제로 하는 문학　　② 인간의 행동을 표출하는 문학
③ 가장 주관적인 형식의 문학　　④ 대화가 유일한 표현 방식의 문학

ADVICE 〉 ③ 희곡은 가장 객관적인 형식의 문학이다.

13 희곡의 이중성에 대한 설명은?

① 희곡에는 연극적 특질과 문학적 특질이 있다.
② 희곡에는 산문의 특질과 운문의 특질이 있다.
③ 희곡에는 인물의 특질과 배경의 특질이 있다.
④ 희곡에는 무대의 특질과 음향의 특질이 있다.

ADVICE 〉 ① 희곡의 이중성이란 무대 상연이라는 연극적 특질과 글로 되었다는 문학적 특질을 동시에
지니고 있다는 것이다.

14 레제드라마에 대한 설명으로 적절한 것은?

① 하루 동안에 있던 일을 극으로 꾸민 희곡
② 희극과 비극이 함께 어우러진 희곡
③ 주인공이 여럿 등장하는 희곡
④ 읽기 위해 존재하는 희곡

ADVICE 〉 ④ 레제드라마는 독서를 위해 쓰인 희곡이다.

15 고전극의 특징으로 적절한 것은?

① 3단 구성으로 되어 있다.
② 아리스토텔레스의 「시학」에서 유래한다.
③ 발단-상승-정점-하강-대단원으로 되어 있다.
④ 막의 구분이 없다.

ADVICE 〉 ④ 그리스 고전 연극에는 막의 구분이 없는 것이 특징적이다.
①② 3막 구성에 대한 설명이다.
③ 5막 구성에 대한 설명이다.

Answer　12. ③　13. ①　14. ④　15. ④

16 주동인물의 운명이 역전되는 구성 단계는?

① 발단 　　　　　　　　　　② 상승

③ 정점 　　　　　　　　　　④ 하강

ADVICE 》 ④ 하강은 극적 효과가 하강하는 것이 아니라 주동인물의 운명이 역전되어 하강하는 것을 의미한다.

17 대화의 조건으로 적절하지 않은 것은?

① 자연스러워야 한다. 　　　　　② 가급적 길어야 한다.

③ 집중화된 대화여야 한다. 　　　④ 성격을 나타내야 한다.

ADVICE 》 ② 간략하고 집중화된 대화여야 한다.

18 희곡의 언어 중 관객이 들을 수 없는 것은?

① 무대지시문 　　　　　　　　② 대화

③ 독백 　　　　　　　　　　　④ 방백

ADVICE 》 ① 대화, 독백, 방백은 관객이 들을 수 있으나, 무대지시문은 인물이 직접 말로 하는 대사가 아니다.

19 비극에 어울리는 인물형으로 예민하여 우유부단한 성격을 일컫는 인물형은?

① 돈키호테형 인물 　　　　　　② 오셀로형 인물

③ 햄릿형 인물 　　　　　　　　④ 오이디푸스형 인물

ADVICE 》 ③ 햄릿형 인물은 비극에 어울리는 인물형으로 예민하고 내향적 성격을 갖고 결단력이 약하며 우유부단하다.

20 카타르시스의 효과가 가장 두드러지게 나타나는 것은?

① 비극 　　　　　　　　　　　② 소극

③ 풍속희극 　　　　　　　　　④ 코미디어 델라르테

ADVICE 》 ① 비극의 효과는 카타르시스에 있다.

ANSWER　16.④ 17.② 18.① 19.③ 20.①

21 희극의 효과로 적절한 것은?

① 건강한 자를 약하게 만든다.　　　② 사회적 경각심을 불러일으킨다.

③ 감정의 정화를 느끼게 한다.　　　④ 카타르시스를 동반한다.

ADVICE › ② 희극은 웃음이라는 방법을 통해서 사회적 경각심을 불러일으키고, 웃음 속에서 건강한 자를 더욱 건강하게 만든다.
　　　③④ 비극의 효과이다.

22 희극의 종류로 보기 어려운 것은?

① 비극　　　　　　　　　　　　② 소극

③ 풍속희극　　　　　　　　　　　④ 코미디어 델라르테

ADVICE › ① 희극의 종류에는 소극, 코미디어 델라르테, 풍속희극, 최루희극이 있다.
　　　※ 희극의 종류
　　　　㉠ 소극 : 해학을 기발하게 표현하여 사람을 웃길 목적으로 지은 비속한 연극
　　　　㉡ 코미디어 델라르테 : 이탈리아 민간의 직업배우들에 의한 즉흥 희극
　　　　㉢ 풍속희극 : 사치하고 음란하던 왕정복고 시기의 귀족사회를 묘사한 희극
　　　　㉣ 최루희극 : 고전비극과 희극의 어느 쪽에도 속하지 않는 시민극의 일종으로 지적 능력보다는 감상에 의존하는 희극

23 상류사회의 풍습을 묘사하며 사치하고 음란하던 귀족사회를 그린 희극은?

① 소극　　　　　　　　　　　　② 코미디어 델라르테

③ 풍속희극　　　　　　　　　　　④ 최루희극

ADVICE › ③ 풍속희극은 영국 17세기 후반기에 성행한 희극으로 사치스럽고 음란하던 왕정복고 시기의 귀족사회를 묘사한다.

24 희곡의 삼일치론에 해당하지 않는 것은?

① 사건의 일치　　　　　　　　　② 시간의 일치

③ 장소의 일치　　　　　　　　　④ 인물의 일치

ADVICE › ④ 희곡의 삼일치에는 사건, 시간, 장소의 일치가 있다.

Aɴꜱᴡᴇʀ　21. ② 22. ① 23. ③ 24. ④

25 독백과 방백에 대한 설명으로 옳은 것은?

① 독백은 관례상 방백보다 짧은 편이다.

② 방백은 관객에게 전달될 수 있도록 충분히 큰 소리로 말해야 한다.

③ 방백은 진행되고 있는 상황에 관해 논평하기에 효과적이다.

④ 독백은 화자가 하는 말이 상대역에는 들리지 않는다고 설정한 채 말하는 대사이다.

ADVICE › ① 관례상 방백이 독백보다 짧다.

② 독백의 대사는 관객에게 전달될 수 있도록 충분히 큰 소리로 말해야 한다.

④ 방백은 화자가 하는 말이 상대역에는 들리지 않는다고 설정한 채 말하는 대사이다.

26 다음은 유머와 위트를 비교한 표이다. 잘못 연결된 것은?

구분	유머(humor)	위트(wit)
㉠ 특징	성격적, 기질적	지적
㉡ 경향	밖으로 확장	집약적이며 안으로 파고 듦
㉢ 속도	빠름	느림
㉣ 성격	자연적	기술적

① ㉠
② ㉡
③ ㉢
④ ㉣

ADVICE › ③ 서로 내용이 바뀌었다. 유머의 속도가 느리고 위트의 속도는 빠르다.

27 다음 (   ) 안에 들어갈 알맞은 말로 바르게 짝지어진 것은?

> 비극은 진지하고 일정한 (   )을/를 가진 것이어야 한다. 또한 어떤 행동을 (   )하는 것이며, 뚜렷한 여러 가지 아름다움으로 고양된 특별한 (   )을/를 사용한다.
> —아리스토텔레스 「시학」 중에서

① 특징 – 창조 – 행동
② 길이 – 모방 – 언어
③ 품위 – 묘사 – 노래
④ 주제 – 표현 – 대화

ADVICE › ② 비극은 진지하고 일정한 길이를 가진 것이어야 한다. 또한 어떤 행동을 모방하는 것이며, 뚜렷한 여러 가지 아름다움으로 고양된 특별한 언어를 사용한다.

ANSWER 25.③ 26.③ 27.②

1   레제드라마에 대해 정의하시오.

2   희곡을 통해 느끼는 연민과 공포에 대해 설명하시오.

3   돈키호테형 인물과 햄릿형 인물에 대해 논하시오.

4   유머와 위트의 특징을 세 가지 이상 비교하여 설명하시오.

Answer

1. 레제드라마는 18~19세기에 걸쳐 유럽에서 유행한 것으로, 무대 상연이 목적이 아닌 독서를 하기 위한 목적으로 쓰인 희곡을 말한다. 따라서 무대 상연을 전제로 한 희곡에 비해 연극성보다는 문학성에 중점을 두며 무대 상연에 따르는 조건이나 제약 없이 순수한 문학적 형식만을 가진다.

2. 연민과 공포는 비극에서 감정의 정화, 즉 카타르시스를 일으키게 하는 요인이다.
   ① 연민 : 등장인물에 대해 불쌍하다고 느끼는 감정으로 타인에 대한 감정이라고 할 수 있다.
   ② 공포 : 등장인물이 겪는 비극적 사건에 대한 공포로, 이런 사건이 자신에게도 일어날 수 있다는 두려움 즉, 자신에 대한 감정이라고 할 수 있다.

3. ① 돈키호테형 : 세르반테스의 소설 「돈키호테」에서 유래된 인물형으로 희극적이고 외향적 성격을 지녔다. 과대망상적인 공상가로서의 모습을 하고 있으며 이상을 위해서는 자신의 생명을 버리고 목표를 향하여 달려가는 실천형의 인물이다.
   ② 햄릿형 : 비극에 어울리는 인물형으로 예민하고 내향적 성격에 결단력이 약하고 우유부단하다.

4. 유머는 성격적·기질적인 반면 위트는 지적인 특성이 있다. 또한 유머는 태도, 동작, 표정 말씨 등에 광범위하게 나타나지만 위트는 언어적 표현과 밀접하게 관계한다. 유머가 밖으로 확장하는 경향을 가지는 것에 비해 위트는 집약적으로 안으로 파고드는 경향이 있다.

한 권으로 단박에 합격하기 **독학사**

비교문학론

비교문학의 개념

1 비교문학의 정의

(1) 비교문학이란

① 비교문학론이란 말 그대로 문학들끼리 서로 비교하는 것이지만, 단순히 두 개 이상의 문학을 비교하는 것은 아니다.

② 비교문학이 성립하기 위한 요건

    ㉠ 비교하는 것이기 때문에 비교 대상이 둘 이상이어야 한다.

    ㉡ 두 민족 이상의 문학이 있어야 한다.

    ㉢ 둘 사이의 공통성이 있는 동시에 독자성 또한 있어야 한다.

    ㉣ 둘 사이에는 서로 영향관계가 성립해야 한다.

③ 비교문학 활동을 통해 세계문학의 개념을 도출할 수 있으며, 우리 문학의 독자성 또한 이해할 수 있다.

(2) 비교문학의 경향

비교문학은 실증주의적 입장, 총체성을 강조한 입장, 절충주의적 입장의 세 가지 경향으로 나누어 볼 수 있다.

① 실증주의적 입장
- ㉠ 프랑스 학파의 입장이 여기에 속하며, 방 띠겜과 귀야르 등이 대표적이다.
- ㉡ 실증주의적 입장은 비교 대상 간에 영향 관계가 반드시 있어야 하며, 영향과 수용을 입증할 수 있는 분명한 자료가 있어야 한다는 점을 강조한다.
- ㉢ 방 띠겜은 본질적으로 여러 나라의 문학 작품을 다루되 그 상호 관련을 연구하는 것이라고 하였고, 귀야르는 비교문학은 단순한 문학의 비교가 아닌 국가 간의 문학적 관계의 역사라고 하였다.

② 총체성을 강조한 입장
- ㉠ 미국 학자들의 입장이며, R. 웰렉이 대표적이다.
- ㉡ 웰렉은 비교문학을 문학사에 한정하여 보지 않고, 국민문학과 일반문학, 문학사와 문학비평을 함께 포괄하여 연구하는 것이 필요하다고 주장하였다.

③ 절충주의적 입장
- ㉠ U. 바이스슈타인과 H. H. H 레마크가 이에 속한다.
- ㉡ 바이스슈타인은 사실 관계의 연구만을 기초로 한 비교문학의 정의가 지나치게 타당성이 없다면 그 반대의 주장, 즉 사실의 규율을 무시하고 단순한 유사성을 존중하는 입장도 역시 과학적으로 정당한 것이 되지 못한다고 주장하였다.
- ㉢ 레마크는 문학이 다른 영역에 해당하는 회화, 조각과 같은 예술은 물론 철학, 역사, 과학 등의 분야와도 서로 비교하여 연구되는 것이 바람직하다고 보았다.

2 비교문학의 역사

비교문학은 1920년대를 기점으로 비교문학의 선사시대와 비교문학의 역사시대로 구분할 수 있다. U. 바이스슈타인에 의하면 선사시대는 "개개의 작가와 작품의 유사성이 주목되고 그것에 대한 연구 논문이 발표되면서도 아직 사실 관계나 실증적인 영향 관계의 규명이 체계적으로 행해지는 단계에까지 이르지 않는 초기의 단계"라고 할 수 있다.

(1) 비교문학의 선사시대

① 생뜨브르몽 : 시간과 공간에 따라 아름다움이라는 것은 변화한다.

② J. G. 헤르더

    ㉠ 민족이나 습관을 고찰할 때 자국의 상황만을 가지고 결론을 내리는 것은 바람직하지 않다.

    ㉡ 문학사를 지역, 시대, 시인이라는 몇 가지 양식을 지닌 문학의 발생, 성장, 변천과 쇠퇴 속에서 하나의 통일체로 파악하여야 한다. → 이 속에서 개별 민족 문학은 그들의 순수성과 본래성 속에 의지하려는 기본적인 실재를 이룩한다.

    ㉢ 초국가적인 시야를 가지고 문학의 지평을 확립해야 한다. → 기후, 풍토, 종족, 사회 환경을 중심으로 문학사가 결정될 수 있다.

    ㉣ 이와 같은 견해는 비교문학이 나아가야 할 바를 제시하였다는 긍정적인 평가를 받지만 고정된 결정론을 내리고 있다는 점에서 한계를 지닌다.

③ 스탈 부인

    ㉠ 스탈 부인의 「독일론」은 프랑스에서 낭만주의 세계성의 자각을 보여준다.

    ㉡ "국가는 외국의 사상을 수용함에 있어서 인색해서는 안 되는데, 그 경우 환대하는 주인은 부의 혜택을 받을 수 있기 때문이다."

    ㉢ 「독일론」은 비교문학사에서 중요한 의의를 지니지만, 학문의 영역으로까지 나아가진 못했다. → 문학보다는 종교, 습관, 법률과 같은 사회적 측면에서 이루어지는 영향관계에 더 관심을 두고 있었기 때문에 본격적인 비교문학의 시작으로는 보기 어렵다.

④ 슐러겔 형제

    ㉠ "문학은 하나의 거대하고, 완전하고 일관되고 조직된 전체를 형성하는데 그 전체는 통일성 속에서 많은 예술 세계를 이해하며, 그 자체는 하나의 독특한 예술품을 이룬다."

    ㉡ 문학은 그 안에 수많은 다양성을 포함하고 있는 것이며, 이는 세계성, 전체성과 연결된다.

    ㉢ 슐러겔 형제에 의해 낭만주의가 유럽 전역으로 퍼졌다.

    ㉣ 슐러겔 형제의 '세계시'는 곧 비교문학과 관련하여 세계주의와 합치된 개념이다.

⑤ 괴테 : 괴테는 문학 국가와의 접촉을 중시하였으며 이를 통하여 문화적 상호 관계를 높이려 하였고, 각국의 문학 속에 잠재해 있는 세계성을 인식하고 '세계문학'을 제창한 바 있다.

(2) 비교문학의 역사시대

19세기 초에는 자국 고유 문학의 특질을 연구하는 한편 외국 문학에 대한 관심이 커져서 이들을 비교하려는 움직임이 나타나기 시작했다.

① 비교문학의 등장

　　㉠ 비교문학은 프랑스에서부터 그 움직임이 일어나기 시작했다.

　　㉡ 1920년대 후반 A. F. 빌르맹과 J. J. 앙뻬르는 자국 고유의 문학적 특질을 밝히기 위해 연구에 초점을 맞추면서 자국 문학의 고유한 특질을 찾기 위한 방편으로 외국문학과의 영향관계에 관심을 가졌다.

　　　• 빌르맹 : 프랑스 문학과 다른 문학과의 비교를 통해 국제적 영향 관계를 다룬다.

　　　• 앙뻬르 : 「제국문학의 비교사」를 통하여 프랑스 비교문학을 주도한다. 앙뻬르의 강의와 논문에서 '비교문학'이라는 용어가 사용되면서 비교문학의 새로운 방법론이 제시되었다.

② 영국의 비교문학

　　㉠ 매튜 아놀드 : 영국에서 '비교문학'이라는 용어를 처음 사용하였다.

　　㉡ 포스네트 : 「비교문학」이라는 저서를 통하여 용어의 사용을 널리 퍼뜨렸으며, 이로 인해 영국의 비교 문학이 보다 활성화 되었다.

③ F. 브륀띠에르 : 국민 문학의 연구만으로는 문학 작품의 특징을 제대로 파악하기 어렵다고 하며, 국제적 관계 조망을 통해 문학의 특징을 살펴볼 필요가 있다고 밝혔다.

확인문제

1 비교문학이 성립하기 위한 요건으로 틀린 것은?

　　① 비교 대상이 셋 이상이어야 한다.
　　② 두 민족 이상의 문학이 있어야 한다.
　　③ 둘 사이의 공통성이 있는 동시에 독자성 또한 있어야 한다.
　　④ 둘 사이에는 서로 영향관계가 성립해야 한다.
　　▶① 비교 대상은 둘 이상이어야 한다.

2 비교문학의 경향 중 (　　　) 입장은 비교 대상 간에 영향 관계가 반드시 있어야 하며, 영향과 수용을 입증할 수 있는 분명한 자료가 있어야 한다는 점을 강조한다.

　　▶ 실증주의

3 비교문학은 1920년대를 기점으로 비교문학의 (　　　)와 비교문학의 (　　　)로 구분할 수 있다.

　　▶ 선사시대, 역사시대

비교문학에 대한 다양한 견해

1 방 띠겜

(1) 영향의 과정

① 방 띠겜은 문학 작품 간 존재하는 영향의 과정을 '발신자−송신자−수신자'로 3단계화하여 설명하였다.

② 영향연구 : 발신자에서 수신자로 향하는 과정에 대한 연구

③ 원천연구 : 수신자에서 발신자 쪽으로 향하는 과정에 대한 연구

(2) 비교문학의 영역

① 발신자 연구

  ㉠ 작가와 작품 사상을 주로 고려해서 작가가 외국 문학에 어떤 영향을 미치게 되었는지를 연구하는데 주력한다.

  ㉡ 작가의 생애를 통하여 외국 문학 또는 문학 유파에 미치게 된 영향 관계를 파악한다.

② 수신자 연구

　　㉠ 작품 속에 담겨 있는 외국 문학 작품의 기원이나 주제, 사상 등에 대한 연구이다.

　　㉡ 원천연구는 다시 세부적으로 '구전 원천-쓰인 원천' 또는 '고립적 원천-종합적 원천'으로 구분할 수 있다.

　　　• 구전 원천은 풍부하지만 막연한 반면 쓰인 원천은 풍부하지는 않지만 분명하다.

　　　• 고립적 원천은 작품 속에 잠재된 외국 문학 작품의 기원을 발견하는 것이고, 종합적 원천은 광범위한 문제에 관계한다.

③ 송신자 연구

　　㉠ 송신자 연구는 문학과 문학을 연결하는 매개체로 중요한 역할을 담당하는 매개자로서 번역과 번역자의 영향을 연구한다.

　　㉡ 이행 : 문학이 언어적 국경을 넘어 이동하는 것으로 이행하는 그 자체 또는 이행의 양상이나 상황이 연구의 대상이 된다.

2 　까레와 귀야르

(1) 까레의 연구

① 까레는 비교문학은 문학사의 일부이며, 국가 간 정신적 관계에 대한 연구라고 하였다.

② 서로 다른 작품들이 어떤 연관성을 맺고 있으며 작가의 생활이나 사상이 어떻게 영향을 미치는지 그들의 상황 관계를 사실적으로 밝히는 것이 중요하다. → 유사성을 찾아 밝히기 보다는 사실 관계를 따져 어떻게 영향을 미치게 되었는지에 대해 초점을 맞춤

③ 작품 자체의 가치에 대한 연구보다는 작품을 수용하는 과정에서 어떻게 변형시키고 차용했는지에 대해서 더 큰 관심을 가졌다.

(2) 귀야르의 연구

① 전달자 : 책과 사람이 전달자의 역할을 수행한다고 보았다.

　　㉠ 책 : 비평서, 신문, 잡지, 번역서, 여행기, 사전 등

　　㉡ 사람 : 작가의 영향력을 고려한 결과

② 문법서나 여행기에 대해서는 추적을 해야 할 필요가 있다. → 그 나라의 이미지를 형성하는 데 이것들이 활용될 수 있고, 외국어에 대해서 어떻게 이해하고 있는지, 그 나라에 대해서 어떻게 이해하고 있는지에 대해서 문법서와 여행기가 제 역할을 할 수 있다.

▶ 비교문학에 대한 견해

① 방 띠겜 : 발신자-송신자-수신자, 이행 연구
② 까레 : 문학 작품보다 사실 관계 중시
③ 귀야르 : 책과 사람을 전달자로 봄

확인문제

1 방 띠겜은 문학 작품 간 존재하는 영향의 과정을 '발신자-(　　　)-수신자'로 3단계화하여 설명하였다.

　▶ 송신자

2 수신자 연구에 대한 설명으로 옳지 않은 것은?

　① 작품 속에 담겨 있는 외국 문학 작품의 기원이나 주제, 사상 등에 대한 연구이다.

　② 원천연구는 다시 세부적으로 '구전 원천-쓰인 원천' 또는 '고립적 원천-종합적 원천'으로 구분할 수 있다.

　③ 구전 원천은 풍부하지는 않지만 분명한 반면 쓰인 원천은 풍부하지만 막연하다.

　④ 고립적 원천은 작품 속에 잠재된 외국 문학 작품의 기원을 발견하는 것이고, 종합적 원천은 광범위한 문제에 관계한다.

　▶ ③ 구전 원천은 풍부하지만 막연한 반면 쓰인 원천은 풍부하진 않지만 분명하다.

3 책과 사람이 전달자의 역할을 수행한다고 본 학자는?

　① 방 띠겜　　　　　　　　② 까레

　③ 귀야르　　　　　　　　④ 아자르

　▶ ③ 귀야르는 책과 사람이 전달자의 역할을 수행한다고 보았으며, 이때 말하는 책에는 비평서, 신문, 잡지, 번역서, 여행기, 사전 등이 포함된다.

비교문학 방법론

CHAPTER 03

기출문제 맛보기

비교문학에서의 비평 방법 중 영향 영역에 해당하는 것은?
① 이광수는 톨스토이의 작품을 읽고 자신의 소설 「무정」에서 계몽주의 사상을 담았다.
② 나는 하루키의 문체를 흉내 내어 습작 소설을 완성하였다.
③ 구연학은 일본의 스에히로 뎃초의 「셋츄바이(雪中梅)」를 번안해 「설중매」로 발표했다.
④ 김동인은 이광수의 작품을 비판하기 위한 비평문을 썼다.
▶ ① 영향 영역이란 사상 등에 변화를 주어 개인적 삶의 혁신을 가져오거나 사회적으로 영향을 주는 등의 것이다.

---

1 비교문학의 일반적인 개관

(1) 이식 이론

① 이식 이론은 어떤 문학 현상을 발생학적인 문학 간 충동으로 본다.

② 이식이라는 것 자체가 옮겨 놓았다는 의미를 포함하고 있으며, 이때에는 필연적으로 그 대상이 둘이 될 수밖에 없다. → 곧 비교의 대상이 생긴다.

③ 비교의 대상과의 관계에서 사실 관계를 중시했다. 사실을 바탕으로 하였기 때문에 실증 가능한 영향 연구에 초점을 두었다.

(2) 영향 연구

① 문학 연구라고 하기 보다는 문학 외적인 부분에 대한 연구가 활발하였다.

② 소수의 특성과 소수의 작품에 한정되어 있고 문학보다는 사회학, 역사학에 더 가깝다는 평가를 받는다.

(3) 유사성 연구

① 연관이 없는 작품들 사이에서 문체나 구조, 어법과 사상 면이 어떤 점에서 유사하고 동일한 면이 있는지에 대해서 연구한다.

② 가치 개념에 의존하고 있어서 객관적이지 못 하다.

③ 작품 간 유사성을 찾는 것에만 몰두하고 있어서 비교문학으로 볼 수 없다는 평가를 받기도 한다.
→ 비교문학의 큰 전제이자 중요 원칙인 작품 간의 영향관계가 빠져있기 때문이다.

(4) A. O. 알드릿지의 연구 방법

① 알드릿지는 「비교문학의 목적과 전망」에서 비교문학의 역사와 과정 및 전망을 소개하였다.

② 비교문학의 방법론의 다섯 가지 범주
- ㉠ 미학적 가치를 중심으로 하여 자국 문학과 비교문학에 대한 비평
- ㉡ 다양한 문학사조와 문체론적 경향
- ㉢ 인물, 사상과 관계하는 다양한 주제
- ㉣ 장르로서의 문학 형태 → 한 나라 문학에 존재하는 문학 장르가 다른 나라의 문학 장르와 대응되는 관계에 있는 경우
- ㉤ 문학 관계의 연구에 관한 이야기

▶ **비교문학의 일반적 개관**

이식 이론, 영향 연구, 동질성 연구, 알드릿지의 연구 방법

---

2 영향 관계에 대한 다양한 견해

비교문학에서 핵심은 두 작품군들 사이의 동일성, 유사성에 있는 것이 아니라 서로에게 미친 영향 관계가 중요하다.

(1) 영향의 개념

① 하스켈 블록
- ㉠ 유사성 자체가 영향은 아니라고 보았으며, 작가들과의 관계보다 더 중요한 것이 작품에서 작품으로의 내적 관계이다.
- ㉡ 영향이야말로 문학이 발생하는 기본적인 통로가 된다.
- ㉢ 외적인 자료는 그것으로 작품 내에 존재하는 관계를 보충, 설명할 수 있을 때 유용한 것일 뿐이다.

② R. 웰렉

　　㉠ 문학을 보는 관점으로 내재적 관점과 외재적 관점을 제시하였다.

　　㉡ 작품 자체를 통하여 문학 작품을 이해하는 것이 중요하다.

　　㉢ 문학 연구는 그 자체의 연구여야 하기 때문에 어떤 다른 것의 대상이나 수단이 될 수 없다.

③ 기옌 : 다른 작가로부터 영향을 받을 때 받은 영향의 내용이 심리적인 부분인지, 문학적인 내용에 관한 것인지에 대해서 의문을 가져야 한다.

④ 하싼 : 영향이란 전통 뿐만 아니라 개인의 내재적 문제까지 포함하는 개념이다.

(2) 영향의 범주

영향의 범주는 크게 영향, 모방, 표절, 번안, 암시의 다섯 가지로 나누어 살펴볼 수 있다.

① 영향

　　㉠ 수용자가 원래 지니고 있던 면모가 달라지는 것이다. → 발신자 쪽의 영향으로 인하여 그 힘이 영속적이고 무의식적인 것이 되어 수신자의 면모를 변화시킨다.

　　㉡ 변화하게 만드는 힘에는 근본적인 지배력과 변화력이 내포되어 있어야 한다.

② 모방 : 대개 습작기의 작가가 자기 것이 형성되기 전에 짧은 기간 동안 일어난다.

③ 표절 : 의식적으로 원작을 이용한 경우로, 자신의 재능이 부족함을 은폐하려는 불순한 동기를 가지고 있다.

④ 번안(개작) : 원작을 전체적으로 생각하면서 작가 자신의 창의성을 약간 가미한 경우이다. 제재와 구성에 있어 타인이 제공한 것을 사용한다는 점에서 모방이나 표절과 공통점이 있다.

⑤ 암시 : 창작의 계기를 마련하는 것으로 수용자와 발신자 간의 영향 관계 정도는 동기 정도에 그쳐야 한다.

확인문제

1 (　　　) 연구는 연관이 없는 작품들 사이에서 문체나 구조, 어법과 사상 면이 어떤 점에서 유사하고 동일한 면이 있는지에 대해서 연구한다.

　▶ 유사성

2 영향의 범주는 크게 (　　　), (　　　), (　　　), (　　　), (　　　)의 다섯 가지로 나누어 살펴볼 수 있다.

　▶ 영향, 모방, 표절, 번안, 암시

출제예상문제

 객관식

1 비교문학의 경향으로 적절하지 않은 것은?

① 실증주의적 입장   ② 총체성을 강조한 입장

③ 절충주의적 입장   ④ 관념론적 입장

ADVICE › ④ 비교문학은 세 가지 경향으로 실증주의적 입장, 총체성을 강조한 입장, 절충주의적 입장으로 나누어 살펴볼 수 있다.

2 방 띠겜과 귀야르가 속한 입장으로 분명한 자료가 있어야 한다는 점을 강조하고 있는 입장은?

① 실증주의적 입장   ② 알드릿지의 입장

③ 유사성 연구에 관한 입장   ④ 절충주의적 입장

ADVICE › ① 방 띠겜과 귀야르의 입장은 두 작품 사이에 영향 관계가 반드시 있어야 하며, 영향과 수용을 입증할 수 있는 분명한 자료가 있어야 한다는 점을 강조하고 있기 때문에 실증적 입장을 따르고 있다.

3 세계시를 제시한 학자는?

① 슐러겔 형제   ② 방 띠겜

③ 귀야르   ④ 스탈 부인

ADVICE › ① 세계시를 제창한 학자는 슐레겔이다. 슐러겔 형제의 세계시는 곧 비교문학과 관련하여 세계주의와 합치된 개념이다.

ANSWER   1.④ 2.① 3.①

4 비교문학의 요건으로 가장 중요한 것은?

① 최소한 두 민족 이상의 문학이 있어야 한다.
② 각각의 문학은 독자성이 있어야 한다.
③ 영향 관계가 드러나야 한다.
④ 유사성이 인정되면 비교문학이 된다.

ADVICE › ③ 비교문학의 전제는 두 민족 이상의 문학에 영향관계가 나타나야 한다는 것이다.

5 R. 웰렉의 입장으로 적절한 것은?

① 실증주의적 경향을 따르고 있다.
② 내재적 관점과 외재적 관점으로 나눌 것을 제시하였다.
③ 세계 문학이라는 용어를 사용하였다.
④ 바이스슈타인과 입장을 같이 한다.

ADVICE › ② R. 웰렉은 문학 연구를 내재적인 것과 외재적인 것으로 나누어 살펴보았다.

6 문학적인 것보다 사회적인 것에 더 관심을 두어 R. 웰렉의 비판을 받은 학자는?

① 스탈 부인   ② 방 띠겜
③ 귀야르   ④ 생트뵈브

ADVICE › ① 스탈 부인은 문학적인 것보다 사회적인 것에 관심을 두었고, 비교 문학적 관점을 고취했어도 학문적 체계로까지 나아간 것은 아니었다.

7 비교 문학에 대한 제일 먼저 관심을 갖기 시작한 나라는?

① 프랑스   ② 영국
③ 미국   ④ 일본

ADVICE › ① 프랑스에서 비교문학이라는 용어가 최초로 사용되었다.

Aɴsᴡᴇʀ 4.③ 5.② 6.① 7.①

8 방 띠겜의 이론으로 적절한 것은?

① 발신자−수신자−송신자를 중심으로 연구하였다.

② 전달자를 책과 사람으로 내세웠다.

③ 사실에 입각하여 상호 관계를 입증하려 하였다.

④ 세계시를 제시하였다.

ADVICE › ① 방 띠겜은 발신자 연구, 수신자 연구, 송신자 연구, 이행을 연구하였다.
　　　　② 귀야르
　　　　③ 까레
　　　　④ 슐러겔 형제

9 문법서나 여행기 등도 일일이 추적해야 한다고 제시한 학자는?

① 방 띠겜　　　　　　　　② 까레

③ 귀야르　　　　　　　　④ 스탈 부인

ADVICE › ③ 귀야르는 전달자로 책과 사람을 내세웠으며 문법서나 여행기 등도 일일이 추적해야 한다고
하였다.

10 '영향'에 대해서 관점을 달리한 학자는?

① 하스켈 블록　　　　　　② R. 웰렉

③ 기엔　　　　　　　　　④ 하싼

ADVICE › ① 영향에 대해 긍정적 관점을 지닌 학자는 하스켈 블록이며 나머지는 부정적인 입장을 취하
였다.

11 영향의 범주에 들지 않는 것은?

① 암시　　　　　　　　　② 모방

③ 패러디　　　　　　　　④ 번안

ADVICE › ③ 영향의 범주는 다섯 가지로, 암시, 모방, 번안, 차용, 표절이다.

ANSWER 8.① 9.③ 10.① 11.③

12 원작을 전체적으로 생각하면서 자신의 창의성을 가미한 것을 지칭하는 용어는?

① 암시　　　　　　　　　　② 모방
③ 패러디　　　　　　　　　④ 번안

ADVICE › ④ 번안은 원작 전체를 의식하여 쓰되, 작가의 창의성이 가미된 경우를 뜻한다.

13 가장 부정적인 의미의 영향을 뜻하는 말은?

① 암시　　　　　　　　　　② 모방
③ 표절　　　　　　　　　　④ 차용

ADVICE › ③ 표절은 가장 저속한 상태에 해당한다.

14 의도가 강하지 않고, 수용자와 발신자의 상호 관계가 동기 정도에 그치는 것은?

① 암시　　　　　　　　　　② 모방
③ 번안　　　　　　　　　　④ 표절

ADVICE › ① 암시는 영향과 비슷한데, 수용자와 발신자의 상호 관계가 동기정도에 그치면서 의도가 강하지 않은 경우를 의미한다.

15 알드릿지에 대한 설명으로 적절한 것은?

① 영향을 긍정적인 개념으로 보고 영향과 무접촉 유추는 구분되어야 한다고 보았다.
② 비교 문학의 방법론의 범주는 다섯 가지로 제시하였다.
③ 이식 이론을 내세웠다.
④ 실증주의적 입장을 취한다.

ADVICE › ② 알드릿지는 「비교문학－소재와 방법」에서 방법론의 범주를 다섯 가지로 제시하였다.
　　　　　※ 비교문학의 방법론의 다섯 가지 범주
　　　　　　　㉠ 미학적 가치를 중심으로 하여 자국 문학과 비교문학에 대한 비평
　　　　　　　㉡ 다양한 문학사조와 문체론적 경향
　　　　　　　㉢ 인물, 사상과 관계하는 다양한 주제
　　　　　　　㉣ 장르로서의 문학 형태
　　　　　　　㉤ 문학 관계의 연구에 관한 이야기

16 비교를 엄격히 사실 연구에 한정하여 실시하는 이론으로 어떤 문학 현상을 발생학적인 문학 간 충동으로 설명하려 한 것은?

① 이식 이론   ② 영향 연구
③ 유사성 연구   ④ 독자 연구

ADVICE 〉 ① 이식 이론은 어떤 문학 현상을 발생학적인 문학 간 충동으로 본다. 비교의 대상과의 관계에서 사실 관계를 중시했다. 사실을 바탕으로 하였기 때문에 실증 가능한 영향 연구에 초점을 두었다.

17 지나치게 가치 개념에 의존하여 객관성이 없다는 비난을 받는 연구 방법은?

① 이식 이론   ② 영향 연구
③ 유사성 연구   ④ 독자 연구

ADVICE 〉 ③ 유사성 연구는 연관이 없는 작품들 사이에서 문체나 구조, 어법과 사상 면이 어떤 점에서 유사하고 동일한 면이 있는지에 대해서 연구한다.

18 영향의 범주에 대한 설명이 제대로 연결된 것은?

① 암시-가장 의식적으로 원작을 이용
② 번안-가장 저속한 상태의 영향임
③ 모방-어느 부분을 의식적으로 닮고자 함
④ 표절-의도가 강하지 않아 영향과 비슷함

ADVICE 〉 ③ 모방은 수신자가 발신자의 어느 부분을 의식적으로 닮고자 하는 것을 의미한다.

19 R. 웰렉이 제시한 연구 방법 중 내재적 연구 방법으로 적절한 것은?

① 작품과 독자와의 관계 연구   ② 작품과 사회와의 관계 연구
③ 작품과 세계와의 관계 연구   ④ 작품 그 자체에 대한 연구

ADVICE 〉 ④ 내재적인 연구 방법은 예술 작품 자체의 연구를 뜻한다.

ANSWER   16.①   17.③   18.③   19.④

1 비교문학의 성립 요건에 대해 논하시오.

2 비교문학의 경향을 나열하고 간략히 설명하시오.

3 이식 이론에 대해 설명하시오.

4 영향의 범주를 나열하고 간략히 설명하시오.

Answer

1. ① 비교하는 것이기 때문에 비교 대상이 둘 이상이어야 한다.
　② 두 민족 이상의 문학이 있어야 한다.
　③ 둘 사이의 공통성이 있는 동시에 독자성 또한 있어야 한다.
　④ 둘 사이에는 서로 영향관계가 성립해야 한다.

2. 영향의 범주는 크게 영향, 모방, 표절, 번안, 암시의 다섯 가지이다.
　① 영향 : 수용자가 원래 지니고 있던 면모가 달라지는 것이다.
　② 모방 : 대개 습작기의 작가가 자기 것이 형성되기 전에 짧은 기간 동안 일어난다.
　③ 표절 : 의식적으로 원작을 이용한 경우로, 불순한 동기를 가지고 있다.
　④ 번안 : 원작을 전체적으로 생각하면서 작가 자신의 창의성을 약간 가미한 경우이다.
　⑤ 암시 : 창작의 계기를 마련하는 것으로 영향 관계 정도는 동기 정도에 그쳐야 한다.

3. 이식 이론은 어떤 문학 현상을 발생학적인 문학 간 충동으로 본다. 이식이라는 것 자체
　가 옮겨 놓았다는 의미를 포함하고 있으며, 이때에는 필연적으로 그 대상이 둘이 될
　수밖에 없다.

4. 비교문학은 실증주의적 입장, 총체성을 강조한 입장, 절충주의적 입장의 세 가지 경향
　으로 나누어 볼 수 있다.
　① 실증주의적 입장 : 비교 대상 간에 영향 관계가 반드시 있어야 하며, 영향과 수용을
　　입증할 수 있는 분명한 자료가 있어야 한다는 점을 강조한다.
　② 총체성을 강조한 입장 : 이 입장의 대표적인 학자인 R. 웰렉은 비교문학을 문학사에
　　한정하여 보지 않고, 국민문학과 일반문학, 문학사와 문학비평을 함께 포괄하여 연
　　구하는 것이 필요하다고 주장하였다.
　③ 절충주의적 입장 : 바이스슈타인은 사실 관계의 연구만을 기초로 한 비교문학의 정의
　　가 지나치게 타당성이 없다면 그 반대의 주장도 역시 과학적으로 정당한 것이 되지
　　못한다고 주장하였다. 또한 레마크는 문학이 다른 영역의 예술 및 철학, 역사, 과학
　　등의 분야와도 서로 비교하여 연구되는 것이 바람직하다고 보았다.

취업준비하기

서원각과 함께 확실하게 취업 대비하자!

⟨ 자기소개서 및 면접 ⟩

▲ 자기소개서
Before&After

▲ 취업영어면접

▲ 여성을 위한
면접핸드북

▲ 서울시 공무원
영어면접

▲ 자신감
공무원면접

⟨ 기업체 통합본 ⟩

▲ 공사공단 채용

공사공단 인적성검사
공사공단 고졸채용 인적성검사

▲ 금융권 채용

금융권 인적성검사
금융권 채용 법학/ 경영학
금융경제 상식

▲ 대기업 채용

대기업 채용 인적성검사
대기업 고졸채용 인적성검사
대기업 생산직채용 인적성검사

네이버 카페 검색창에서 '기업과 공사공단'을 검색하셔서 네이버 카페 기업과 공사공단에 가입하시면 각종 시험 정보를 보실 수 있습니다.

서원각
한국사능력검정시험

1단계 한국사능력검정시험(중 · 고급) 〔무료동영상강의〕
시대·주제별로 모은 실전 연습문제로 기초실력 다지기

2단계 한국사능력검정시험 실력평가모의고사(중 · 고급) 〔무료동영상강의〕
출제가 예상되는 주요 문제들만을 모은 실전 모의고사로 실력 점검

3단계 기쎈 한국사능력검정시험 30일 벼락치기
30일만에 중요 핵심이론만 공부하여 최종마무리로 합격

1단계
한국사능력검정시험(중·고급)

2단계
한국사능력검정시험
실력평가모의고사(중·고급)

3단계
기쎈 한국사능력검정시험
30일 벼락치기

도도하고, 시원하고, (樂)즐거운 개념서
한국사능력검정시험 중급

이투스동영상 강의 교재 www.historyrang.com
이투스 한국사랑에서 핵심이론을 쏙쏙 골라주는
저자의 강좌 제공

**이투스 한국사 대표강사 은동진과 다음 인기 웹툰 작가 Yami가
만났다!** 은셰프와 코알랄라가 알려 주는 완벽한 시험 포인트는
QR코드를 통해 무료 제공으로 알아볼 수 있다. 또한 기출문제를
분석하여 시험에 나오는 개념 정리와 출제가 예상되는 핵심
문제를 엄선하였고 지도 및 도표, 사진 등 반드시 알아야 할
사료를 최다 수록하였다.